詭辯

S O P H I S M

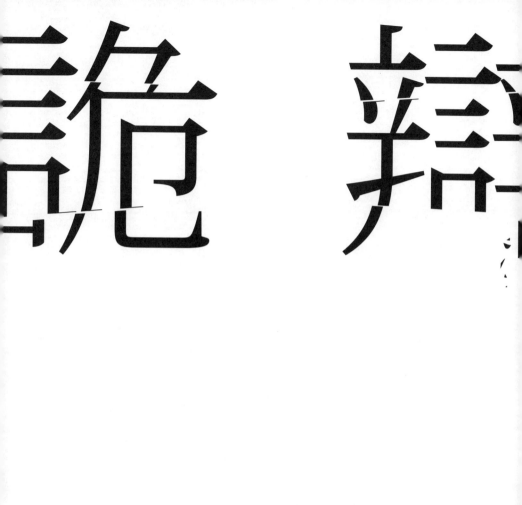

導讀

聖惡女嫣然一笑，於是你陷入謊言的迷宮

喬齊安（Heero）

「最成功的說謊者是那些使最少量的謊言發揮最大的作用的人。」

——塞・巴特勒

在二〇一四年推出《只剩一抹光的城市》實體小說後，本名張孝誠，而筆名總讓人會心一笑的張渝歌躍上了台灣推理作家的舞台前。這位從學生時代開始創作的七年級生，擁有讓人雙眼發亮的才華、以及優美細膩的文筆。他與其他推理圈前輩是截然不同的出道歷程，其實早在二〇一〇年起就連續獲得散文、新詩等純文學獎項，甚至成功跨越領域：《我的愛情，你按讚》勇奪二〇一二年中華電信創新應用大賽小說獎，這是一篇以「臉書介面」爲體裁發想的結構新穎之作。隨後，《只剩一抹光的城市》以十三集電視劇本的形式，榮膺文化部二〇一一年度電視節目劇本創作獎佳作殊榮。如此多才多藝的注目新星，卻在純文學界闖出成績後，選擇正式回歸他的最愛——推理小說。說回歸也不太準確，因爲張渝歌的其他作品時常也具備推理元素，他從未遺棄自己的初衷。

自推理小說在臺灣大爆發，成為出版市場的主流，有許多純文學名宿跨界來挑戰寫作，如紀蔚然、臥斧、麥家，也都留下好的作品。但畢竟推理小說界自有一套系譜，純文學作家不一定全盤熟知或願意回應推理迷的所有「需求」。推理迷們對於「Mystery」總有一種近乎癡狂的愛：智性遊戲的對決、影像畫面十足的娛樂性。張渝歌就是這樣一個文壇上的奇葩異類，純文學竟然不是聖殿，而是他打響名號的「一種選擇」。二〇一二年起，創作屢屢入圍台灣推理作家協會徵文獎、金車推理微小說獎、甚至順利在中國舉辦的第二屆華文推理大賽中有所斬獲，在當今新生代的推理作家中，扛起繼承者的大旗，並勾勒出燦爛的前景。在每一部長、短篇小說中，都看得到張渝歌熱情洋溢的大膽嘗試，令業界資深前輩也為之動容，投予高度期望。

能夠成為台灣推理作家協會裡正式出版長篇小說的最年輕成員，實力自不在話下。《只剩一抹光的城市》輕質青春與憂傷冷硬交融述說的群劇，已然超越新人長篇處女作的水準。不但具備眞兇身分的意外性、密室之謎這些推理元素，並以文字、影像畫面的美學概念昇華作品本身質感，在「謎題至上」的台灣推理作家圈中開啓另一片澄澈天空，更在日前入選「國立台灣文學館年度文學好書」，成就不凡。在其他短篇作品中，〈寫生〉深得「敘述性詭計」精髓、〈Siri代理人〉具幽默喜劇氛圍、〈漁家傲・無極客棧〉更悍然挑戰困難的歷史題材，採用古書文體，描述北宋名相范仲淹偵查江南奇案。如此多元化的寫作路線，盡顯張渝歌的年輕無畏、無限才幹，也讓評論者更為期待，這位自謙取材常常「喜新厭舊」的作家，下一次會繳出什麼樣的意外之作。

本作《詭辯》完成於二〇一三年，由於最初創作目標是投稿第三屆島田莊司推理小說獎，故特別強化了「詭計」的成分：不可能犯罪、密室殺人等。作者自承第一屆賽事的寵物先生等三部得獎傑作是激發他下定決心從純文學界回歸推理界的關鍵，《詭辯》之於作家本身自然別具意義。而這部小說也呈現出與《只剩一抹光的城市》極大的差異性，即便同樣以女性擔任主角，但若拿掉作家之名，連續閱讀這兩本書不會發現是同一人寫的讀者也肯定大有人在。我們可以說張渝歌尚未建立起自己的正統風格，但我更傾向在出版業全面萎縮的台灣市場，身爲新人勇於摸索、開發各種可能性的作爲。不需要太早綁死自己，一方面維護寫作信念，同時尋找出最適合自己走的路。就像跟隨時代流行卻多年來不受重視，直到挖掘出自身強項後才一舉走紅的一代天王東野圭吾。

曾在純文學界雲端飄逸的秀才張渝歌，在《詭辯》裡刻意「墮落」入凡塵，採用與前作的清純大學生蘇怡幾乎相反的人設——人盡可夫的舞女悲歌，描繪出大時代的底層蒼涼、八大行業中獨具台灣特徵的舞廳文化。之所以選用這個題材，或者也與作者身爲台中人，而台中長年以來屹立著金錢豹、酒國氣息濃厚有關。告子曰「食色性也。」各個國家都會因民情存在著不可能被徹底掃蕩的特種行業，更會隨著時代前進而改變運作方式。日本是酒店、中國與台灣則是三、四十年代開始盛行的舞廳。八大行業彼此密切相關，讀者也會在這段舞女人生中見證黑幫、賭場風貌，甚至透過諸多詳盡的註釋，表現整個大台中、到台灣全島的歷史遺痕，呈現紀實小說的價值。這對通常與歡場文化搭不上邊、感到陌生的愛書人們來說，更因此產生了巧妙的「炫學」效果。

《詭辯》是一本作中作的套匣式小說——開啓匣子後發現另一層匣子，奧秘一重接一重。這是推理小說家特別能發揮「欺瞞」技巧的寫作手法，喬艾爾・狄克《HQ事件的眞相》、折原一《倒錯迴旋曲》都是傑出範例。《詭辯》共分爲四個章節，三種相異「敘事體」來進展時間軸。神探法醫的破案實錄、敘述「甲蟲女王」的奇幻小說〈伏流〉、舞女主角晨星的常年日記。在法醫荊鐵松的敘事裡，退休前遭遇了生平所見最爲可怖的刑案——屍體遭受殘酷毀損的連續殺人，而且還是兩起「不可能犯罪」！舞女從口腔至陰部被串在舞廳中央的鋼管宛如牲畜，而鋼管是全新的、並沒有可供拆卸的開關或缺口。另一起事件的死者甚至死在沉重保險櫃擋住入口的房間裡，用鋼管卡住無法打開的衣櫃中，所謂的「雙重密室」。這兩起懸案警方連想把屍體取下（出）來化驗都要大費功夫，幕後眞兇是怎麼辦到的？而在搜索中發現的晨星日記，又與破解殘酷命案間有著多重要的關聯……或者「誤導」作用？

即使這是部張渝歌創作以來最致力成就本格詭計的作品，他依舊沒有失去自己的特長，反而更讓我聆聽到超越過去極限的吶喊。首先，這類手記作品自有不成文規定，在詭異的世界觀中必須埋藏著適當線索、以及具備讓讀者流暢地讀下去、不讓提示被放大的趣味性。而「晨星日記」的表現也是我認爲全書最優秀的地方，它就像一部台灣近代史縮影，刻劃出地下社會多樣面貌。「哪有年輕貌美的女孩想去舞廳，都是為了負擔家中經濟才走此險途。只是這行一進去就別想出來，只能越陷越深，永遠不可能賺夠了就享清福！」這句開場的平直敘述，會在隨後的發展中帶給讀者更深刻的哀慟體悟。紗麗與晨星這樣曾經豔冠群芳，眾多金主圍繞四周恭維的頂極紅牌也不例外，一旦年老色衰，任何驚悚下場都是可能的。讓讀者情緒沉浸其中，這是張渝歌說故事的能力，現代小說家不計類型、卻一定不能缺乏的重要技能。讀者著迷於故事本身，你的詭計、佈局就能夠眞正地發揮功效。也是作者有意識到的「三層式結構」。

再來，則是作家專業背景所賦予的作品特殊學識。張渝歌是正統學院出身的現任實習醫師，加上他作過一番苦心研究，因此書中的精神醫學「彷若人格」、鑑識學皆足夠寫實。腦部精神學是現代推理小說建構詭計的來源，如京極夏彥《姑獲鳥之夏》。《詭辯》藉由神祕的「變色龍（彷若人格）」設定，打造出一位極富妖異魅力的「聖惡女」，既清純又淫蕩、嬌弱復堅強，她既是〈伏流〉裡的甲蟲女王、也是個能在任何環境生存的「擬態娘」。故事中的男人被她玩弄於鼓掌間，直到最後，我們會發現就連自己也不自覺地落入晨星的惡夢螺旋中！日本作家如松本清張、桐野夏生常塑造出永恆的惡女形象，這些女人的故事至今依舊膾炙人口。我很高興看到，跨越時代隔閡，在電視圈的鄉土劇、偶像劇之後，台灣推理小說系譜裡終於也有這類正邪難辨的「惡女」誕生。

筆者讀推理，極爲重視謎團的「完成度」——開端要懸疑、鋪陳需條理、眞相有邏輯。這點也是我之前閱讀其他著作，認爲張渝歌可能不夠突出的短處。然而《詭辯》不愧是進攻島田莊司獎的力作，不可能犯罪設計著實令我耳目一新。在詭異鬱悶的緊張氛圍裡，正大光明地解決鋼管、密室兩大奇案。而破案的靈感來源，竟是來自周杰倫當年流行的某首歌曲，也顯現了青年作家的持續成長、後生可畏。至於《詭辯》的書名眞義，讀者也會在事實揭曉後恍然大悟——信奉的眞理是錯誤的、錯誤則可能是眞理?!

培根說，「人們喜愛謊言，不僅因為害怕查明真相的艱難困苦，而且因為他們對謊言本身具有一種自然卻腐朽的愛好。」推理迷大概就是最喜歡看到謊言、熱衷於被欺騙、玩弄的特殊種族吧。我們想要逆轉、想要意外性，這恰爲純文學作家未必能夠理解認同，但張渝歌了然於心的優勢。就讓我們回到燈紅酒綠的那些年、踏入謊言的迷宮一探究竟吧。對你說謊的那個人，是主角、嫌犯、偵探？作者張先生？又或者是，筆者本人？

筆者簡介／喬齊安（Heero）：臺灣推理作家協會成員、推理評論家、百萬人氣部落客、電視台特約球評、運動專欄作家。掛名推薦與推薦文散見於各類型出版書籍中。讀書時討厭自己能提前看破真相，被騙得越慘越開心。但書讀多了還真的更難被騙，如何是好～長年經營「新聞人Heero的推理、小說、運動、影劇評論部落格」。

目次

「看見的東西、聽見的聲音都像是假的，沒有一樣是真實的。
而這就是我要的——
一個人形單影隻地在另一個世界裡，一個真假不分、逃避現實的世界。」

——摘自尤金・奧尼爾的《長夜漫漫路迢迢》

Everything looked and sounded unreal. Nothing was what it is.
That's what I wanted—
to be alone with myself in another world where truth is untrue
and life can hide from itself.

A Long Day's Journey Into Night, Eugene O'Neill

第一部　因 Hetu

二〇〇一年十一月十三日

1

相較北臺灣的濕冷天氣，恆春的天氣著實暖上許多，我搭著恭堯的車子，緩緩駛過銀合歡林道，彎進一個曾經是通往瓊麻[1]園的小路。

記得大概在三十年前，那算是我第一次以法醫的身分南下協助勘驗。當時的經驗還很缺乏，對於刑案的處理順序才正要開始熟悉。我隻身搭火車到高雄，再轉搭野雞車，一路顛簸到了恆春。當年的恆春尚為一未開發之偏遠城鎮，對外交通均屬道路狹窄、崎嶇不平的石頭路，而屏東地檢署卻僅有一位檢驗員代理法醫相驗屍體工作。因此，若遇有司法相驗案件，法醫及檢察官必須由屏東前往支援，是故常有延誤案情等情事。

當時本人受到屏東地檢署囑託，暫時擔任恆春地區有史以來首位的義務法醫師，在那半年期間，協

1 又稱衿麻、西沙爾麻或假蘿麻，能夠提供製作繩索、蓆類的硬質纖維作物。俗語說恆春有三寶，分別是洋蔥、瓊麻、港口茶，其中瓊麻曾經是恆春的重要經濟作物

助解決了不少行政相驗案件，也節省了不少地檢署短缺的人力。

我還清楚記得那起令我深感悲哀的通姦殺妻事件。那天我剛吃完早飯，刑警就來電約好八點半前往牡丹鄉山地新部落驗屍。抵達現場後，女主人向我們說明：「吳大哥昨晚與我一起睡覺，半夜我先生進來把吳大哥殺死，那時我已經睡著了。」

我與張檢察官一同進入現場房間。死者吳○銘全身赤裸仰躺床上，左胸部兩刀，一刀刺入肺部，一刀刺破心臟，引起胸腔內大出血致死。死者沒有掙扎現象，臉上亦無痛苦表情，只有嘴巴半張及雙眼半睜，顯然是在熟睡中被刺殺身亡。尿道口尚遺留精水，顯見是做愛後不久。凶器是一把細長的水果刀。

走出房間後，便隨檢察官到第二個命案現場勘查。

很明顯，身爲兇手之一的黃○凱作案完，便以鐵線纏繞在樓梯扶手下面的支撐小柱子上，鐵線兩端用手轉緊，套住脖子，吊死在樓梯上。

我回頭望了女主人一眼，只見她沉默不語。

勘驗完後，我和張檢察官即前往牡丹分駐所，把已被扣押的共犯兼證人提出來問話。

「你是哪裡人？什麼職業？」

「我是山東人，已從軍隊退伍多年。」

「你親眼看著吳○銘被黃○凱殺死的嗎？」

「是的。」

這時張檢察官不動聲色地將裝著作案兇器的透明夾鏈袋推到蔡姓兇嫌面前。

「是用這把水果刀嗎？」

「是的。」

「爲什麼你們要把吳○銘殺死？是故意殺死他的嗎？」

「是故意的。因爲他不守信用，把我們的太太獨佔了。」

「你說什麼，我不懂你的意思，你『們』的太太？」

原來事情是這樣子。當初這些老兵退伍之後，政府沒有好好照顧他們的婚姻大事，只知道設立軍中樂園解決大陸軍人的性問題，等他們亟欲成家之時，只好以金錢迎娶貧窮年輕女子，這種畸形的買賣式婚姻在民國四十到六十年代尤其盛行，造成了許多老少配的輓歌。

這個黃○凱出資三萬元新臺幣，對方父母卻要求五萬，不得已之下，他找了老吳和老蔡各投資一萬，所以老黃三晚，老吳和老蔡各一晚，而那時他們的太太才十五歲。

而三個惡狼般的男人中，只有老吳對她的遭遇感到同情，對她很溫柔，當她不願意時，絕不會像老黃和老蔡一樣強暴她。

於是到最後，太太以老黃晚上睡覺會打呼爲由，拒絕老黃同房的要求，只願意與老吳睡覺。老黃心有不甘，直到忍無可忍向太太抱怨，卻遭到太太破口大罵：

「當初你仗著自己有錢，趁我娘家窮硬把我買過來，斷送了我一輩子，還叫我輪流跟三個男人睡覺，也不想想當初可是你叫我和老吳睡覺的！現在我聽你的話和他睡覺，你憑什麼來打擾！沒有錢討老婆就不要娶，還跟人家合股開公司娶老婆，把我當什麼啦，現在你們都是我的小老公，我高興跟誰睡就跟誰睡，你管不著！」

直到一次半夜老黃睡不著覺，想要到廚房倒杯水喝，卻聽到太太房間裡有男人的聲音，老黃怒火中燒，拿著拐杖敲門，終於太太把房門打開了。老黃拄著拐杖一腳跨進去，太太卻擋在門口不讓他進去。然而在老黃堅持之下，太太只好讓他進房間。想不到太太竟然無視於老黃的存在，打算當著他的面，繼續與老吳親熱。因爲電燈熄著，所以當熟睡的老吳被太太喚醒後，並不知道老黃在這房間裡。於是老吳把太太的睡衣全脫光了，自己也脫下內褲開始做愛。不久後太太開始發出喘息聲。這時太太突然想起老黃正坐在房間裡，便一邊喘氣、一邊說：「老黃！你很喜歡看是不是，那就過來看得更清楚啊！」

老吳聽到太太這麼說，也回過頭，這才發現老黃眞的坐在那裡，一動也不動，眼睛卻一直看著這邊。想不到這時太太卻說：「別管他，我們繼續！」

於是老吳眞的又開始猛烈地動了起來。老黃這次被徹底刺傷了，便回房間寫下這段紀錄，隨後找了老蔡訴苦。老蔡原本只是感到無奈，經老黃這麼一說，也覺得老吳實在欺人太甚，兩人決定趁著老吳熟睡時狠狠刺了兩刀。

令我困擾的是，這些案件似乎並不會隨著我的年歲漸長而淡去，反而逐漸加深，我時常在夜深人靜時想起來，內人也很了解我的個性，她知道我重感情、講義氣，她往往都會覺察到我陷入思緒當中而不打擾我。

「我姓荊，荊棘的荊，叫我鐵松就好，不必客氣。」

「我叫陳恭堯，恭敬的恭，堯舜的堯，五年前才調到這裡。話說回來，前輩是第一期的吧？算一算也好久沒來阿猴[2]了？」

原先凝視窗外黑色海岸線的我，聽到這句話後轉頭瞧了他一眼。雖然他叫我前輩，但我倆年紀應該相去不遠。他又吸了一口煙。

「是啊。大概有二十年沒來了吧。」我盯著他手裡發紅的煙頭，「我之前也會抽，後來就戒掉了。對身體不好。」

「哎呀，試過了，就是戒不了啊！這樣的生活，實在需要一點調劑。」

「這次是什麼案子？」

「聽說好像是女童啊，眞令人痛心。」

老實說，經過這麼多年的刑事磨練，我早已沒什麼想法了，但心中還是有那麼一些糾結。恭堯把車暫時停在鄉道旁，我和他同時推開車門下車。

一股熟悉的鹹膩氣味頓時回到我的記憶中，隱約還可以聽到陣陣浪濤聲，只是暫時被周遭的樹葉沙沙作響給蓋住了。

陳屍處在車城往四重溪途中的大瓊麻園內。我拖著腳步，勉力跟著他經過崎嶇的園中小徑，走了約莫十多分鐘才抵達。沿途還可以看到日治時代遺留下來的日本神社牌柱、採纖廠房、曬麻場、水池、宿舍及拉麻檯等，石化工業興起後，這些全都成了廢墟。

「話說回來，你剛才怎麼不走八八快速道路，那樣不是更快？」

[2] 屏東市昔稱「阿猴」，是原住民方言諧音，又稱「猴社」、「阿猴寮」。

「走屏鵝公路習慣了嘛。」

「是嗎？難道不是想看看新修好的高屏大橋？」

他笑了笑，沒有再多說什麼。

就在去年的八月二十七日，高屏大橋受到颱風碧利斯的影響，橋墩被溪水沖毀，造成橋面塌陷一百公尺，高屏兩地交通旋即中斷，僅能夠繞道最近的「萬大大橋」或往北借道「里嶺大橋」通行。一直到今年的三月二十一日，高屏大橋才完工通車。我猜想，他是一個喜歡嚐鮮的人，而這或許也是他選擇當檢察官的原因。

等我和恭堯抵達現場時，分局長、刑事組與縣警局的採證人員早已將周遭地物勘查過了。一名員警前來報告：「陳檢察官，死者是一名八歲大的女童，家屬已認過屍，此女目前雖就讀國小二年級，卻是先天性智能不足低能兒。」

我看了一下溫泉派出所做的筆錄紀載，作筆錄的人是死者的同學，一位國小女生。

「今天下午放學的時候，我和她約好了一起走回家。我們就從瓊麻園的小路穿過去，突然一位奇怪的大叔從草叢裡跳出來，攔下我們。」

「他長得什麼樣子？」

「好像是光頭、頭髮很短。」

「就像那位警察叔叔的小平頭嗎？」

「嗯。對了，他好像穿著長袖襯衫，但是兩邊的袖子都被剪掉了。」

「是像這樣只留了肘部上面的衣料嗎？」

「嗯。」

「妳還記得什麼特徵嗎？比方說褲子、鞋子之類的。」

「褲子好像是像我爺爺穿的那種……」

「註明一下，是退伍軍人常穿的軍用長褲。」

「鞋子的這邊很短，可以看到腳踝……很舊！是白色和黃色的。」

「低筒的舊白黃布鞋，沒有穿襪子。」

「他手裡抓著一小束野花，分給我和她一人一半，告訴我們瓊麻園後面還有很多，要帶我們去摘，因為我媽媽很兇，我怕太晚回家會被媽媽罵，所以就沒有跟那位大叔去摘，但她卻和他一起走了。之後的事情我就不清楚了。」

另一份是死者父親做的筆錄。

「我晚上從鄉公所工作完回來，太太告訴我，我們家老么放學後一直沒有回家，由於她先天上有些問題，我和我太太都很擔心。最後等不及了，我太太就叫我去問隔壁的小孩看看，問了好幾家，才問到一名平常會跟我女兒一起走回家的女同學。她說，她是被一個奇怪的男人從瓊麻園帶走了。我馬上跑到瓊麻園找了一回，但天已經黑了仍然找不到，就到派出所去報案，警察發動村民拿手電筒搜尋後，才在那個地方找到我的女兒。」

看完這兩份筆錄後，我總算有了一點頭緒了，便開始著手審視屍體。

屍體全裸，右太陽穴有一個大約十元銅幣大小的破洞，導致腦髓暴露，並且在頭部右側一大灘血跡。此外，在頭部右側有一個三個拳頭大的鵝卵石，一端石頭表面沾有血跡。陰道寬鬆，處女膜破裂三處，陰道口留有血跡。

這時恭堯走過來問我：「是姦殺案吧？」

「沒錯。而且從頭部的傷口位置來看，兇手應該是個左撇子。」

「這個線索不錯。」

這時我發現屍體旁邊有一串鑰匙。

「兇手應該有變態戀童癖，且獨身一人。殺人凶器是那塊鵝卵石，致命傷是右頭部的傷口。在屍體旁的這串鑰匙一定是兇手的，在犯下命案後匆忙離去時，不小心從外褲口袋掉出來。」

「但是在這裡的地面如此高低不平，應該很難強暴得逞吧？會不會是第二現場？」

「這裡應該是第一現場沒錯，鵝卵石沾有血跡。兇手只消坐在地上把女童抓著，強讓她跨坐在大腿上，然後抓著女童腰部，硬把女童的陰道壓到他的陰莖上。你看，女童的處女膜破裂三處都集中在處女膜的上方，也就是十二時、三時、及十四時的方向。若正常位強暴，破裂處應該會在六時的方向。」

恭堯點點頭，我便將死者陰道整個割下裝在塑膠袋內，同時也把鵝卵石及那串鑰匙放入另一袋。

「今天眞是麻煩前輩跑這一趟了，接下來的事情有什麼眉目會再通知您。今天晚上還要趕回臺北是嗎？」

「恐怕是。今天再不回家，太太就不讓我回了。」

「眞是，難得回到老地方，今天我作東，去喝一杯吧？」

「好吧，你借我電話，我打個電話回家。」

恭堯大笑幾聲，替我開了車門，拍拍我的肩，直說「沒問題」。

不久後到了墾丁大街上，找到恭堯說的快炒店，叫來一手啤酒，便天南地北閒聊起來。

「這些年前輩都待在刑事局，感覺如何？」

酒過三巡，恭堯臉色變得紅潤。

「也沒什麼特別感覺，就是對人心越來越害怕。」

「是呀！臺北的罪犯特別可怕？」

「也不能這麼說，頂多比較擅長算計，同樣是殺人，又有何區別。」

這時恭堯突然放聲大笑，爽朗的笑聲彷彿讓我重回當年。

「這些罪犯有時眞的讓我哭笑不得，總以爲自己能算得過老天啊！」

「你喝慢點吧！」

我將恭堯的酒杯搶了過來，一口飲盡。

「但話說回來，老百姓總說法律保護壞人，還眞的是這樣啊！年輕時我總認爲沒什麼難得倒自己，前輩還記得林財生那混蛋吧？」

「林財生？」我努力回想，「你是說那個詐欺犯？」

大約二十年前，林財生還是個小毛頭，專門搞支票詐欺。雖然年輕，手法卻相當老練，總能順利鑽出法律漏洞，整個恆春無人不知、無人不曉。

恭堯猛力拍了桌面一掌，惹得旁人一片側目。

「詐欺？他根本是強盜！前輩聽說過白砂路上那間『觀岸休閒旅館』嗎？就在一個月前，他搖身一變成爲那間『觀岸休閒旅館』獨家經營的董事長了！」

「董事長？他如何有那麼龐大的資本？支票恐怕……」

「他可高竿了！他先向人買了一塊土地，地主幫他貸得三千萬元新臺幣，等到地主取得一千多萬元土地價款後，他立即將土地過戶給他太太名下，他則以剩下的一千多萬元貸款，開始以觀岸公司的名義興建旅館，並用以支付部分工程款，其餘全部開支票，到期再延！」

「他的老招。」

「沒錯。等房子全部落成，再以房子及土地聯貸的方式，又貸得新臺幣五千萬元，在貸款申辦中，陸續付了一點錢給建築包商、板模工、裝潢工、水電工、空調工等，這一切都包括了材料費。等五千萬元一到手，馬上就讓觀岸公司的支票全部跳票！」

「看樣子他又進步了，不花一毛錢蓋成一家觀光休閒旅館……」

「工人們逼不得已只好聯合請律師告他欠錢不還，他全部承認不抗爭，於是聲請法院強制執行，想不到，經鑑價結果，房子價值六千八百萬元，不夠清償銀行八千萬的貸款！」

「那土地呢？」

「前輩忘了，土地在他太太名下，不能執行！只有房子是公司名義的，所以只能拍賣房子！結果最後法院竟以拍賣後所得對債權人沒有實質利益爲由，駁回拍賣申請！」

聽完之後，我連連嘆了好幾口氣。

「可憐的是這些倒楣的工人，還多花了一筆律師費、新聞廣告費及鑑價費。」

「更可惡的是，這傢伙因為有付一點工程金給工人們，所以成為單純的欠債，無法適用刑法詐欺罪等罪名！」

「這傢伙精得很，這種事在臺北屢見不鮮啊。不談他了，聊聊你自己吧。」

恭堯抬起頭看著我，伸出右手抓住我的左肩。

「唉，前輩，最近這幾個禮拜，似乎總有人在騷擾我的家人。這小鎮上人不多，大家也都認識，我也想不到會是誰。來這裡五年了，難免會有些仇家，只是不希望連累到家人。」

「騷擾？家裡肯定念個沒完吧，有什麼頭緒嗎？」

「唉，就是沒有啊！恆春已經變了，不再是那個純樸小鎮了。」

「你是在說春浪吧？」

「說到這個我就氣！依我看根本是一群發浪的年輕人在我們的白淨沙灘上吸毒。這幾年光是春浪，我們就逮到了不知道多少毒蟲和毒販。有毒就有性，轟趴、性愛趴層出不窮，搖頭丸、大麻、K他命、一粒眠在民宿裡氾濫成災。」

「好了好了，你喝多了。」

恭堯手撐著膝蓋，打了個酒嗝，周圍的空氣頓時充斥濃濃的酒氣。

「前輩這輩子後不後悔當法醫？」

「你後悔當檢察官嗎？」

「要是再來一次，」恭堯笑了笑，滿臉通紅，「我才不幹這行，壞人這麼多哪裡抓得完。不過最笨的還是前輩，好好的醫生不當，跑來搞這些人渣……」

「我叫計程車送你回家。」

我話才說完，恭堯就趴倒在桌子上。我請快炒店老闆幫忙叫了兩部計程車，一部我自己搭回高雄、一部讓司機送恭堯回家。這裡的計程車司機，不，應該說是這裡的居民，都知道陳檢察官的家在哪裡。

在回高雄的路上，我始終有種感覺，就像一甕陳酒老酒即將出窖開封，酒香逼人，直竄向記憶的深處，搗亂我的思緒。

我始終不喜歡酒這玩意兒，但這卻是我第一次感到恐懼。

2

夜深了，沒有大隊人馬等著排隊買票，所以特別容易買到回臺北的火車票。我先在火車站用公共電話撥了通電話回家，當然又是被狠狠臭罵一頓。什麼「吵醒孫子們睡覺」、「又忘記打她手機號碼」、「發神經病」等等的，諸如此類，雖然已經聽膩，心中卻覺得有太太眞好。

上了火車，因爲喝酒搞得頭昏腦脹，已無心再去對號入座，反正車上很空，隨便找個位子坐下就是，之後便倒頭就睡。

誰知睡夢中，有名旅客似乎因爲我坐到了她的位子，不停叨擾我。

「先生，起來一下！」

「先生，您行行好！」

「拜託您！」

其實我早已半醒，故意閉著眼不理會。我心裡總想著這人眞是不知變通，明明有那麼多座位不坐，寧可花時間在這裡擾我清夢。

忽地，我聽得一句：

「先生，救救我，我被人殺了！」

我頓時清醒。猛然一睜開眼，才發現根本沒有所謂的旅客，整個車廂只有我和另外其他三人，全都酣然入夢。

老實講，我剛開始當法醫時也不相信鬼神，但是夜路走多了，總會遇到鬼，而且次數還不少，我的經驗裡，這種時候尤其需要注意，恐怕是有什麼冤案或殺人案發生了。

只是我現在人不在臺北，無法向我解剖室裡那顆頭顱求得一些靈感。這顆頭顱很神奇，到現在還在長鬍子。遙想起來，應該算是我早期參與的案件，是臺灣首件的殺人分屍案。

頭顱的主人在民國三十八年跟隨國民政府來臺，卻在退休後不久因爲兩萬元退休金被其軍中同袍殺害，屍體就丟棄在新店屈尺，最後是在臺灣電力公司小粗坑發電廠[3]進水口前的沉沙地。

當時正在進行整理工程，工作人員忽然聞到一陣惡臭。循著氣味找去，才在一堆砂礫石堆中，找到

[3] 成立於一九〇九年八月間，坐落在新店市新烏路、永興路交會口，為一幢古典優雅的巴洛克式建築。發電量二千四百萬伏安，是臺灣目前僅存最古老、尚在運轉中最古老水力發電廠。

一綑被棉被捲住的東西。打開棉被之後，有一張沾滿鮮血的白床單，裡面包著兩隻男人的大腿。

警方接獲報案後，立刻派人馬在附近展開地毯式搜索，二天後終於在一個荒廢的魚池裡，摸到一顆放在鐵絲字紙簍裡的頭顱。

找到頭顱一週後，兇手才因爲良心不安，主動向警方投案。兇手供稱，自軍中退伍後，經營果園和雜貨店，都大虧其本，在走投無路的情況下，和袁姓友人商量，打起老同事退休金的主意。

死者原本是稅捐處的職員，在兇手慫恿之下，才搬家到臺北市迪化街準備和其合夥雜貨店的生意，沒想到卻遭到殺害並肢解，並由袁姓友人協助棄屍。

這顆泡在福馬林中的頭顱，算算也已經放在解剖室快四十年了，仍然保存良好，不像我這老頭子，忘東忘西，手腳也不靈光。

既然被鬼吵醒，我也無意再睡。只不過，這些陳年往事想著想著，竟讓我頭疼了起來。平常我是很少頭疼的，我猜想或許是喝酒的緣故。

這頭疼來得又猛又烈，由弱轉強，在我的太陽穴附近打轉。一陣一陣的刺痛痙攣而來，自頭頂到喉嚨間，我不禁湧起一股噁心感，隨著列車的上上下下，連連作嘔。

我看了看手錶，已經是凌晨四點多，列車行進時間大約過了一半，而下一站似乎是臺中火車站。臺中我也去過好幾次了，記得火車站附近有些旅店可供休憩。我衡量了一下，要是硬撐，繼續坐車到臺北，我恐怕會吐得不成人樣。

我立刻決定在臺中火車站下車，心想：太太那邊等會兒再連絡吧，現在我只想趕快找個地方沖個澡躺下。

在列車門口準備下火車的時候，我這才發現原來外頭正在下大雨。沒有雨傘的我只好淋了個落湯雞，所幸一出火車站，我就看到一枚閃著霓虹燈光的斗大招牌，寫著「凱瑞大飯店」。遠遠看去，這間飯店雖然稱不上寬敞，倒也整齊乾淨。明亮的燈光從玻璃自動門後方透出，隱約有一陣暖意。何況收費尚稱合理，我不假思索，冒著大雨跑過建國路，直奔飯店櫃檯，準備辦理入住。櫃檯服務員將零錢和房間鑰匙放在一方小碟裡遞給我，鑰匙上掛有一塊沉甸甸的壓克力板，上面以印刷數字寫著五四〇號房。

正當我用鑰匙打開五四〇號房門時，突然聽到一個微弱的尖叫聲，聲音聽起來像是男人。我頭痛欲裂，加以之後沒有再出現類似尖叫聲，我便不管三七二十一，先進浴室沖熱水澡。

然而等我沖完澡出來後，窗外忽然警車鈴聲大作，聲音越來越大，最後似乎是在飯店附近停下。此時我終於感到不對勁，莫非飯店裡發生了命案？

回頭一想火車上的怪異夢境，又看了看放在桌上的房間鑰匙，心想難道是死者的死亡訊息「我死了」？

暫且拋下是自己想太多的疑慮，決定先到櫃檯問問看情況再做決定。年紀也一大把了，幹法醫這麼多年，直覺總會準吧。

然而到了櫃檯，剛剛那名服務員卻早已不見蹤影。我透過玻璃自動門望向停在旅館門口的警車，決定出去一探究竟。

到了旅館外面，一陣嘔吐物的氣味混雜著雨水的腥羶味瀰漫在空氣中。我繞過旅館門口的樑柱一看，發現一名男子和剛剛的櫃檯小姐正趴在警車旁邊的水溝蓋上嘔吐。

「小姐，請問一下發生什麼事了？」

那櫃檯小姐還沒吐夠，只是拚命搖手，意思似乎是叫我別管。

「我是法醫，你們可別擔心。」

那男子一聽，便抬起頭來，指向旅館大門旁的一個小門。

那小門上方有個小招牌，用霓虹管彎成了一個「ＵＷ」的字樣。我也去過臺北的一些舞廳，估計這是「Under World」——「地下世界」的簡稱。

走近小門，有一道頗陡的樓梯通往地下室，像這種飯店地下室出租給舞廳的情形不算少見。就我的經驗，對於旅館來說，由於舞廳時常有客人要帶小姐出場，猴急的客人多半不會想要開車到太遠的地方，此時他們通常可以分一杯羹。

由於下過大雨，階梯十分濕滑。我小心翼翼地順階走下樓梯，逐漸聽到一些細碎的談話聲。好不容易到了底下，昏暗的光線和悶濕的空氣讓我有些適應不良。地板上到處是水，我在心中暗罵了一聲，擔心現場已經遭到破壞。

左手邊有一扇鐵門半掩，談話聲就是從裡頭傳出來的。我輕輕推開，看見一群警察和現場鑑識人員正圍著一個什麼東西高聲交談，語氣充滿了恐懼。

看不下去的我，對著他們大吼：

「你們在做什麼！趕快拉起封鎖線啊！」

其中幾個人很快地認出我，有一名還曾經是我的學生，我記得名字叫做顏吉南，現在正於臺中地方法院檢察署任職。

「老師您怎麼會在這裡！」

我揮了揮手，告訴他趕緊讓檢察官指揮現場，別再耽擱。

然不及吉南介紹，現場的檢察官就紛紛主動過來找我講話。

「荊博士，這個案件很詭異啊！」

「先別說太多，你還是先命人在樓梯上拉起第一道封鎖線，鐵門外第二道，現場第三道，免得無知民眾闖入！」

「荊博士別擔心，已經有人去辦了，現場照片及證物也都正在進行，我想請您過來看看。」

說到最後，檢察官忽然面露難色，我心知這個案子可能非同小可。

然而我還是盡量讓自己冷靜。進入現場之後，要假設自己就是嫌犯，必須大膽假設、小心求證，更要沉著冷靜；勘查現場時，要假設犯罪仍在持續進行，才能讓自己融入案發現場的環境之中。試圖設想：自己要如何進入案發現場？根據現場跡證研判兇手如何作案？作案後要如何逃離現場？

「你們進來的時候，地板是濕的、還是乾的？」

「乾的。這部分已經拍照存證了。」

所以是下大雨之前幹的。

3

當了將近三十年的法醫，什麼樣案件沒看過，然而即便如此，面對眼前的景象還是相當震驚。在這數十年的法醫生涯中，我從未看過這樣殘忍的殺人手法，其喪心病狂的程度，令我實在不願對現場多做回想。然若不詳加描述現場，或許會影響到各位之後的閱讀，還是決定略加形容一番。

該死者為一名年約三十幾歲的女性，全身赤裸，除脖子上具有明顯索溝之外，最令人難以置信的是，該死者從陰道被鋼管穿入，自口腔穿出，整個人像烤乳豬一般固定在舞台的鋼管上。雙手自然垂下，雙腿撐開作劈腿貌，以股骨頭頂住髖臼上緣，支撐全身體重。由於其劈腿角度較一般人為大，我暫時推測該死者有可能是該舞廳的鋼管女郎。

檢察官見我眉頭深鎖，著急地問：

「荊博士，您的看法？」

「你們檢查過這根鋼管了嗎？」

「檢查過了，沒有任何切割過的痕跡。」

當下我聽到這回答，不由得勃然大怒。正想要發作，轉念一想，還是自己先檢查一次比較好。

「我去看一下。」

從舞台兩側的鐵梯上去之後，可以清楚看到舞台對面有好幾組開放包廂，墨綠色的環形沙發搭配墨黑色的圓桌，平常人們就是在那裡飲酒作樂的。舞廳的燈光很昏暗，大大影響了我的視力。

我從上衣左邊口袋裡拿出我的老花眼鏡，一面戴上、一面走向屍體。

大致看過一遍後，的確沒有在鋼管上發現任何切割過的痕跡，看起來甚至還像是新的一樣，除了那些乾掉的鮮血和組織液。

我叫了靠近舞台的一個鑑識人員過來。

「你幫我看一下舞台下方。」

「看什麼？」

「固定底座的地方。仔細看看螺絲有沒有被轉動過。小心翻，不要讓這塊遮布沾到舞台上的血跡。」

一般鋼管舞廳的鋼管會直接以螺絲固定在天花板和地板上，而非舞台。

不久後那名鑑識人員抬起頭來跟我說：

「沒有。這鋼管是用四個六角螺絲固定的，螺絲附近有些生鏽，若是有被轉開過，鐵鏽的痕跡不可能維持和原先一樣。」

他說的沒錯，只好再叫人拿一把梯子來看看天花板上螺絲的狀況。

結果還是一樣。

這就怪了，屍體明明是完整的，好好的人體又怎麼可能平白無故串到一根沒有開口的鋼管上呢？

左思右想不通，只好先驗屍，我又叫了剛剛那名鑑識人員過來。

「這樣子我無法驗屍，你找人來把這根鋼管鋸下來。注意鋸的位置，盡量靠近屍體。」

隨後兩名人員便分別拿了一把手動金屬線鋸，賣力地動了起來。「嘰喳嘰喳」的聲響開始在室內迴盪。

「不要怕碰到屍體，盡量靠近！即使是死人我們還是要尊重，你也不想在拔出的時候，還讓一根長長的鋼管通過你的身體吧？」

一般在醫學手術上的觀念是，盡量不要讓在體外的東西穿過體內，在拆線的時候尤須注意。要貼近皮膚剪開繩結，以避免在取出線頭時，造成傷口汙染的風險。然而事實上，我後來才發現，這樣的觀念卻影響到案情的調查。

「咦？」

這時一名線鋸人員突然驚呼了一聲。

「怎麼了？」

只見那線鋸人員臉上寫滿了疑惑的表情，猶豫地說出：

「我剛剛好像看到鋼管移動了。」

我朝他說的地方看去，鋼管還好好地屹立在舞台上，一動也不動。

「沒有啊？你看錯了吧？別太緊張了。」

「嗯，應該是看錯了。」

那線鋸人員滿頭大汗，臉色蒼白，因爲他還要扶著屍體等待屍體頭頂上方的鋼管鋸完。

好不容易將鋼管鋸斷、屍體取下之後，鋼管成了兩段。一段固定在地板上，一段固定在天花板上。

我戴上橡膠手套，我的學生亦在一旁協助。我們緩緩將死者體內的鋼管取出，並讓鑑識人員裝在一個大塑膠袋收好之後，開始進行驗屍工作。

死者身高約一米六，長髮及肩，臉上施以濃妝，腳指甲上塗有粉紅色的指甲油，手指甲特意留長，並非假指甲片，可能是爲了彩繪。

我向附近人員要了一副指甲剪，將死者的指甲剪下並收集。雖然現場不像是有經過打鬥的痕跡，我還是希望或許死者有抓下一些屬於兇手的皮屑。

右頸側有一條整齊的血痕，寬約零點六公分。翻過屍體一側，索溝在頸後停止；再翻到另外一側，左耳後方隱約有一條不甚明顯的索溝。是「分岔索溝」，亦即死者是遭到兇手從背後以「左手高、右手低」的方式，環繞脖子一圈之後，緊緊地向兩側拉扯而致死的。

由索溝形狀研判，是表面光滑、圓形、類似行動電話充電線之類的東西所造成的。不妙的是，由於索溝面光滑，且死者似乎沒有掙扎就陷入昏迷死亡之境，因此只有輕微的擦傷。

我以食指和拇指翻開死者眼瞼，可以清楚觀察到，結膜、鞏膜以及下眼瞼出現出血點，且舌尖微吐於上下齒列前方半公分處。指甲床呈現暗紫色發紺，表示有缺氧的情形，顯是窒息死亡沒錯。

死者乳暈無變大發黑之情形，而陰道內外都有撕裂傷，推斷是串入鋼管造成的。陰道內部並無精液，判斷應該不是姦殺，且陰道比正常的狀況——甚至是鋼管的寬度——鬆弛很多，幾乎可以確定死者是被勒死後才被穿到鋼管之中。因爲死後陰道已經失去彈性，沒有辦法收縮回去。一般我們判定姦殺案是先姦後殺、抑或是先殺後姦，也是利用這個原理。

略帶溫度的兩側顳部，即太陽穴附近，尚無白黃顆粒出現，表示家蠅還未產卵。大範圍的全身屍僵出現，且屍斑融合成大片狀。我以食指輕壓之，出現完全褪色，且角膜微濁、嘴唇開始皺縮。

我取了散瞳劑滴入死者眼睛，瞳孔仍有反應。

「死亡時間大約是六個小時，也就是大約晚上十一點左右發生的，你同意嗎？」

學生點了點頭，我心裡卻想著：十一點舞廳不是才正熱鬧的時候嗎？

初步驗屍完之後，我和檢察官說明了一下狀況，決定先找舞廳老闆，也就是剛才在水溝旁嘔吐的那名男子問話。

檢察官問道：「今天舞廳沒開張？」

那男子全身還都是「抓兔子」的味道，臉色毫無血色，說起話來結結巴巴，四肢仍在微微顫抖。

「沒錯……今天休息。」

「是預定的嗎？」

「是的，半年前就預定了。」

「這名死者，是你的小姐吧？我要知道她的名字。」

「我……不清楚。」

一件兇殺案的發生，不外乎情殺、財殺、仇殺，特種行業女子的命案更是常見。

檢察官臉色一變，「什麼不清楚？快說！」

這時一名鑑識人員跑過來，說在後方更衣室找到一個黑色名牌包包，可能是死者財物。

「既然今天歇業，」檢察官繼續追問，「為何你的小姐還會出現在這裡？」

「也許……她和我一樣忘記拿什麼東西了吧？」

「你忘記拿什麼？」

「帳本。」

「狗屎！誰會在這種時候來拿帳本！你給我老實一點！」

那舞廳老闆被檢察官大聲一吼，身子用力震了一下。

「我說實話、我說！」

「快說！」

「來拿錢。」

「做什麼？」

「買東西……賭博！」

我看著檢察官兇狠的眼神，內心一陣發笑。

不久後，死者的包包便被送來我們面前。包包裡的東西沒什麼特別之處，就是一些女性用品、錢包、「江怡惠」的證件，還有應該是被兇手脫下的衣物。然而心細的檢察官卻在包包內袋裡找到了一支手機、和一組可能是兇器的手機電池的充電器。

「是這個嗎？」

「有可能。」

我將充電器和死者脖子上的索溝一比對，形狀十分吻合。

「怪了，這不是件好事。」

「怎麼了？」

「這兇手竟然還會悠哉悠哉地將兇器和死者衣物收好在包包裡，加上那奇怪的鋼管，這案子恐怕不好辦啊。」

「怎麼說？」

「兇手恐怕是個心思縝密之人，現場有採集到任何證據或指紋嗎？」

「指紋有是有，但十分混亂，舞廳人員出入繁雜，分析指紋恐怕不是個明智的做法。證物方面，目前看來，應該是沒有。」

「所以只剩這個充電器了，但恐怕兇手是帶著手套作案的。」

我看了陷在沙發裡、抱著頭懊惱的舞廳老闆一眼。

「兇手應該不是他。如果眞的是那個傢伙幹的，手法不會如此精緻，剛剛他在外面嘔吐也不像是演的。」

「不是因爲死者目睹老闆偷拿舞廳小姐置物櫃裡的錢，所以被殺掉嗎？」

「不像是，尤其我無法解釋，他是如何短時間把人穿到鋼管裡面的。」

此時檢察官突然衝著我一笑。

「荊博士，想不到您還是老當益壯啊，我們年輕人都要向您看齊。不過我想知道，您爲何會出現在這裡啊？」

「這件事說來詭異，你也不信。」

「莫非又是撞鬼了？」

我笑了一笑，心想有些事還是自己明白就好。

4

冬天的太陽起得晚，等我們的蒐證工作告一段落時，它才悠閒地照亮街道，雨水蒸發的氣味開始變得明顯，標示出這是個糟糕的夜晚。檢察官走向警車，決定先將舞廳老闆帶回警局問話。

事情告一段落，我終於想起昨晚忘了給太太打電話，慘叫一聲。

「能不能借我手機？」

「當然。」

檢察官便從腰間掏出一支警局發給的手機遞給我，我正要接過來，他卻叫道：

「對了，手機！死者可能是被約到舞廳的！快，別讓犯人有時間逃走！」

我恍然大悟。只見一名員警三步併作兩步，急忙將死者的手機遞給檢察官。

巧的是，這支手機我在不久前才見過。太太告訴我，這款手機正是前一陣子流行全臺灣的「小海豚」，由手機大廠摩托羅拉（Motorola）製造，其特點是機身全黑、中文顯示，而且還可以支援中文的輸入法。螢幕大、鈴聲很響，常常可以在街上看到有人講完電話後，帥氣地「啪」一聲關閉側蓋，一支要價將近萬元。我想起她曾提過「通聯記錄」這回事，可以記錄誰曾經打過這支電話。

「最後一通電話，是昨天晚上十點四十四分打的。」

跟死亡時間很接近，極有可能是兇手所撥打的。

「是誰打的？」

「發話者似乎是暱稱。你看，『寶貝』，可能是死者的情人。」

「嗯。那應該不難找了。」

回到火車站附近的繼中派出所後，警方立刻針對這支號碼進行追查，並由手機通訊錄聯絡到死者的家人。檢察官簡單說明事情的狀況後，請他們即刻前來驗屍。

上午八點半，江怡惠的母親到了。她的雙眼紅腫，在車上恐怕眼淚都沒停過。

檢察官安撫後，便讓案母檢視屍體照片。

她立刻認出死者就是她的女兒江怡惠，藝名「晨星」。

據案母所述，死者現年三十九歲，戶籍在南投中興新村[4]。死者念完當地的國中後，便來到臺中市念護理學校。在臺中醫院從事護理工作大約兩年，因爲父親意外身亡，導致家裡經濟狀況出問題，而護士的收入實在太少，無法支援家中弟弟妹妹的學費開銷。

無奈之下，她想到自己的身材和臉蛋都不錯，若轉行做舞女，一定可以賺到一筆可觀的錢，便回家和母親商量。

案母起初當然不肯，然而衡量到家裡的開銷，最後勉強同意了。

這樣的事情我見過很多，不管是酒店小姐還是舞廳小姐都一樣，多半是爲了負擔家裡經濟才出此下策，否則哪有年輕貌美的清純姑娘願意深入火坑？

4　臺灣南投城鎮，亦為臺灣戰後第二個新市鎮（僅次於光復新村），為中華民國臺灣省政府駐地所在。民國八十八年九二一大地震，中興新村許多房舍全毀，包含臺汽中興站、省政府五個廳處、中興八景之一的中興高中科學館。隔年行政院九二一震災災後重建推動委員會即設立於中興新村。

只是可悲的是，這行一進去，就別想出來，只有越陷越深，總是不可能等到哪一天賺夠了就洗手不幹。最大的問題就在於，人是會受到環境影響的。

我年輕時在臺中有個案件，便是酒店小姐在出場時慘遭輪姦後殺害。當時她很信任同爲酒店小姐的朋友，以一萬元的價碼和三名男子到臺中大坑山上，在戶外鋪起睡袋，兩個人把風，輪流上場。沒想到完事之後，這三個傢伙竟然賴帳，表示只給六千。她一氣之下，威脅要報警處理，還撂下狠話：「小心我告你們輪姦，到時你們就會死得很難看！」

她不斷謾罵叫囂，其中一名男子心一橫，索性拿出後車廂裡的球棒狠狠打了她一棍，其他人見狀也一齊動手，最後把她活活打死，並放火焚屍。

深入了解後發現，起初她還頗爲矜持，但是時間一久，身邊的人都這樣做，人也難免會比來比去，比誰的檯最紅、誰賺的錢最多，於是她逐漸動搖，剛好她新認識的男友好賭博，十分缺錢，直到有一次朋友又找她去做外場的時候，她才終於不再推拒，爲了愛情，接下這筆讓她命喪黃泉的桃色交易。

據了解，江怡惠由於當過護士，相當會照顧人，不但受到客人歡迎，也相當受舞廳其他小姐愛戴，是公認的「大姐」。她努力接客、工作勤奮，讓她一直到快四十歲的年紀還可以穩坐紅牌的寶座，在這個年代實在很少見。

上午九點二十五分，警方根據號碼登記的地址找到「寶貝」的下落，派出一輛警車準備抓人，卻不見嫌疑犯的蹤影。警車回報，房子裡只有兩男一女，正在進行性愛遊戲，即將全部帶回警局偵訊。

5

聽到嫌犯吳東恆可能已經逃走的消息，檢察官大發雷霆。

「你說他走了？」

那三名男女只是點了點頭，一聲不吭，頭垂得很低。

「去哪了？」

那三名男女又只是搖了搖頭，嘴裡還是吐不出半個字。

「該死！你們要是不配合，我就在這裡跟你們慢慢耗，你們也別想回家！」

一聽到回家，他們總算是抬起頭來，其中一名年紀較大的男子先開口：

「我們真的不知道他去哪了，他什麼都沒說，那時候只剩我還醒著，半睡半醒之間，看見他只提了一個旅行包就出門了。」

「你們剛剛說，從昨天晚上八點吃完晚餐開始，你們和吳東恆就一直待在那個房子裡，一步都沒有離開過，是真的還是假的？」

「是真的。」

「你們當時在做什麼？總不可能都沒有出去買東西吃吧？」

「我們……在打麻將。」

「賭錢的？」

看著那男的吞吞吐吐，就知道檢察官猜中了。只不過，難道凶手不是吳東恆嗎？如果不是他，那還會是誰？

「沒有說謊？」

「眞的沒有！」

這次換成女人開始歇斯底里，兩個男人安靜地坐在一旁，不帶任何表情。

「他媽的吳東恆，找我們來打牌，自己落得輕鬆，現在也不知道死到哪裡去了，眞是衰小！」

「妳先冷靜一下。我頂多判你們妨害風化罪，給我慢慢說！妳說！吳東恆是什麼時候出門的？」

這檢察官只會嚇人，不知道案子什麼時候才有進展。我的手錶時間已是十點多，算算車程差不多該回臺北。趕不上午餐的話，太太恐怕眞不讓我回家了。

倉促向眾人道別之後，我急忙買了張臺中到臺北的自強號。

此時火車站人潮眾多，所幸我沒帶什麼行李，又是座票，在候車大廳裡等了約莫十分鐘，臺中火車站裡的擴音器傳出女子的清音：「各位旅客請注意，開往臺北的自強號就要開了，請各位旅客依照秩序排隊，於第一月台上車。」

在那女播音員改用閩南語複述的時候，我被人潮推進剪票口，第一月台上早已有人排好行列。車廂的走廊上擠滿了人，就算我是靠走廊的位子，上廁所也很不方便。

我的座位隔壁是一位穿著黑色皮衣的先生，好不容易坐定之後，我才終於鬆一口氣。我將卡其外套脫下，蓋在身上當作小被子用，卻在脫外套的過程中不小心撞到了隔壁那位先生。他戴著棒球帽，帽沿壓得很低，透過縫隙瞪了我一眼。

雖然沒戴老花眼鏡，我還是可以清楚看到他的眼球佈滿血絲，臉色蒼白，唯獨那挺直的鼻子和弧形的嘴，透露出他是一名年輕英俊的青年，估計不到三十歲。他的胸脯正上下快速起伏，呼吸十分急促。

本來我以爲他被我的手肘撞疼了，滿懷怒氣；但沒想到他只是再度緊閉雙眼，雙手握拳，狠狠掐著大腿的褲子，指尖因爲用力而泛白。

他的腳掌不自然地勾起，顯然有些過度焦慮。

「這位年輕人，你還好吧？」

青年沒有回話，逕自將臉撇向車窗那側。

我見狀也不多作回應，心想這青年脾氣古怪，倒與我那小兒子有幾分相似。他從小個性就十分倔強，從來不聽長輩的話，尤其是針對學校老師，上課總要提出自己的獨特見解，公開批評老師的不是，不但老師們視他爲眼中釘，同學們也不欣賞他。

只是，我和我太太越管他，他越來勁，到最後我們乾脆順其自然，想不到他反而開始用功念書。或許本來頭腦就不錯，現在也是一家外商公司的主管了，事業也頗有成就，因此對於這樣的年輕人，我多半是抱持著一種期待的心情來看待的，每個人總會走出屬於自己的一條路來。

想著想著進入了夢鄉。睡夢中那青年似乎有意報復，硬是用手肘狠狠頂了我一下，把我吵醒。我暗自笑道，幸好他也要到臺北，否則我就要睡過站了。只見他單手抓起腳邊的手提包，不打一聲招呼就跑下車。

我揉揉眼睛，摸向襯衫左邊的口袋，戴上老花眼鏡，然後穿回卡其外套。再三檢查行李之後，正準備起身下車，雙腿卻不爭氣，使了好大的勁才用手撐起身子。

這時，我的左手從掌面傳來一個硬物感。拾起仔細一看，才發現是那青年的車票落在座位上沒帶走。若是沒車票，恐怕還要補票才能出關，那青年此刻必定正在剪票口煩惱。

我決定順手將車票帶走，待見到那焦急的青年再還給他。

只是好不容易擠下火車，到了剪票口時一看，那黑衣青年早已消失無蹤。朝火車大廳裡望去，亦無蹤影。

「也許有什麼急事吧！」我喃喃自語道。

二〇一四年十月五日

〈人報副刊〉第四屆華文小說大賞首獎作品〈伏流〉

（一）

您了解我，就會知道我是一個安靜的人。我通常不像現在這樣多話，大部分的時間，我總是躲在自己的角落裡，像隻小貓一樣。

我不會傷害到任何人，也不願去打擾到其他生命獨立運轉的世界，除非有什麼東西刺痛了我，而這會促使我反擊，我會殺紅了眼，不留任何情面。

追溯起來，我想這是由於長期被母親訓練出來的結果。

我和我的雙胞胎姊姊，打從一出生就遭到了母親的囚禁，當然我也是等到接觸到外界之後，才發現原來母親對待我和姊姊的方式是多麼不可理喻，簡直沒有人性。在我有意識以來、一直到逃離那個可怖的房間，我和姊姊都以為，這就是我們本來應該要有的樣子——我和姊姊的肚臍上各拴著一個皮鍊，而那個皮鍊的另一端就固定在母親的肚子裡。

因此，我們被迫跟著母親行動，無時無刻。一開始我們感到安心，但是當我們的身體開始產生變化的時候，這件事情就不是那麼有趣了。

姊姊和我感到憤怒。我們都認為母親是個騙子、是個膽小鬼。她不敢出門，卻要拉著我們姊妹一起陪葬在那個臭氣薰天的小窩。我和姊姊規劃了一次逃跑的行動，卻被母親發現了。她在盛怒之下，將我和姊姊捏扁，連同兩條皮鍊一起塞回她的肚子裡。我和姊姊在狹小的空間裡緊緊相擁，幫彼此拭淚。

幾天後終於事情有了轉機，一名高大英俊的男子到我們家來拜訪，這讓母親感到興奮異常。姊姊看見母親令人作噁的反應之後，對著我說：

「看見了沒？真是可笑斃了，也不照鏡子看看自己長什麼模樣！」

我也認同，尤其當母親幾度向男子索吻不成之後，竟然不知羞恥地放聲大哭，尖叫著：「你要是再不回家，我就要死給你看！」

男子露出了嫌惡的表情，顯然是對母親的荒唐行為感到不耐。他重重地摔上門，作為警告母親的一個手段。

我和姊姊都在心裡暗笑：「世間竟然會有這種女人啊！」

母親鬆垮的肌膚、汙穢的口氣，還有那歇斯底里的鬼吼，任誰都受不了吧？但不管怎麼樣，最令我和姊姊感到憤怒的，還是她愛說謊的行為。姊姊在某一次終於忍不住了，對著母親咆哮：

「他根本就不是我們的爸爸！妳想騙誰啊！」

母親顯然抓狂了，抓起任何東西朝我們扔：「他就是妳爸爸、他就是妳爸爸！」

姊姊眼看母親越來越弱小、聲音越來越虛弱，便乘勝追擊：

「妳這麼做有什麼意義！是想要自己獨佔那個男人嗎？」

母親瞬間傻住了，姊姊臉上洋溢著得意的微笑。但母親也不是省油的燈，立刻衝進廚房抽了一把菜刀追出來，把姊姊的心臟割出來扔在地上踩碎。

姊姊雖然受了傷，但依然不甘示弱，嘴裡不住地飆出髒話，對著母親比出下流的手勢。

我跟姊姊相比，肯定是個懦弱的人，但跟母親比起來，我恐怕比她堅強多了。姊姊受了傷，我必須要站出來反抗母親。她既弱小又不堪一擊，正是我反撲的大好時機。我隨手抓了桌上的一支鉛筆，朝著母親的臉頰刺了下去，決心要讓她醜陋的面孔更上層樓，如此一來，男人就不會被母親給欺瞞了，我和姊姊會獲得最終的勝利。

母親遭受我的攻擊，先是一陣驚慌，後來就轉變成了憤怒。她的眼睛從黑色變成紅色，被我刺破的臉頰開始往耳根裂開，鉛筆應聲落地。她對著我獅吼，牙齒逐漸變長變尖，正對著我的脖子咬過來，讓我的氣管破裂，逐漸窒息。

這一次的教訓讓我和姊姊體認到，母親絕非如同她的外表一般溫馴，她的體內潛藏著一種可怕的生物，那頭野獸會讓她轉變，讓她變強，遠遠超出我和姊姊的能力所及。

一次兩次之後，我們只好放棄抵抗、放棄掙扎，乖乖臣服於母親的掌控下。好幾次姊姊向母親要求：

「我們都很乖了，可不可以解開這條皮鍊？」

想不到母親斷然拒絕，還用爪子掐住姊姊的頭，強迫讓她接受。

到最後我和姊姊總算放棄了所有希望，這也讓我們認清了一點，那就是我們所能擁有的，就只有彼此而已。名為電視的黑色箱子裡出現的美麗景色，全都是虛假的，根本沒有所謂的草原和湖泊。

另一方面，雖然母親不斷帶其他男人回家，但卻始終無法滿足空虛的心靈。如今我們姊妹只期待男子的到來，也唯有他能帶給我們和母親快樂。我和姊姊日日期盼，好不容易，某一天英俊的男子再度出現。

但顯然母親對於男子的誘惑再次失敗了。她出現和上次同樣的挫折感。「俊美的男子是不會被醜惡所吸引的」，這點我和姊姊都心知肚明。

看著母親的敗北，姊姊突然興起一個念頭：

「她做不到，說不定我們能做到吧？」

我對自己沒有信心，結果姊姊只好自己照著她的計畫執行。某個晚上，母親再一次試圖進入男子的房間，被男子轟了出來，便在客廳的吊扇上綁了一條繩子準備自殺。姊姊見機不可失，悄悄溜進男子的房間，令我意外的是，她好一陣子都沒有被男子轟出來。

隔天早上，姊姊把我叫醒，得意地對我述說昨晚的情況，讓我聽了非常嫉妒，不想和姊姊講話。

「這有什麼，我們比她漂亮多了，今天晚上換妳去，反正我們兩個長得一樣，妳一定也行的。」

我聽了好開心，一想到可以證明自己比母親還要受歡迎，我的身體就不由自主顫抖起來。我向姊姊問了計畫的細節，滿心歡喜等著晚上到來。

母親的身體一直到下午才被男子搬下來。她的脖子上根本沒有繩索的痕跡，真是個怪物，竟然能夠裝死一整天。男子踢了踢她，她才慢慢睜開眼睛，對著男子眨眨眼，以為這樣就可以讓男子對她一見傾心，事實上再怎麼可愛的動作，她做起來都只有「噁心」兩個字可以形容。

男子完全不理會她，她又開始哭鬧，又把自己吊回去。真是令人厭煩的戲碼。

不過這樣也好，今天晚上就不會有人打擾我的計劃了。想到這裡，我的舌頭就開始發燙，手指和大腿跟著膨脹。

總算到了晚上，我照著姊姊的指示進房間，果然男子沒有吆喝我滾出去，反倒柔聲細語地叫我靠近他。

他的手掌在我的尾巴上游移，順著倒豎的毛髮整理，帶給我前所未有的快感。男子的氣息帶著一種口水的臭味，卻讓我感到興奮。我確信他的觸角可以嗅到我身上的香水味，姊姊說這會讓他張開甲殼，我只要安靜接受，就可以被包覆進他的軀體內。

男子甲殼底下的體節有好幾段，最末端的體節是他用來防禦的武器，但是在某些時候這把利器可以用來麻痺獵物，尤其當獵物特別弱小的時候。我在此刻就是一個弱小的獵物，照著姊姊說的：「讓他麻痺妳的神經」。

一開始的痛楚十分強烈，但過沒多久就有一種被抽離的感覺，全身的血液朝著皮鍊的位置衝過去！我可以想像，母親的身體此刻應該像個鐘擺一樣，正在來回擺盪。我的腹內燃起了一把火炬，熱力會從我的這端延燒到母親的那端。

我必須承認，這種感覺就像割開皮膚一樣會令人上癮。這次的經驗讓我此生都在追隨類似的麻痺感覺，欲罷不能。

母親過沒多久就發現了我和姊姊獲勝的事實。她用極其邪惡的語調威脅我們，以為這樣能使我們害怕，實際上只是讓我們發現她的虛頹和弱點。

但是她的小手段還不只是這些。

她趁著我和姊姊睡著的時候，把我們拖到浴室裡行刑。她在我們的肚子裡放了上百條蜈蚣，試圖利用這樣的手法讓我們畏懼於「麻痺」的力量，但卻不知道這樣只會讓我們更加懷念男子的利器。

即使她重複了好幾次類似的過程，我們還是會不斷選擇遭到麻痺，就連那些痛不欲生的夜晚也是一樣。這就是上癮的魔力。

我和姊姊日復一日遭受母親的虐待，直到她開始在我們的肚子裡放毒蛇，才讓我們忍無可忍。

我和姊姊共同密謀了第一次、也是最後一次的殺人計畫。往後的時間裡她再也沒膽做這樣的事情，相反地，這次計畫的成功卻讓我茁壯而堅強。

我和姊姊的最終目標就是脫離母親的魔掌，但之前的事件告訴我們，母親不會死！我們是絕不可能以肉體擊敗她而逃走！我們必須要徹底殺掉母親！這是非常困難的事。畢竟在我們看來，母親體內的那隻怪物會讓她永生不死。

我們曾經想過用刀子取出母親的內臟，但很快就被否決了。母親的胸前已經完全角質化，普通的刀刃無法割穿。她的脖子和頭顱在長期的懸吊中，也被證明無法破壞。唯一可能的弱點，就是她的肚子。

但顯然她也很清楚這一點。她知道那裡永遠是女人最脆弱的地方，所以才會用蜈蚣、蜘蛛、蠍子、毒蛇等攻擊我們的肚子。那裡除了能夠被男人麻痺之外，最大的用處就是傷害自己。她的肚子穿了一層盔甲，盔甲外還上了鎖，只有男子有開鎖的鑰匙。但經過姊姊詢問之後，男子卻忘了鑰匙藏在哪裡。也許是男子的心臟裡，也許是縫在另一個男子手臂皮膚底下，都不確定。

我和姊姊想了好久，終於想到一個好辦法——利用大火直接將母親燒光！完全不需要解開那個盔甲！

然而這個辦法卻不比其他的方法輕鬆，因為母親的力氣太大，警覺性又極高，她可以輕易識破我和姊姊心裡的一舉一動。

我們必須要讓她乖乖躺下，不要亂動，然後才能放一把火把她燒掉。

姊姊很聰明，馬上想到要用安眠藥控制母親的行動。但是，要如何讓母親吃下那些藥丸呢？就算我們把藥丸磨成粉摻到水裡，母親也一定能發現的。到時候我們就必死無疑。

但是姊姊仍然決定孤注一擲。她想出了一個妙計，先把藥丸咬碎之後，吐到男子的嘴巴裡，再披著男子的甲殼和母親接吻。如此一來，母親的嘴裡即使有安眠藥的苦澀味，也會心滿意足地吞下去。

我和姊姊滿意的看著母親熟睡的臉龐，至此計畫已成功了一半。

接下來，我轉開瓦斯爐的火焰，利用紙張和沙拉油助燃，整個房間不出五分鐘便陷入一片火海，而姊姊早已設置好預備的機關，就等我到陽台一同避難。

我打從心底佩服姊姊的頭腦，雖然我們是雙胞胎，但她的頭腦卻比我的還要好。她想事情想得快，又有決心和毅力，我們兩個人接下來能夠擁有的自由，全都拜她一人所賜。

她將一根鋼管放入陽台滑門的溝槽裡，其中一端靠在滑門的側邊。等到我們從外面把滑門關上的時候，這根鋼管就會往下滑落，最後完美掉落在滑門的溝槽裡。如此一來，除了移開鋼管，母親無論如何都無法拉開滑門逃出來，阻止母親做最後的反撲。

我和姊姊開心地擊掌，認定母親一定無法逃離我們精心設下的陷阱。

火勢繼續延燒，客廳的窗簾助長了這頭猛獸的吞噬，整個房間變成一片紅色的海洋，這種溫暖近似於被麻痺的感覺。

然而令我們意想不到的是，母親竟然甦醒了！她克服了安眠藥的效力，在紅色的海洋中泅游而來！此時她的盔甲已在紅海中褪去，露出了體內怪物的皮膚。那怪物是黑色的，胸前懸掛著兩片擋板，母親發了狂似地朝陽台衝過來，雙手的尖爪猛烈敲擊著滑門，滑門的玻璃出現裂痕，眼看就快要抵擋不住母親的攻勢！

就在母親要使出最後一擊的同時，怪物的尖爪被大火燒斷了，只剩下一截斷端，全然無助於擊破滑門的玻璃。

過沒多久，母親再沒有力氣掙扎。她的腳也被燒斷了，整個人倒在紅海中，逐漸沉沒。

姊姊欣喜若狂，咧開嘴大笑，尖銳的牙齒在火光中顯得刺眼。我卻不因此而感到開心，因為我的利器也同時被紅海吞噬，我再也無法被麻痺，再也無法獲得上癮的快感。

我怒目瞪著姊姊，這讓她了解，我將會背叛她。另一方面，我也知道，我體內的毒癮正在逐漸升高。這使我感到極度不耐，手掌心開始冒冷汗。

「妳幹嘛瞪我？」

「妳把他也燒了。」

「那又怎麼樣？等我們自由了，外面的世界甲蟲多的是。」

「但那不是同一隻，我知道他們的毒液不同。」

「妳又知道什麼了？他們都長得一樣。」

「不一樣。」

「所以妳要怎麼做？背叛我嗎？難道妳不想要自由了？」

「我想要，但是沒有他的毒液，我會抓狂。」

「拜託！看看那個可悲的女人，妳想像她一樣淒慘嗎？」

我看著倒臥在地上、不成人形的母親，心裡想著：「也許自己的命運也會是那樣吧？但姊姊也一定逃不掉。我們長得一模一樣，有同樣的基因，遲早會變成和母親一樣的怪物。」

「我告訴妳，我是不會讓妳破壞掉我的計劃的，我會……」

此時火勢已經大到無法控制。房間裡的火量到達極限之後，終於衝破滑門、粉碎玻璃！無數玻璃碎片刺進我和姐姐的皮膚和肌肉裡，但我們卻都沒有感覺。

我們心裡很清楚，我們會跟母親一樣，胸前長出兩片盔甲，體內生出一頭黑色巨獸，所以我們會變得醜陋，同時永生不死。

「看好了！妳別想揭發我！」

姊姊的嘴巴開始朝耳根裂開。她伸出尖爪，穿過破碎的玻璃，將滑門的勾鎖扣上。她的肌膚被火焰燒得通紅，卻安然無恙。

「這樣就沒人會相信妳的鬼話了！」

原來姊姊以為我會跟別人告密，但實際上我才不會。我才不會用這種粗鄙的手段對付她。我會奪走屬於她的甲蟲，讓她跟現在的我一樣深受毒癮折磨。

所以我必須先裝出順服的模樣，等到我體內的怪物蛻變之後，我就有能力擊敗姊姊，奪走她的一切。

姊姊顯然上當了。她滿意地看著我說：

「這樣才對嘛，我們姊妹倆怎麼可以互相背叛呢？」

我點點頭表示贊同，實際上心裡不以為然。

「好吧，我們該離開了。」

雖然我帶著憂傷的心情離開這裡，但即將獲得自由仍令我愉快。此時母親的身體恐怕已經沉至海底，我們大搖大擺地游過紅色的火海，迎接第一次的蛻變。

離開了那個從小居住的黑暗房間，接著是一條陰暗的隧道。

我印象中那條隧道很長很長，我和姊姊走了好久才走出去。隧道裡什麼東西都沒有，唯一令我們感到麻煩的是，隧道的地面上積了一層酸臭的黏液，會腐蝕我們的腳掌。我和姊姊為此脫了好幾層皮，幾次復原的速度較慢，差點連骨頭也被吃掉。

這種酸臭的黏液會蒸發，導致隧道的空氣中也具有腐蝕分子，吸進肺裡也會造成灼傷，更別說是長期浸泡在這個環境下的皮膚。這個隧道讓我們面目全非，漸漸地，我們變成令自己都害怕的母親模樣。

花了幾年的時間，好不容易走出隧道，總算看見了外面的世界長得什麼樣子。真實世界和我們的小房間截然不同。這裡有陽光，而且空氣很清新，但是沒有人存在這裡。

「這是怎麼回事？」

「我也不知道。而且沒有草地。」

的確，外面的世界看似美好，但實際上卻很無聊。放眼望去都是爛泥地，坑坑巴巴的地面令我們失望。

「妳過來看看這個。」

姊姊指著地面上其中一個爛泥坑。

「這個水窪比想像中的深很多啊！」

水窪因為充滿了爛泥，所以無法一眼望盡。我只好將整隻手臂探進去水窪中，一直進到肩膀都還摸不著底。

「真的很深。」

我試圖將手臂拉出來，卻有股拉力揪著我。姊姊幫我用力，好不容易才將手臂抽出。但是將手臂抽出之後，我簡直快嚇暈了。我的手臂上吸附了大約有一千隻黑色的水蛭，每一隻都吸足了飽飽的血，軀體肥得就跟我的手臂一樣粗。

「怎麼辦！要怎麼把他們弄掉！」

「不可以硬拉！不然妳會失血過多而死！」

那麼難道要讓牠們吸乾我的血液嗎？

「等牠們吸夠了，自然就會掉了。」

我的天，想不到表面看似平靜的水面，底下竟然有這樣黑暗的東西在踴動著，等著吸乾我們的血。我感到身體越來越虛弱，心想也許就要死在這個未知的世界裡，然而這時候卻有令我精神為之一振的東西出現了。

是甲蟲。

看樣子姊姊的毒癮並不比我輕。她的臉上顯露出飢餓的神情。

姊姊說得沒錯，我沒必要執著於爭奪媽媽的甲蟲。這裡的世界還有很多。我跟姊姊各自挑選了一隻，隨著他們回到自己的住處，跟他們一起生活，等待時機汲取牠們的毒液。

從此之後我就和姊姊失聯了。但沒有關係，只要有毒液，我們就能繼續存活在這個世界上——毒液可是比食物還重要的東西。

但是要獲得毒液，並不比想像中的容易。原因在於，我的甲蟲身邊還有另一個女人。這個女人雖然對我很好，但是卻會跟我搶毒液吃。

我估計她的年紀應該和死去的母親差不多，但實力卻遠比母親弱。母親雖然醜陋，爭奪毒液的功夫卻十分純熟。我體內的基因也遺傳自母親，所以我會比這個女人強。總有一天，她會被我踢出去。

我開始嘗試第一次行動，是在我搬進去的第十天。

當時我的身體已經從失血的虛弱中恢復大半，實力也逐漸變強，而毒癮也到達前所未有的高峰。我逐漸無法控制，只好想辦法讓女人暫時離開住處、離開甲蟲的懷抱，我才有機會趁虛而入。

起初這隻甲蟲並不願意接受我。他的甲殼關得很緊，沒有絲毫張開的跡象，但是我注意到，他的利器正在甲殼下膨脹，將甲殼撐開一個小縫。我把握機會，利用我的尖牙扳開那個缺口。他的甲殼雖然有些受損，利器卻躍躍欲試。甲蟲的劍在我的齒縫間脹大，我趁勢削尖我的牙齒，為擊敗那個女人做準備。

費盡千辛萬苦，甲蟲總算將其甲殼張開，將我包容進去。

這隻甲蟲的氣味有些不同，不是口水的氣味，而是眼淚的氣味。這點令我有點生氣，因為眼淚是懦弱的表現，讓我興趣缺缺。

不過由於我體內的毒癮實在太強，我已無法再做選擇。我將甲蟲的利器刺進肚子裡，濃濃的毒液隨即噴激而出，舒緩了我的神經。

等到女人回家之後，我早已吸飽喝足了，一切都像沒發生一樣。這樣的把戲我又玩了幾次，女人也始終被蒙在鼓裡。但是我的野心卻逐漸變大，隨著毒癮的強化，我吸食毒液的頻率需要增加，從每三天一次，變成一天三次。可想而知，女人一天不可能出三次門，我只好趁著她在煮飯、洗澡、甚至睡覺的時候吸食。

這麼做被女人發現的風險很高，但我不在乎，總之是要把她踢出去的，要不然我吸毒的時候都會被她阻礙。

一次夜晚裡，我照慣例將甲蟲引誘至我的房間，但是我這次故意放大吸毒的快感，肆意放聲尖叫！目的就是要讓女人聽到，然後一舉摧毀她。

果然女人聞聲而至，她大發雷霆，想必是對自己甲蟲的不乖感到憤怒。甲蟲嚇呆了，連忙將甲殼關上。

我心想：「果然是個懦弱的傢伙。」

不過我一點也不怕女人，面對弱者時我絕對不會手軟，我會把她們打擊到地獄之後，再將她們處死。

女人感受到我的強大，只好跪地求饒。我讓她再也不得回來，她卻拒絕了。看樣子是她自尋死路，我準備要釋放出體內的黑色巨獸，以利爪將她撕碎！

然而令我意外的是，這隻笨甲蟲卻替她擋了這一爪。

我的一片指甲卡在甲蟲的胸部體節上，看樣子正在垂死掙扎。我冷冷看著躺在地上的甲蟲。他一死，我留在這裡也沒什麼意義了，便毫不猶豫地離開，留下那個蠢女人收拾殘局。

離開之後，我又四處尋找甲蟲的蹤跡。他們很好找，有趣的是，當我發現自己做了某些事情之後，甲蟲就會聞香前來。或許是因為性質類似，他們對我胸前的厚實盔甲特別感興趣。每當他們看見這兩塊比自己還要厚實的盔甲之後，就會不由自主地張開甲殼，伸出利器餵食我。

終於，我的毒癮已經到了無法挽回的地步。一兩隻甲蟲絕對無法滿足我的慾望，而甲蟲們似乎也會物以類聚，一隻甲蟲引來另一隻，兩隻甲蟲引來其他四隻，到最後會變成一整群甲蟲為我瘋狂！我很享受這種不費吹灰之力就能得到的好處。同時，我還能越變越強。

隨著我的實力逐漸增強，我興起了報復的決心。我開始打聽姊姊的下落，然而就在我快要找到她的時候，我卻被迫要接受審判。

我打從心底感到納悶：「這是怎麼回事？」

原來是那女人找了一群甲蟲幫忙，想辦法把我抓起來。莫非是她的甲蟲被我殺了，所以心有不甘？但是回想起來，那一爪並不能置甲蟲於死地。我想，或許是因為她無法忍受被擊敗的恥辱，才決心報復我的吧？

但顯然女人治不了我。我的保護傘太過強大，只能說太好笑了，她竟然找了一群甲蟲幫忙，難道她不知道我是甲蟲女王嗎？所有的甲蟲都將被我控制！

然而令我挫折的是，在審判結束之時，我雖獲判無罪，卻發現有兩隻臭甲蟲不受我的控制。後來我才知道，原來其中一隻的身分是檢察官，另外一隻就是我的仇人——那個招搖撞騙的法醫師！就是他們兩個侵入到我和姊姊的小房間裡，試圖拯救被燒死的母親。

我感到相當害怕。如果被他們知道了我和姊姊的計謀，該怎麼辦？

雖然我怨恨姊姊做出這種事，但我畢竟是共犯，絕對脫不了罪，況且他們並不受我的控制。

這種尖銳的恐懼感，時時刻刻包圍著我。但是隨著時間過去，他們並沒有其他動作，顯然姊姊的頭腦實在太好了。他們這種低等的昆蟲怎麼可能看穿姊姊的詭計？我早就應該要全心全意地敬佩姊姊、拜她為神，打消復仇的念頭。

但是苦難還不會放過我。這兩隻狼狽為奸的甲蟲，竟然利用職權把我關進一個充滿瘋女人的地方，使我無法接近毒液！這讓我抓狂！

實在難以接受……下半輩子竟然要在這種環境、這種情緒中度過嗎？

我誓言復仇！非吸乾他們的毒液不可！我要將他們的甲殼狠狠剖開，以尖爪利齒撕碎他們的體節！

無奈的是，日復一日，我被強迫服下一些不知名的藥物，令我無時無刻頭昏腦脹。毒癮雖然降低了，但卻是以另一種痛苦的形式來取代。我每天都要懷疑一次自己活著的意義，唯一能夠讓我堅強起來的，就是想到姊姊正在某處愉快地吸食毒液的樣子。

這令我嫉妒。同時也讓我仰慕姊姊的全能，使我想為她而活。

然而，這種無窮無盡的日子使我的精神耗弱。也許是藥物的作用，我開始產生幻覺——我看見母親從紅海中安然無恙地走出來，找我復仇！

她一步步朝著無力的我逼近！我好害怕，尤其她的皮膚早已不復存在，只剩下黑色的皮膚和亮白色的獠牙！蛻變後的母親更為強大，我完全無法招架。

隨著我的幻覺症狀逐漸加重，一隻叫做醫生的甲蟲厲聲警告我：

「不要再胡思亂想，否則我會被自己給逼瘋！」

我聽完後，還真的憋不住笑。究竟誰是瘋子恐怕還說不準，更別說那些鬼藥丸都是他開給我的。但是說實在的，他是這鬼地方少數的幾隻甲蟲。我可以清楚嗅到他底下那根利器暗藏的毒液有多香甜，恐怕是我這輩子能夠嘗到的極品。

我試圖引誘他，向他展示我傲人的厚實胸盔。依照以往的經驗，除了那兩隻臭蟲之外，幾乎所有的甲蟲都會臣服於我，就如同我和姊姊臣服於母親一般。

但是我失敗了。

吸不到他體內芬香的毒液令我發瘋。所以我趁著他和我說話的時候，強行扳開他的甲殼，拚命吸食他利器中的毒液。

但是我沒想到這麼做的結果會有多嚴重。幾乎每天，我都被護士強迫吞下一整罐藥丸。只不過，這次久違的毒液，完全喚醒了我遺失已久的高潮！我終於再次對活著感覺到興奮！

這種興奮的感覺並未能持續太久。禁斷將近三天之後，我幾乎難受到快要窒息，藥物也已經無法控制。我只好暫時用割開皮膚的痛楚，換取毒癮的高潮。

過沒多久，我又被限制了手腳的活動。沒想到他們竟然用腳鐐手銬困住我！

我沒辦法，只好用手指挖自己的肚子。這才發現，原來掐緊我體內的毒液接受器竟然能夠暫時紓解毒癮的禁斷症！

具體形容的話，這種感覺雖然能夠提供我一種近似於毒液的興奮作用，但那是僅止於生理層面的。在身體裡，有更深層的東西反而因此被挑動。我迫切需要那個東西，但是我卻說不出來那是什麼。也許那就是甲蟲的不可取代之處。

這種虛空的狀態持續了好一陣子，讓我的身體散發出那個塞滿水蛭的泥窪的氣味，既俗氣又無趣。這種氣味恰巧又是甲蟲們最害怕的，如此惡性循環，讓我興起了自我毀滅的念頭。

幸虧這時候病房的一位護士拯救了我。

她叫做江怡惠。雖然她是女人，但是竟然能夠逐漸填滿我虛空的身體，也許她也擁有甲蟲特有的什麼東西吧！

另一方面，很明顯的，她也能吸引到許多甲蟲。這令我欽佩，而且她胸前的盔甲比我更加厚實，身上散發的氣味比我更加誘人。

我任何時候都想跟她在一起，或許是為了沾上一點她身上的氣味，又或許是希望透過她，進而讓甲蟲們注意到我。但更有可能的是，我需要食用她身上的某些東西。

我會央求她，讓我瞧瞧她的接受器。

我清楚嗅到，這裡有我懷念的毒液的氣味。我掐了掐她的接受器，她會產生跟我類似的反應，然後換她為我這麼做。

「妳的感覺是什麼？」

「像被電到。」

「是被雷擊中的感覺嗎？」

「妳是這種感覺？」

「差不多。」

「那我也是。」

於是這種活動變成了慣例。每天下午，江怡惠都會到我的病房來，我們會先談心，然後再探索，聊聊自己曾經吸食過的甲蟲。

「妳說妳吸食過上千隻甲蟲？」

「怎麼，妳不相信？」

「我以為我比妳多。」

「妳？妳幾隻？」

「幾百隻而已吧。」

「我年紀比妳大啊。」

「也沒大多少。話說妳應該待在這裡比我更久吧？這裡又沒幾隻甲蟲，妳不是騙我吧？我在還沒被抓進來之前，可是遠比現在有魅力的呢！」

「我也不是質疑妳的魅力，而是我的工作就是捕捉甲蟲。」

「妳的工作不是護士嗎？」

「我還有另一個工作。」

江怡惠露出了近乎諂媚的淫笑。她的牙齒很黃，皺紋極多，這使她看起來更加嫵媚，難怪能夠成為名副其實的甲蟲女王。

「有這種工作嗎？」

「當然有。妳不也聞到了我身上的氣味？那就是甲蟲毒液的氣味，也是妳會被我吸引的主因。」

「妳的意思是，妳體內已經充滿了甲蟲的毒液？」

「當然啦，我可是個賤貨呢！」

江怡惠豎起小指，其餘的指頭扭曲成極不自然的角度。她的眼尾一直延伸到髮際，皮膚鬆塌的結果就是使她的輪廓加深，有著如同混血兒般的美貌。

「妳也教教我如何誘惑甲蟲。」

「這可不行，我可是靠這行吃飯的。」

江怡惠得意地咧嘴大笑，濃烈的口氣讓我心蕩神馳。我猜想，這就是毒液昇華的味道吧！我打從心裡敬佩她。

「妳什麼品種的甲蟲都能誘惑嗎？」

江怡惠顯然被我這句話激怒，表情十分不快：

「妳這話是什麼意思？」

「就我所知，妳可能會有一個很強的勁敵。」

我從江怡惠的語氣中感到一絲緊張：「是誰？」

「除了妳之外，她真的是我看過最厲害的甲蟲女王。只不過，我已經好幾年沒有見到她了。現在恐怕功力又更上層樓。」

「妳確定她會比我厲害？」

「我不確定，但是有可能。」

「到底是誰？」

「我姊姊。」

江怡惠放聲大笑。

「妳姊姊？妳開我玩笑吧？」

「我有一個雙胞胎姊姊，她跟我長得一模一樣。我從小就看著她誘惑甲蟲，她幾乎是多到要甩掉他們。」

江怡惠的好勝心被我激起，我的計謀也就快要達成。

是啊，我時常在想，姊姊憑什麼能擁有比我更好的生活呢？我們兩個的基因一模一樣，難道她比我漂亮、香氣比我濃郁嗎？我們同樣在母親的監控下生活，沒道理她就可以成為甲蟲女王而我不能。在成為甲蟲女王之前，我要先毀掉她的生活，讓她身上的香氣也跟我現在一樣散去！讓她也嘗嘗看，失去毒液的滋味！

「妳說她長得跟妳一樣？」

「沒錯，妳只要找到她，搶走她身邊的所有甲蟲，就能證明妳比她更有資格當上甲蟲女王。」

「這個簡單。」

「大話可別說得太早。」

「妳少瞧不起我。」

江怡惠丟下這麼一句話之後，就消失在我面前了。過了許久，她都沒有再出現過。不過不要緊，現在的我已經找到新的生活目標。既然我已經沉到了水窪的最底層，就乾脆讓水蛭們把我的血液吸乾吧！反正我早已不需要毒液來過活，我心中的仇恨已經填滿了空虛的肉體，我的胸盔終於再度鼓脹起來。

一九八〇～一九八五年

六十九年四月十八日

一個月前，我聯絡上我的國中同學。她叫做褘緣，家境很差，父親成天只會喝酒，母親靠著替人洗衣服賺取少少的錢，為的就是讓褘緣的哥哥能夠順利從高中畢業。但是就在我們國二那年，褘緣的母親逃家了。無奈之下，褘緣只好獨自挑起經濟重擔，到臺北去當會計。

後來我很少見到褘緣，但是聽說她的家境有好轉。有一次她來臺中找我，當時我還在護校，看到褘緣穿著好看的衣服，整個人的氣質十分成熟，我好羨慕，便問起她的工作。

「會計妳個大頭鬼，妳還真以為我是會計啊？我最爛的科目就是數學，就算能做會計，一個月能賺多少錢？兩千塊？我全家人能吃什麼？喝涼風？」

這時我才知道，原來褘緣她在當舞女，說穿了就是妓女。她說，一開始特別苦，因為她不會向男人撒嬌，總是被大班欺負。剛下海沒人認識她，完全靠大班介紹檯子，有時候一整個下午和晚上都沒有人點她的檯，她便忍不住哭了。

幸好後來褘緣靠著她的身材和臉蛋紅了起來，幾乎每天都有人帶她進場，這時候換成大班討好她了，百依百順，因為大班是靠著旗下舞女的鐘點拆帳的，舞女們的鐘點越多，大班分到的錢也越多。

但我沒想到，命運也找上我家了。

今年初，爸爸被人撞死，全家經濟陷入困境，到最後沒辦法，我只好騙媽媽，說是在學校附近找了一個大企業的秘書工作，老闆很慷慨，薪水也很高。

媽媽相信了。

我雖然心裡痛苦，但也不得不這麼做，不然弟弟和妹妹就沒辦法繼續念書。我到處打聽，聽說在火車站對面有一間叫做「花鄉」的舞廳生意很好，便硬著頭皮去應徵。也不知是幸還是不幸，老闆是同性戀，不會欺負自己舞廳的小姐，這讓我暫時鬆了口氣。不過老闆還是得驗貨，他很仔細看著我，從臉蛋到屁股。那天我還特別穿了學生制服，白色的短袖襯衫很合身，刻意修短原本就很短的深藍色百褶裙，想說這樣能夠顯出我的線條和白皮膚。

老闆先是拍拍我的屁股，然後捏了我胸部一把，看著我的身分證問說：

「真的十八歲？」

雖然有種被羞辱的感覺，但心想這也還好，往後還有更難受的，就接受了。

「很好，歡迎妳到我的公司來。原本在哪一家舞廳？」

我搖搖頭，老闆很詫異。

「會跳舞嗎？」

「不會。」

「慢四步也不會嗎？」

「有聽過，但不太會。」

「連慢四步都不會，先去找王經理，他在走廊最後面那間小房間。把身分證給他，去辦理牌照，然後再去學舞。等舞學得差不多，牌照也好了。」

老闆一口氣講了一大堆，我都快記不住。

「那個……我想借錢。」

老闆瞪大眼睛，對我叫罵：「妳搞什麼，還沒上班就跟我借錢？」

「對不起，家裡經濟出問題了……」

「要是這裡每個小姐都跟妳一樣，我豈不是要破產了？快去找王經理，早點開始工作，就早一點有錢。」

老闆揮揮手，叫我快點離開他的辦公室。我只好再度回到那條充滿霉味的走廊，朝著最裡面的那個房間走去。

我輕敲後便打開門，沒想到卻撞見王經理正在和一名女人做愛。當下王經理臭罵了我一頓，叫我滾出去。我只好蹲在走廊上等待他們結束。這期間，那女人的喘息聲不斷從門板後方傳來，讓我感到恐懼。

大約十分鐘之後，女人打開門叫我進去。

「身分證帶來了嗎？」

我點點頭，連忙將身分證遞上去。

「剛才的事情別亂講出去，否則有妳好看的。」

我點點頭，女人卻不客氣地說：

「這有什麼，全舞廳的小姐都被你殺過了，還怕被別人講。」

我大吃一驚，心想莫非第一天就要面臨這種事情。她看到我的表情，柔聲說：「別擔心，我會保護妳，不讓這個胖子碰到妳一根毛的。還是原裝貨嗎？」

王經理看起來想要發怒，但看到我微微點頭之後，怒火卻平息下來。

「妳沒說謊吧？」

我又點點頭。她很高興，拉起我的手說：

「太好了，看樣子我們有得撈了！胖子，趕快趁機釣一尾大魚！」

王經理突然站起來，丟了一句「我去找老闆」便離開了。

王經理前腳剛走，她就放聲大笑：

「我叫紗麗！」她伸出手，笑容很甜，「哈哈！居然第一次見面是這樣的情況，算是有緣！我剛來這裡滿半年，妳要不要和我一起住？」

「一起住？妳有自己的房子？」

「哪有可能！傻子，當然全都是客人送的！」

這時王經理回來了，「老闆說妳的名字就叫做晨星。」然後把一個信封袋遞給我，「還有，老闆同意先借妳兩萬塊，但是要記住，不許自己偷交男朋友。」

紗麗突然吼道：「兩萬塊有什麼鬼用，太少了！」

其實兩萬塊也足夠應急了，但是若要等我穩定下來，恐怕家裡還要吃苦。

「這是公司的規定！最多就是兩萬！」

「你少屁！當初你借給那婊子多少錢，你以為我真的不知道啊？」

「她媽的，她竟然跟妳講？」

「這不關她的事，當初要不是你願意借人家五萬，誰要幫你吹喇叭。」

「混帳東西，別忘了我還是妳的老闆！」

「誰是我的老闆了？你不高興我就帶著晨星到別家舞廳，你借還是不借？」

「她媽的，」王經理朝旁邊吐口水，「我自己貼妳三萬，到時候我要妳做什麼，妳就得做什麼！」

「那你要是敢對她做什麼，我就不跟你好！」

王經理滿臉漲紅，但看起來紗麗在舞廳有一定的地位，他也無可奈何。隨後王經理從皮夾裡拿出一張空白支票，用筆在上面寫了一串數字，簽了名後丟給我。

接著他拿起桌上的電話：「紗麗進場，記公司的帳，替她算十個鐘頭，妳告訴兆發，今天晚上不要替紗麗轉檯了。」

紗麗一聽，高興地親了王經理臉頰一下，左手還不忘撫摸他褲襠一把。

舞女到了下午，大多都會為了晚上的進場到美容院做準備，紗麗當然也不例外。她先帶我到她的住處，就在舞廳附近的民權路上。那是一棟兩層樓的水泥建築，紗麗的公寓在二樓，她拿出鑰匙開了門，把我拉了進去。裡面的設備相當豪華，光是客廳就有十坪，擺了幾張白色絨布的沙發和一張長方形的黑色大理石茶几。公寓裡除了兩間浴室和廚房之外，全部都鋪上又軟又厚的紅色地毯。

我注意到在沙發對面、靠牆壁的地方竟然有一臺彩色電視[5]，電視一旁有個陷進去的木櫃，裡面陳列著幾瓶洋酒和一些裝飾品。

我不由得驚叫：「紗麗，這地方簡直就是皇宮！光說這些家具，總共要多少？」

「床鋪、衣櫃、電視、梳妝檯，全部加起來大概要四五萬塊，尤其是那張床，是美國進口的。」紗麗說完便帶我進房間。

「那個酒櫃呢？」

「一樣免費，也是客人為我訂做的。對了，廚房的電冰箱是我向客人敲竹槓來的，妳以後也要學著這麼做。」

紗麗打開我的行李，把我的衣服全部拿出來，放進床鋪旁邊的高大衣櫃裡。其餘的內衣內褲還有襪子，全都塞進最下面的一個空抽屜。

隨後紗麗帶著我參觀浴室和廚房。廚房裡除了冰箱之外，還有一整套不鏽鋼的廚具和瓦斯爐，水槽裡散亂著還沒清洗的鍋子和碗盤筷子。

「妳自己煮飯？」

5 按：在當時（民國六十九年）正遭遇第二次世界能源危機，導致房價大飆漲，而一臺彩色電視機要價好幾千元。附帶一提，當時工業及服務業部門每人每月平均薪資大約是八千多元。

「很少，大部分時間都在外面吃。走吧，我還要帶妳去學舞。」

紗麗的美容師是固定的，原本她想跟美容師約下午兩點半，但是因為有人先預約了，所以只好延到三點。通常紗麗兩點半做頭髮，大概四點半就會結束，這時她會先去咖啡店休息，等到五點才去舞廳上班。

舞廳的茶舞是七點散場，客人通常不到七點就會帶紗麗出場，這時候才是她的吃飯時間。

紗麗帶著我到五權路上的一棟透天厝，在門外按了電鈴，一名小女孩出來應門。

「陳老師在嗎？」

「在，請進！」隨即小女孩帶著我和紗麗進屋走上二樓，悠揚的樂聲逐漸變大。

樓上有一群男女正在跳著慢華爾滋，旁邊的座椅上坐著兩名年輕女孩。這時一位正在跳舞的中年男子對著紗麗叫道：

「紗麗！是妳啊！好久不見，聽說妳紅了！」

紗麗很開心，寒暄了一陣子後，便將我推到陳老師面前。

「是這樣的，我有一個朋友要學跳舞。」

陳老師拋下與他共舞的女郎，也不管音樂停止了沒，直接走過來：

「這樣啊，當然歡迎！」

「她叫晨星，沒學過舞，再一周就要上班了，你可要幫幫她。現在價碼是多少？」

「一千，妳知道我是不會騙妳的。」

紗麗爽快地拿出一疊鈔票，數了一下便交給陳老師：「我多給你五百，你要讓她變成紅牌中的紅牌！」

「沒問題，包準讓她比妳更紅！哈哈！」

紗麗也跟著笑了，轉頭對我說：

「每天從早上十點開始，中午十二點休息兩個小時吃飯，從下午兩點再開始，一直到晚上十一點。妳可別偷懶，否則我也幫不了妳。」

我點點頭，這時慢華爾滋的音樂停止了，陳老師走到唱機旁，換上一張節奏較輕快的唱片，然後轉身對紗麗說：

「紗麗，來，我們來跳個快三步給晨星看看。」

紗麗走到陳老師面前，隨著旋律優美的音樂，兩人婆娑起舞。我看著他們熟練的舞步發愣。他們兩人看起來十分輕鬆，還可以不時交談，在場的人都停下動作觀看他們的腳步。

「想不到妳進步這麼快，半年前還是個什麼都不會的笨丫頭，現在竟然搖身一變，成了花鄉大舞廳的紅牌啦！」

「別這麼說，我還是會常常來陪老師的。」

紗麗羞紅了臉，我突然想起早上在王經理辦公室的畫面。等到歌曲終了，陳老師還意猶未盡，兩隻手撫著紗麗的屁股搖擺。

紗麗無意再跳下一支舞，她擺脫陳老師後對著我說：

「妳從現在開始，每天要自己學著過舞女的生活，中餐和晚餐妳要自己吃，我不能陪妳。

這附近有很多小吃，如果真的覺得身體撐不住了，就回家休息，不要在外面逗留，這裡治安很亂。」

我看著紗麗，心裡感激又矛盾。一方面是佩服，一方面是感慨紗麗命苦。我握住她的手，眼淚就要流下來。

「別在這裡哭，丟臉。這是公寓大門和房間門的鑰匙，對了，妳身上有錢嗎？」

「有。」

「多少？」

「五十。」

「五十塊妳能吃幾餐？拿著。」

紗麗從皮夾拿出五百塊給我，然後看了手錶，時間已經是兩點四十。

「我走了，妳要好好照顧自己。」紗麗說完便走下樓。

我看了看四周，全部都是我不認識的人，除了陳老師，大部分的男人看起來也都很有錢，其中還有一名年輕男子打扮十分時髦，然而他們卻都長得很醜。

這時陳老師走到我面前，牽起我的手說：

「晨星，現在我先教妳最基本的慢四步，妳看著我的動作，我怎麼做，妳就怎麼做。來，第一步右腳先向後退，注意距離左腳大約一步。然後第二步換成左腳向後，也是一步。再來第三步，右腳往後對齊左腳，再往右邊跨出一步，第四步左腳接著併攏……對對對，就是這樣，妳學得很快嘛！」

這是後退的步法，後來我又學了前進的步法和幾種簡單的花步。不久之後，陳老師便讓我隨著他跳了幾首舞曲，看起來我似乎有天分。陳老師接著讓我和一名陌生的矮子共舞，對方是個老手，他帶著我練習倫巴[6]，一直跳到七點才休息。

我獨自走出大門，將這裡的地址默記在腦中，突然感到不知所措。雖然這裡我並非不熟悉，但是總覺得自己的生活不再像從前一樣。我走著走著，不知不覺竟到學校附近，找了最熟悉的麵攤，點一碗陽春麵。

我看到同學笑著從校門口走出，心裡發慌。不是昨天的事情而已嗎，怎麼感覺卻像是隔了幾十年？

「怎麼了？心情不好？妳的朋友小妮呢？」

老闆娘認出我，但我的眼淚流個不停，她也不好意思追問。付錢的時候，我心想也許這是最後一次到這附近閒逛了。

六十九年四月二十九日

今天算是我第一次到舞廳，但還不是進場。為了讓我能夠風光進場，紗麗特別利用自己的人

6　傳說由非洲黑奴傳入美洲的一種舞步，因黑奴腳上有腳銬，每當思鄉就以舞蹈表達，演變出走步方式的倫巴舞雛型。倫巴舞十分強調臀部動作，女舞者必須藉動作強調臀部表現，並留意臀部動作是否跟上男舞者，而男舞者除了需要明顯的臀部動作，更重要的是使用整體的肢體動作，以身體引導女舞者，進而將觀眾焦點放在女舞者身上，表現出「他要她」的感覺。

脈，找了一位叫做呂光棟的商人，據說他是某大建築公司的董事長，光是資本額就有幾千萬，只要我能夠成功釣住他，後面的日子我就可以高枕無憂。

舞廳裡花露水和地板蠟的氣味讓我頭暈。裡面有個舞台，舞台上有一名歌女正隨著穿紅色制服的樂隊，唱著「採檳榔」。舞池是四方形的，就在舞台前方，男男女女在舞池裡隨著輕快的節奏起舞。舞池的周圍有許多半圓形的墨綠色環形沙發，沙發中心有墨黑色的大圓桌，每個位子都被坐滿了，打扮艷麗的舞女們穿插在其間，客人左擁右抱。

角落有些舞女沒有在包廂裡。紗麗說，那是湯糰[7]的舞女，因為沒有人帶她們進場，只好拜託比較紅的舞女一起將她們帶進場算鐘點，但是其實客人不想要她們，所以沒事情可做。紗麗承認她也常常做這種事。

舞女們與客人們打情罵俏，整個舞廳十分喧鬧，加上同時有十幾個大班領著小姐轉檯，變得更加混亂。他們在各檯子間急竄，免得有客人因等不及而鬧場。

我和紗麗在舞廳最靠近門口的一個包廂裡等著。這時一個肥胖的男人停在紗麗面前，眼睛卻盯著我旗袍鏤空的胸口。

昨天深夜，紗麗一回家就把名牌包扔在沙發上，將身上的圓領汗衫和短熱褲全部脫光，讓電風扇直直吹著她傲人的胸部。本來我已經入睡，但被紗麗吵醒之後，我忍不住望向紗麗的曲線。

7 舞女分為紅黑：紅舞女指有名氣而風頭甚健的舞女，有人追捧、收入豐厚；黑舞女則枯坐整晚而乏人問津，因而舞票為零，就像是吃湯糰一樣，因為湯糰代表圓圈，故黑舞女又稱湯糰舞女。

她發現我醒了，赤腳跑到廚房拿來兩瓶可口可樂，將一瓶丟給我。

「很熱吧？來，陪我一起喝！」

「妳怎麼光著身子跑來跑去？」

「哈！妳開什麼玩笑啊，早就該習慣了。起來！」

我愣了，紗麗把我用力抓起來，「這麼熱妳還穿睡衣，腦袋不被燒壞才怪。脫掉。」

「不要啦，我習慣這樣。」

「晨星，幹這一行，要拋下以前的規矩和自尊，妳的男人有百百種，都要學著配合。」

她把我的睡衣脫掉，只留下一條內褲。

「很好，以後最好內褲也脫掉。記住，晚上不要穿衣服睡覺，懂嗎？」

我猶豫了一下，最後還是把內褲脫掉。

紗麗伸出手，輕輕撫摸我的乳房，然後再摸摸自己的。我雖然感到驚嚇，但想到紗麗跟王經理的畫面，心裡就默默認同了。

「妳很有彈性，要好好把握自己的青春，多賺點錢。」

然後紗麗從自己的衣櫃拿出一件黑色情趣內衣，丟給我。

「穿上，我的妳應該能用。」

我看著紗麗的黑色奶罩發愣。中間的部分是透明的。

「這件別在第一次穿，第一次穿妳原本的，男人都喜歡清純，即使是舞女也一樣。」

我把紗麗這句話記在心中。這時她又拿出一件深紅色的旗袍，胸前鏤空。

「這是我最喜歡的一件。舞廳規定要穿旗袍上班，否則老闆會扣妳錢。」

只不過今天還沒上班，她便刻意讓我穿著這旗袍跟呂光棟見面。那胖子很猴急，兩三句話之後，便在紗麗旁邊坐下，毛茸茸的手在她大腿上遊走。

「你急什麼啊？沒看到我妹妹坐在這裡嗎？來，我給你介紹，這是我妹妹，她叫做晨星，早晨的晨，星星的星。」

那胖子伸出手，我只好伸出左手回握，只是我沒想到，他竟然另一隻手也摸上來，抓著我的手搓揉。我嚇得趕緊將手抽走，紗麗破口大罵：

「你幹什麼啊，我還在這裡呢！再說，人家還是個小姐咧！」

那胖子一聽，一臉驚喜：「妳沒騙我？」

「我哪時候騙過呂董事長了呀！」

這時候我才意會到，這個胖子即將是我第一次的對象。想到這裡，我竟然不由自主流下眼淚。紗麗看我這樣，趕緊圓場：

「哎呀，妳哭什麼呀？你看看，你把人家嚇哭了，人家今天才是第一次到舞廳來，我說你啊，你別想打我妹妹的主意！」

呂光棟咧嘴大笑：「哈哈！晨星小姐，妳這麼漂亮，怎麼會想到這裡上班呢？」

「人家要不是家裡沒錢，哪裡會到這種地方來。再說，你的意思是我不漂亮嗎？晨星，我們別理他了。」

紗麗說完便抓起我的手，作勢要離開。那呂光棟趕緊摟住紗麗。

「好，好，我說錯話了，妳們兩位都很漂亮，今天算我十個鐘點好不好？」

紗麗依然嘟著嘴，呂光棟無奈之下，再加碼到二十個鐘點，紗麗才笑了出來。

「今天怎麼了啊？火氣這麼大？」

「我的項鍊被人偷了，誰不火大！」

「就一個項鍊嘛，有什麼關係。」

「什麼沒關係？你買給我？那可是高級品，一條要價五千塊呢！」

呂光棟臉色一變，「誰送你的？」

「我的媽，你呂董事長還跟我吃醋啊？我是這裡的紅牌你又不是不知道。再說了，有本事你養我呀？」

「話不是這麼說，紗麗，我也沒有虧待妳吧？我每周在這裡，花在妳身上的錢，就不知有多少了，妳連我這麼一點小小的要求也做不到？」

「我呸！要是錢夠了，我還做什麼舞女？」

「那好吧，以後我每月包妳一百個鐘點，這樣夠不夠？」

「我還有妹妹要養呢，你也要負責嗎？」

呂光棟看著我，「沒問題，她什麼時候進場？我一定給她捧場！」

「後天。我問你，你要怎麼捧她？」

「晨星小姐，妳要多少，全憑妳一句話，我呂光棟說到做到。」

紗麗輕輕拍了呂光棟的腦袋一下，「呂胖子你傻了不成？人家是第一次來舞廳，哪知道這些東西。」

「那妳替她作主。」

「依我看，你最少要帶她連續進場兩個月，而且第一天就要替她買一百個鐘點。如果你沒出現，還是照算你的帳。」

呂光棟笑著對我說：「你這姐姐可真夠好的，竟然甘於讓你第一天就超越她。」

「別逗我妹妹，你要送幾個花籃？」

「二十夠嗎？我看再多這舞廳也放不下。」

「沒這回事，三十個。」

呂光棟皺了一下眉頭，看著我的胸口說：「沒有問題！就三十個！」

「那項鍊呢？我妹妹也沒有。」

「我看全臺中的舞廳小姐，只有妳能夠吃死我。」

紗麗舉手讓大班過來，才知道原來前幾天，那個被王經理罵臭頭的滿臉青春痘疤痕的男子，就是紗麗的大班兆發。

「幫我轉回檯，呂董事長要帶我出場。」

呂光棟簽了帳單，帶著我和紗麗走出花鄉舞廳。

六十九年五月一日

紗麗一大早就跟著她的情人出去了，我一直睡到十點多才起來。起來之後，我也不想吃東西，只好一個人待在家裡看電視。我盯著臺視的開播畫面發愣。金屬製作的臺視標誌、電視臺樂隊的伴奏、還有發音標準的開播詞：「臺灣電視公司，現在開始今天午間的各項電視節目」，我只想讓自己的心情平靜下來。

今天是我第一次進場，為了今天這個大日子，我特別空下昨天寫日記的時間，寫了一封信給媽媽。當然，我還是繼續我的謊言，騙媽媽說我已經取得老闆的信任了，工作很穩定，會定期寄錢回家。除此之外，這封信也是為了確認媽媽有沒有收到我上次寄回家的五萬元支票，還有兌現了沒。

我趴在梳妝臺上寫了一整晚，因為我總是寫沒幾行就開始哭，信紙一直被我的眼淚弄濕。凝視鏡中的自己，明明只是兩個禮拜的時間，我整個人卻像是換了個人似的，一下子從學生變成舞女，看起來也老了好幾歲。

其實我會如此悲傷，不只是因為自己的身世，而是紗麗悲慘的遭遇讓我感到同情。前陣子還在學跳舞的時候，一旁的茶几上有部電話分機，是用來轉接打到樓下陳老師家裡的電話。當陳老師在樓上教學生跳舞的時候，電話都是打到二樓的。我記得那天剛過三點，有一通電話打進來，陳老師的太太接了起來。掛上電話後，陳老師的太太跑過來，叫我到教室後面的洗手間說話。

「晨星，紗麗有告訴過妳我們這裡的情形吧？」

「什麼情形？」

「是這樣的，我們這裡時常有舞廳小姐來學舞，所以也跟旅行社有聯絡。當觀光客有需求的時候，旅行社就會通知我們找小姐派給他們。每次是兩千塊錢，妳可以拿一千五，我們五百。」

「什麼需求？跳探戈嗎？我今天才剛練會。」

「不一定，看客人的需求，陪他們一起玩，晚上和他們一起在旅館裡睡覺。」

「不不不！」我拚命搖手，「我不是這種的。」

「妳不是舞女？」

「不，是、我是，只是我……」

「沒關係，妳不要勉強，既然妳不願意，那就算了，我以為紗麗有跟妳說。以前她剛開始來學舞的時候，常常出去接客，也算是賺學費。」

聽到這裡，便深深覺得自己實在很幸運，如果沒有紗麗的幫忙，我可能為了幾百塊錢就去陪那些陌生的男人過夜。

「妳別再想太多了，」紗麗罵了我一頓，「當初要不是有這個機會，我就沒有今天了。我可能會餓死在街頭，還有全家人要靠我養，不管怎麼樣，生活還是要過下去的，有一千塊能賺，就先賺下來。」

「可是難道妳的貞操就不值錢了嗎？」

「貞操？那是什麼玩意兒？更何況我告訴妳，早在國中的時候，我就跟學長發生關係了。那個混蛋，把我騙到沒有人的公廁裡，半推半就之下，我的貞操就這樣送給他了。」

我沉默了。

「不管怎樣，這些都是過去的事了，妳現在要學會向前看，否則妳會受不了。別忘記妳為了什麼進入這行。喔，對了，等一下我要帶一個客人回家，要麻煩妳今天睡沙發了。」

紗麗說完便出門了。我趕緊抓了自己的枕頭和被子到客廳，把燈全都關了，希望自己能在紗麗回來之前就先睡著，因為我害怕聽到那些聲音。

但越是想逼自己入睡，就越睡不著。我聽到開門的聲音，連忙用被子蓋住臉，把耳朵塞進枕頭裡。但是這樣我反而更加專心聽著外面的動靜。直到他們兩人的腳步聲進入臥室，那男人才問：

「那是妳的室友？妳什麼時候有室友了？」

「小聲一點，你要把人家吵醒啊？」

透過棉被和沙發的縫隙，我可以隱約看見外面的燈光。過沒多久，浴室的門關上了，裡頭傳出放水的聲音，紗麗和那男人正在浴室裡嬉鬧。

就在我即將進入夢鄉之時，他們走出浴室，進入臥房，再度傳來關門的聲音。但是房門的隔音效果不太好，我可以聽到他們的低聲交談，不久後，紗麗開始呻吟，然而卻跟那天我聽到的不太一樣。

伴隨猛烈的撞擊聲，紗麗不斷發出淒厲的喊叫。我開始擔心，紗麗是不是和那男人發生爭執了？也許那男人一氣之下就對紗麗動粗，否則怎麼會發出那種驚心動魄的慘叫？

正當我想要進去臥室看看情況的時候，聲音停止了。我害怕紗麗被那男人殺了，便想打開門，沒想到又聽見紗麗和那男人說肉麻的情話。

我獨自回到沙發上，一整夜都沒睡好。

隔天早上，紗麗看我一臉驚恐，便知道我在想什麼了。

「昨天那是我的情人，他是某間企業的董事長，每個星期都會來為我捧一兩次場。後來因為生意開始變忙，有時候只有跳跳茶舞就走了。」

「姐，妳愛他嗎？」

我看著紗麗的臉，反而比之前更容光煥發。

「雖然我對他動了真心，但我還是要告誡妳，不要愛上妳的客人。會上舞廳的男人都不是什麼好東西。曾經有好幾個客人說愛我、要娶我，到最後也是玩膩了就跑了。」

「那妳為什麼要跟他……」

「這妳就不懂了。不是有人這麼說嗎？女人白天屬於上帝，晚上屬於魔鬼。[8]男女間的這種事情，是上帝特別安排的。和男人睡覺就像是小孩子吃糖，以後等妳嘗到了甜頭，妳就會常常想吃的。」

「妳說妳愛他，但是妳卻願意和不同的客人睡覺。」

「這沒什麼，否則妳以為那個呂胖子怎麼會願意為妳做那麼多？這些都是有代價的。不過也不是隨便就答應客人，妳要有眼光，看準那些會常常上舞廳的客人，抓住他們之後，就會經常帶

---

8 按：此句應為英國劇作家莎士比亞（William Shakespeare）的著名悲劇《李爾王》（King Lear）第四幕第六場的錯誤引用。莎士比亞原文：「Down from the waist they are centaurs, though women all above. But to the girdle do the gods inherit; beneath is all the fiends'」；現代英文：「Above the waist they belong to God, but the lower part belongs to the devil」。中譯：女人腰部以上屬於上帝，腰部以下屬於魔鬼。

妳進場出場，妳就不怕沒人點。但是如果妳不上路，他們以後就不點妳的檯了。那些湯糰舞女就是沒有眼光，才會落得這種下場。」

紗麗看著我的大腿，「妳有熱褲嗎？」

「我沒有。」

「那這件給妳，那呂胖子最喜歡看女孩子穿熱褲，就憑妳這雙白嫩的腿，肯定能把他給迷住。」

「可是……」我想起前天呂光棟的手在紗麗腿上磨蹭的樣子。

「沒有什麼可是了，聽我的話，以後妳就懂了。我們四點鐘要先和呂光棟在晶點茶室會面，在這之前我們要先去美容院。我的情人在樓下等我，我一點鐘會回來接妳，妳先準備好，知道嗎？」

我點點頭，紗麗交代完之後便匆匆忙忙出門了。

紗麗最常去的那間美容院就在晶點茶室的附近，不只是花鄉舞廳的小姐，還有附近其他幾間舞廳的當紅舞女，下午也都會來這裡美容，生意非常好。所以當我和紗麗到達的時候，專門替紗麗美容的六號師傅還正在忙著，紗麗只好先坐在休息椅上等候，讓我先給沒有客人的四號師傅。

我坐到四號的位子上，美容師傅拿給我一本髮型的畫冊，上面有很多不同髮型的女性照片，問我想要哪一種。我翻了一會兒，指了一張下面髮尾稍稍捲起來、上面蓬鬆，而大部分頭髮垂在左肩膀的照片。

「妳的頭髮剛好垂到頸部，挺適合妳的。我們先洗個頭，處理一下臉上的汗毛。」

洗好頭、拔完毛之後，美容師在我臉上塗了一種帶有檸檬味的膠質，然後把椅子放倒，讓我躺在椅子上休息。

過了很久，那美容師才回來清掉這些膠質，在我臉上按摩。最後，美容師開始用吹風機替我吹頭髮、上捲子，一步一步弄出剛才那張照片的樣子。

吹好頭髮，美容師又幫我在指甲上塗上紅色的蔻丹，抹上口紅。等我們弄好的時候，已經三點四十分了。我們趕緊跨下美容院的樓梯，朝晶點茶室跑去。紗麗看見呂光棟坐在茶室中央的座位上等著我們，連忙道歉：

「對不起、對不起，我們遲到了，那美容師手腳太慢了！」

呂光棟只是微微點頭，兩隻眼睛直盯著我的大腿。紗麗看見呂光棟這副模樣，便故意讓我坐在他的旁邊。他立刻伸手扶住我的腰，手一直沒拿開。

「兩位小姐今天都這麼漂亮，看來我只好請客了！」

紗麗故意酸了呂光棟一句：「呂董事長是特別對我妹妹說的吧！」

「哪裡的話，紗麗一直都是這麼美，還需要懷疑嗎？」

「那董事長的意思是我妹妹不美囉？」

「妳妹妹這麼漂亮，我還以為是天仙下凡了！」

「呂董事長！」我趕緊嬌聲回應，「別取笑我好不好？」

「今天是妹妹的大喜之日，我們兩個就別逗她了，點菜吧！」

呂光棟舉起手，那服務生一看到是呂光棟，連忙回去叫領班。只見領班三步併作兩步跑過來，不斷鞠躬道歉：

「呂董事長，對不起啊！剛剛有新來的把鍋子打破了，不好意思沒去迎接您！啊，對了，您來電話的時候，都已經滿座了，好不容易才弄出一張檯子，就是離音樂臺遠了些，還請董事長您能體諒。」

「沒關係，這裡還不壞，謝謝你！」

「董事長您真是客氣，既然您是我們老闆的恩人，只要您開口，就是要轟走幾個客人，我們也會替您弄出一張檯子。」

呂光棟笑得十分開懷。這時一位服務生送來茶水和毛巾，將一份菜單放在呂光棟面前。呂光棟將菜單推到我面前，瞇著眼睛笑說：

「就讓我們的美女來點菜吧！」

「我不會，姐姐，還是妳來吧！」

說完我站起來，又將菜單推到紗麗面前，而呂光棟則順勢摸上我的屁股。

「好吧，那就來一份鳳爪冬菇、鹹蛋肉餅、清炒豆苗、冬瓜蛤蠣湯。」

「就點這些怎麼夠，我的晨星可要餓死了。再來一份蔥油雞、腰果蝦仁。啊，差點忘了，還有滷豬脷[9]！」

---

[9] 地方俗語，即豬舌，又叫做豬口條。豬脷（ㄇㄢˊ）以肌肉組織為主，結締組織少，肉質堅實，煮熟後無纖維質感。性平、味甘鹹，有「滋陰潤燥」的功效。由於每隻豬只能取出一支豬舌，所以十分珍貴稀少。

「什麼是滷豬脷？」

紗麗笑了出來，對呂光棟說：「別講，不然我妹妹就不吃了。」

呂光棟也跟著笑了，「說的也是，晨星，妳別擔心，這裡有哥哥保護妳。」

「什麼時候你變成她哥哥啦！說笑！」

不久後菜就送上來了，呂光棟不停為我夾菜，我也埋頭猛吃，心想這樣或許可以轉移呂光棟的手在大腿上滑動的感覺。但是那種感覺卻一路酸上腰部和背部。紗麗看我臉色不好，便提議叫了啤酒。

這時音樂臺上的歌女終於開始唱歌，我聽出那是最近正流行的Kiss Me Goodbye[10]，旋律十分動人，終於讓我緊張的情緒稍微舒緩。

吃過水果之後差不多快六點，呂光棟跟服務生結了帳，我們便前往舞廳。只是出來之後，呂光棟卻是帶著我和紗麗朝著舞廳的反方向走，沿著騎樓右轉走進一家珠寶店。

進去珠寶店之後，呂光棟叫店員從玻璃櫃裡拿出幾個不同款式、鑲著白金的鑽戒。紗麗向我使了眼色，我便懂了。呂光棟讓我戴上手指試試看，我只好選了一個適合戴在中指上的戒指。

呂光棟問了店員：「這要多少錢？」

「四萬塊，這是一克拉的，但呂董事長是老主顧，我們可以算便宜一點，三萬八。」

---

10 英國流行女歌手佩圖拉‧克拉克於一九六八年的歌曲，歌詞內容是在敘述一名失戀的女子即將要離開她心愛的人，因為那人已有新歡，以吻別相送。

「妳喜歡嗎？晨星。」

我看了紗麗一眼，她轉頭問呂光棟：

「怎麼樣？」

「好吧，既然晨星喜歡，我呂光棟就沒有第二句話。」

呂光棟說完便從西裝上衣口袋裡掏出一個信封袋，並從裡面掏出四疊用紙袋綑好的鈔票。店員數過鈔票之後，連說了好幾次謝謝，這時珠寶店的老闆也走出來，再三向我們道謝，然後鞠躬送我們出大門。

「去舞廳吧！」呂光棟這次用左手直接環抱著我，手指頂著我左邊胸部下方，不時隨著走路順勢往上移動。

紗麗攔了一輛計程車，然後先跨進後座，我跟著進去。呂光棟將頭伸入後座的時候，紗麗對他說：

「喂喂喂，你要把我們擠死啊？你這麼胖，為什麼不去坐前座？」

呂光棟雖然不高興，但也只能關上車門。

「花鄉舞廳。」

從花鄉舞廳樓下的進門處，沿著樓梯一直到舞廳門外，滿滿擺上了紅色的玫瑰花籃，而每個花籃上都繫著兩條紅色紙緞帶，右邊那條寫著「晨星小姐進場光彩」，左邊那條則寫著送花籃人的姓名。紗麗叫我稍微記住這些人的姓名，大多都是社會上有頭有臉的人物。

這些花籃其中有三十個是呂光棟送的，其餘送花籃的人我都不認識，但聽到紗麗那樣提醒我，就可以知道是紗麗動用自己和舞廳的關係，找到一些客人送的。紗麗領著我進舞廳，從樓下到樓上，一路點數著花籃的數目，總共有將近五十個花籃。紗麗點數完花籃後，不由得驕傲地轉過頭來看我。

「我的好妹妹，妳今天可是創了我們舞廳的紀錄啦！」

我懂紗麗的意思，當下便握緊了紗麗的手說：

「真是太感謝妳了，姐姐！我真不知道要怎樣報答妳才好。」

「妳別這麼說，以後這就是妳的天下了，再說，人家呂董事長可是送了三十個花籃呢！妳也該要謝謝他啊！」

我連忙勾住呂董事長的手臂，「謝謝你，呂董事長。」

呂光棟放聲大笑，手肘也毫不客氣地頂著我的胸部。

「我的晨星，妳還在客氣什麼！如果妳要這整間舞廳，我也會買下來給妳！」

紗麗在一旁調侃：「那如果她要天上的星星呢？」

「那我就沒辦法了，哈哈哈！」

看門的小童拉開門，讓我們走進去。頓時，地板蠟和花露水的氣味全羼在舞廳的冷氣中，吸進鼻孔時一陣嗆辣。此刻舞池中已有幾十對男男女女正在跳阿哥哥[11]，整個場面亂哄哄的。一名

---

11 英語「A-Go-Go」的音譯。西元一九六五年在美國興起，屬奔放粗野的舞蹈。據說原指一種播放唱片，客人可隨音樂跳舞的小型夜總會，後來由此發展出的舞蹈稱為「阿哥哥」舞。

男服務生走向我們，他先向呂光棟鞠了個躬，然後領著我們到一個包廂。

我發現桌上放著一個小花籃，和外面的大花籃不一樣，裡面擺有幾朵紅色的玫瑰，最上方還插著一張長方形的紅色卡片，寫著：「晨星小姐進場光彩！」我環顧四周，每張檯子上都置放著這種相同的小花籃。紗麗說過，這些都是她讓老闆送的，要記得找機會答謝老闆。

節奏較快的舞曲停止了，暫停一會兒之後，樂隊又開始奏起慢四步的曲子。此時明亮的燈光全熄滅，只剩下牆壁四周縫隙中透射出微弱的紅色光線，所以整個舞廳顯得非常黯淡，就像黑夜一樣。

呂光棟牽起我的手走進舞池，紗麗趁著這時候去更衣室換衣服。在那黑暗的舞池中，只能夠依稀看到一對對的人影在慢慢蠕動，男女彼此都摟得很緊，藉著肉體的接觸來發洩內心的慾望。

我感覺到自己的心跳很快，想起還在護校時，曾經和班上一個男同學牽手的情景。但這次不像那次單純，呂光棟把臉緊貼著我的臉，我可以感覺到他凸起的小腹擠壓我的肚子。他將我抱得很緊，我的肺簡直要被他壓扁，無法呼吸。他的手在我的背部輕輕撫摸，我為了轉移注意力，只好看著其他的舞女跳舞。但令我想不到的是，有些舞女竟能表現出一臉享受的模樣，還將臉埋在客人的胸膛之中，手環繞著客人的脖子和肩膀。但我轉念一想，呂光棟可是在我身上花了一大筆錢，還有那只昂貴的鑽戒，漸漸便能習慣了。

呂光棟的手慢慢向下滑，放在我的臀部，一種噁心酸軟爬上腰背。我想藉著跳舞時的扭動擺脫他的手，沒想到呂光棟卻更加放心地握抓。他拉起我的左手到他面前，在手背上親吻了一下。接著順勢放開我的手，將他的手放在我的胸部上。

我這輩子還沒讓異性碰過這裡，從來想不到竟然是在這種地方、這種環境、還有這種男人面前發生的。我已經不是以前單純的我了。

好不容易跳到兩支舞曲結束之後，我們回到位子上，這時紗麗早就換好衣服回來了。

「去換衣服吧，老闆在帳房等妳。」紗麗說完，便在我手裡塞了一個紅包。

這時訪檯的大班才姍姍過來，恭敬地對呂光棟說：

「呂董事長，您好。」

「你總算來啦，今天紗麗和晨星進場，紗麗算三十個鐘點，然後你幫我告訴兆發，紗麗今天晚上不會回檯了，晨星替我算一百個鐘點。」

訪檯大班一愣：「一百個鐘點？」

「你沒聽錯！有什麼好懷疑的。」

「是、是，如果是晨星小姐，還有什麼好懷疑的！那麼董事長還要點誰嗎？」

呂光棟揮揮手，「沒了，就這樣。」

訪檯大班道謝之後，便回帳房報檯去了。

紗麗見狀連忙拉住我，「等那傻蛋出來再進去找老闆。」

過不久那訪檯大班終於出來，紗麗便催促我趕快進去。老闆正和王經理低聲討論，他們一看到我進來，臉上立刻掛上笑容：

「晨星，怎麼樣，今天不錯吧！我們花鄉舞廳自開張以來，還沒人能像妳這麼風光！」

「這些都要感謝老闆還有王經理的關照，對了，老闆，這是紗麗交代我要交給你的。」

他們立刻放聲大笑，老闆說：

「晨星，我還正想稱讚妳進步很多、紗麗調教有方，想不到，妳馬上就露出馬腳啦！做人不必這麼誠實，多跟紗麗學學。看看她怎麼讓客人心癢、欲罷不能，到時候，妳就不會放掉好的客人！」

王經理也跟著說：「是啊，連我都被她搞得頭昏腦脹了！」

我又想起那天的紗麗和王經理在辦公室的情景，還有那條昏暗的走廊。也許我有一天也要用肉體報答王經理吧?!在呂光棟的雪佛蘭轎車上，我下定決心，要在性愛這件事超越紗麗，成為一個比她更紅的舞女，然後報復這些用錢玩弄女人感情的男人。

六十九年六月三日

我墮落了。

我總以為墮落就是踩不到地，今天才了解到，根本不是，反而是一種輕鬆的感覺，因為再沒有什麼能夠失去，如果不是為了媽媽和弟弟妹妹，就算死了也無所謂。

今天晚上出場之後，呂光棟再也按捺不住，他威脅我，要是我再拒絕他的邀約，他就會讓這間舞廳關門。其實我推拖了好幾次，用各種理由搪塞，紗麗也被我搞得十分焦躁，但我就是不敢面對。

我坐上呂光棟的車，到一間距離火車站較遠的豪華旅館陪他過夜。旅館的走廊鋪著絨毛地毯，呂光棟走在前面拉著我，我故意放緩腳步，心想也許這樣就可以躲開，但我最後還是進了房間。只有我和呂光棟的房間。

一關上門，他就馬上開始脫我衣服。他將脫下來的衣服扔進衣櫃，衝過來抱住我，我碰到他下面鼓脹的東西。

他開始舔我的脖子，最後把嘴唇壓上我的嘴唇。我努力回想呂光棟給我的錢和鑽石，但是他的口臭讓我不斷作嘔，直到他將舌頭伸進我的嘴巴，我終於忍不住吐了出來。

呂光棟生氣了，他扯開我襯衫的鈕扣，扒掉純白色乳罩，用力抓我的胸部，把我弄得很痛。我趕緊推開他的手求饒：

「我想先洗澡，可以嗎？」

「現在？好，我們一起洗。」

呂光棟拉著我進浴室。

「等我一下，我把內褲脫下來放在外面。」

等到呂光棟走出去，我趕緊栓上浴室的門鎖，打開水龍頭。呂光棟在外面敲門。

「晨星，讓我進去。」

「我先洗，你等我洗好了再洗。」

「別這樣，不就是遲早的事，我知道妳第一次會緊張，我會很溫柔的。」

「既然是遲早的事，你又何必著急呢？」

呂光棟一聽，只好在外面等我洗好。我仔細清洗身體每一個地方，抹上肥皂，故意拉長自己洗澡的時間，但又害怕呂光棟會發火。最後我只好用大毛巾圍住身體，走出浴室。

原以為呂光棟會睡著，想不到他竟然用一條毛巾蓋住隆起的腹部，在毛巾底下手淫。我尖叫一聲，遮住眼睛。呂光棟看到我這樣的反應，反而更加興奮，他扯掉我身上的大毛巾，把我推倒在床上。

現在回想起來，我或許應該要抗拒的，但是我沒有。當時我就只是想著銀行裡的存款，還有媽媽和弟弟妹妹。我要賺很多錢，讓他們過上好的生活。最後我的心情終於逐漸平靜下來，我只要想著媽媽收到我寄回家的錢的表情，這些都不算什麼了。

不知道過了多久，呂光棟終於從我身上下來，氣喘吁吁躺在我的旁邊。過了一會，呂光棟突然走下床，到浴室裡拿了幾張衛生紙，在我的兩腿之間擦拭，然後看了看那衛生紙。

我不知道這麼做的意義是什麼，但他顯然很不滿意。他再一次用指尖抵住衛生紙大力擠壓我的下面，再檢查衛生紙之後，把衛生紙摔在我臉上。

呂光棟躺回床上之後，沒有再說一句話，發出如雷的鼾聲。

我坐在沙發上，想著家裡的狀況、弟弟妹妹的學業、還有媽媽的白頭髮。但是呂光棟的打呼聲實在是太大了，即使我不睡覺，也被弄得很惱怒。看著呂光棟那肥胖而且光溜溜的身軀，就像是我曾經在參觀屠宰場時看到的白豬，全身刮光了毛。我甚至想握緊拳頭，一拳打進他那張臭醺醺的嘴巴，但我只能躺在沙發上背對著他，用衣服壓住耳朵。

早上六點多，呂光棟終於停止鼾聲。他站起身，搖搖晃晃走到我身邊，一把抱起我，然後將我丟到床上，兩手用力抓握我的乳房。

他想爬到我的身上，但我不願意再接受這樣的動作，使勁推開他。呂光棟用力壓著我，讓我喘不過氣。我只好緊閉雙眼，回想紗麗告誡過我的話，以及我要成為最紅牌舞女的決心，想著想著，我就攤開了雙手，躺著任他擺佈。

不知過了多久，呂光棟終於離開我的身體，又到浴室裡拿衛生紙重複昨晚的過程。他越擦越用力，我痛得受不了，忍不住大聲尖叫。我看到呂光棟瞪著手中的衛生紙，一臉頹喪。

「妳可以走了，走。」

我起身到浴室去洗臉，想洗掉這個像噩夢的夜晚。我聽到呂光棟正在外面打電話，命令自己的傭人開車過來接他。

等我走出浴室的時候，呂光棟仍然光著身子躺在床上。

「你不走嗎？」

呂光棟冷冷地回了我一句：「妳先走吧。」

我向他說聲再見，但他沒有再理我。他挺直身子躺在床上，雙眼緊閉。就連我打開房門時，也沒再瞧上一眼。走出房間的時候，正好一名清潔人員推著清潔車經過，用一種奇特的眼光看著我。我羞愧地低下頭，加快腳步趕緊通過令人窒息的走廊。

計程車到家的時候才七點多鐘。我忍著怒氣，輕輕推開房門。一瞬間，紗麗熟睡的臉龐吸住了我的目光。她的嘴唇很翹，因為斜著身軀，纖細的腰顯得更加優美。她就像個純潔的嬰兒，任誰看見都不會相信她是個紅舞女。

我脫下衣服，在紗麗身邊悄悄躺下，以免把她吵醒。

等我再度醒來之後，已經是下午一點多了。紗麗在餐桌上留了字條，告訴我冰箱裡有飯菜。

我走到浴室去洗臉，不久後就聽到鑰匙轉開門鎖的聲音。

紗麗神情緊張地看著我，「怎麼樣？昨天晚上還好吧？」

我搖搖頭。想必我當時的臉色一定不太好，紗麗一看就知道了。

「那胖子弄痛妳了？」

「姐，我們還是別談這件事了，讓我沉澱沉澱。」

這時客廳的電話鈴響，紗麗接了起來。

「胖哥嗎？」

是呂光棟。他一定對我昨天晚上的表現不滿意。

「妳為什麼要騙我？」

呂光棟的聲音從聽筒中飆出來，讓紗麗愣住了。

「我騙了你什麼？」

「還裝蒜？妳騙了我什麼，自己知道！」

「我的好胖哥，我真的不知道，饒了我吧，你直接跟我說行不行？」

「那她媽的賤貨根本就不是處女！」

紗麗將聽筒暫時拿開耳朵。看她的表情，似乎是耳朵被弄痛了。

「你等一下。」紗麗用手摀著話機，轉頭問我，「妹妹，妳真的是處女嗎？」

我難過地點點頭。紗麗又拿起電話：

「你怎麼知道的？」

「妳把我當傻子啊！我跟我太太洞房的時候就知道了！再說，妳會不知道？」

「我跟你說，你我都認識她，也應該知道她不是一個會說謊的人。」

「我可不知道！總之妳得給我一個交代！她是不是原裝貨，她自己清楚！老實說，我只要花個一兩萬塊就可以找個電影明星睡一個晚上！妳自己想想，我在她身上花了多少錢！」

「我看她很誠實，絕對不會說謊。這樣好了，我想個辦法，等下再打給你。」

紗麗掛上電話之後，我終於忍不住流下淚了。其實凌晨回家之後，我就很想跟紗麗訴苦，根本沒想到竟會有這種事。長大以來，這麼大的汙辱我從來沒受過，現在才知道呂光棟那時的舉動竟然是為了要驗貨！原來自己只是一個被交易的東西！

「別哭，這樣不能解決問題。妳老實告訴我狀況，我會想辦法幫妳解決這個問題的。」

「姐，妳對我這麼好，我又有什麼理由要騙妳！」

「好，既然這樣，那就讓我來處理這件事情。不過妳接下來要聽我的話。」

紗麗拿起電話撥給呂光棟，過沒多久他就接起來了。

「胖哥嗎？」

「怎麼？她承認了吧？」

「你有沒有可以信任的婦產科醫生？」

「幹什麼？」

「我們去檢查一下，看一下究竟是什麼情形。」

呂光棟猶豫了一下，「好吧，我認識一個不錯的婦產科醫生。」

「你在哪裡？我們現在馬上過去檢查。」

「我看還是算了，那裡太遠了，況且我對那幾個錢也不在乎。我不會再追究，只要妳以後好好待我就好。」

「我的胖哥，這不是錢的問題，我們要把這件事情搞清楚，往後才不會心裡有疙瘩，你和晨星也不會撕破臉。」

「好吧，看在我倆以前的情份上，就給她最後一次機會。我現在開車過去妳那裡，大概要半個小時。證實之後，就別再怪我無情。」

「不必麻煩了，你直接過去那間診所，告訴我們地址就好，我們可以自己坐車過去。」

紗麗抄下地址之後，便掛上電話，叫我換上衣服準備出發。

我們坐著計程車在那家診所前下車。雖然診所不在熱鬧的地方，但是病人很多，應該是相當有名的醫生。我和紗麗先站在路邊等，呂光棟不久後就到了。他下車之後，讓自己的司機先開回公司，等他打電話再過來。

呂光棟帶著我們進入診所，裡面有很多病人坐在位子上等候，其中有很多是挺著大肚子的孕婦，另外還有不少年輕女孩。

呂光棟遞了一張名片給診所的護士，「把這交給妳們院長。」

那護士接過名片後走進診間，過了一會她又出來，叫我們先進去。進去診間之後，就看到一個戴著口罩的醫生，身材跟呂光棟差不多，年紀看起來也相仿。醫生拿下口罩笑著說：

「怎麼啦？阿棟你又要帶女人來拿孩子啦？一次兩個？」

呂光棟露出尷尬的笑容，對我們說：「這位就是很有名的卓醫師，很多病人甚至從臺北下來找他看。」

「紗麗，妳來跟醫生說。」

「你別說笑了，看人家小姑娘好騙是吧？今天是什麼問題？」

紗麗瞪了呂光棟一眼，上前和醫生說明：

「是這樣的，你的朋友懷疑我妹妹不是處女，希望你檢查一下，證明我妹妹的清白。」

卓醫生大笑，指著呂光棟說：

「你這傢伙懷疑人家啊，我看你自己也沒好到哪裡去！」

「你別說我了，趕快檢查吧！」

「好吧！是這位嗎？」卓醫生看著我，「那就請你們都先出去。這位小姐，請到那邊的診察臺上躺著，護士小姐會告訴妳怎麼坐，我隨後就來。」

那個診察臺長得很奇怪，有兩個像手一樣的架子。拉上周圍的簾子之後，護士小姐讓我脫了短褲和內褲之後，把腿掛在上面，兩隻腳張得很開。幸好護士小姐有用一塊布遮著，否則多難為情。

不久後卓醫生進來了。他戴著白色的手套，一把掀開遮布，從旁邊的工具盤裡拿了一隻鐵鉗子，塞進我的下面。

那種冰冰涼涼的感覺很不舒服，而且卓醫生就趴在我的下面仔細觀察。

「好了，」他終於把那個可怕的工具拿出來，放到另一個工具盤裡，「妳可以穿上衣服，到外面去找妳姐姐。」

我趕緊跑出診間。紗麗和呂光棟就在門口等我，卓醫生叫了呂光棟進去。

我和紗麗耳朵緊貼著門，裡頭傳來他們交談的聲音。

「怎麼樣？」

「那女孩還是處女，你怎麼搞的？」

「真的？」

「處女膜大致上還是完整的，絲毫不假。」

「可是我昨天晚上明明和她……」

「這就對了，所以有些地方可以看出裂痕。」

我們聽見卓醫生笑了出來。

「不是我要笑你，只是你這團肥油實在太大，你不能怪那女孩，要怪只能怪你那裡鞭長莫及！」

過沒多久診間的門打開了，我和紗麗趕緊裝出一副不在意的模樣。只見呂光棟滿臉羞愧，紗麗連忙問：

「怎麼樣？我們沒騙你吧？」

「這一切都是場誤會。我對不起妳，晨星，我跟妳道歉。」

只要想起昨天晚上他對我粗手粗腳的情景，還有這場羞辱，我就無法原諒他。

我將臉別過去，直接走出診所，一句話也不想跟他說。走出診所前，我聽見紗麗正在我身後教訓呂光棟：

「你這死胖子，自己沒搞清楚，就隨便冤枉別人！我妹妹本來是很喜歡你的，你卻懷疑人家！還來這種地方脫光衣服給醫生檢查，簡直是傷透了她的心！現在我也幫不了你了！我看你怎麼辦！」

「妳別在這裡嚷嚷，我多丟臉！」

「你自己就知道丟臉，人家呢？」

「不說別的，她在床上就像是條死魚！」

「你還嫌人家……」

我自己一個人站在馬路邊，心裡充滿憤恨。直到現在我把這些寫下來，情緒還是很激動。但是我又能怪誰呢？這都是我自己選擇的，即使是老天爺把我推到這淌渾水裡，我也只能認了。誰叫我天生是個妓女。

六十九年十一月十六日

今天收到媽媽的信，心想也許再也瞞不下去了。

她越問越細，甚至還問了公司的業務對象、相關企業、還有營運狀況。我一概回答不清楚，推說自己只是個小秘書，不懂這些事情。媽媽則說近期要來臺中看我，我拒絕了她，但是情急之下，還是答應她這禮拜要回家一趟。

其實我哪裡能夠請假。我好不容易變成紅牌，每天點我檯的客人多到我接不過來，有時候甚至和紗麗不相上下。這種時候要是請個一天假，老闆肯定氣死。

我自己除了按照紗麗的方式用身體和言語勾引客人之外，平常我還會讀一些報紙、詩集或文章，因為我發現這樣客人反而更加愛我。說來好笑，這些客人大多有家庭，只是他們總嫌自己家裡的黃臉婆沒有內涵，所以跑到舞廳來尋歡作樂，但是舞女怎麼可能會比較有水準，終究不過是玩女人的藉口罷了。

我也發現到，有些不常來舞廳的客人，尤其是年輕男人，雖然他們比老男人顯得有魅力，但是只要接受了他們的邀請，後面就吃不完兜著走。

大約是前一陣子的事情吧。有個舞女，她叫做佩珊，就不小心搞上了一個年輕客人。起初只是一個禮拜一兩次，到最後幾乎天天要求上床。佩珊也以為自己談了戀愛，就可以什麼都拋棄。那年輕人吃她的、用她的，誰想得到他是因為自己沒有事業基礎、經濟能力有限，所以才找了一個舞女玩玩，順便還可以養他。

生活上依賴，我覺得如果佩珊能夠接受那就還好。但是到最後，那年輕人竟然醋勁大發，不准佩珊來上班。本來就只有佩珊一個人賺錢，這麼一來兩個人都沒有收入。經濟上撐不下去，佩珊只好找老闆幫忙，但是老闆怎麼可能要一個不接客人的舞女？街上掃地的阿婆多的是，佩珊還傻呼呼地以為自己有其他技能可以謀生，我也沒再關心她，現在恐怕只能餓死了。

所以我對於客人是很挑的，只有那些常上舞廳的中年男人，我才會讓他們請我吃晚飯和宵夜，也會讓他們帶我進場。舞廳的規矩很簡單，每個禮拜至少要有四個客人晚上帶妳進場，否則就要自己花錢補貼進場的鐘點。所以漸漸地，我不再需要呂光棟的幫助了，但我也不打算和他關係弄不好，畢竟他對我有愧疚感，我要求什麼，他都站不住腳。

現在我只要每個晚上到他的檯上待個半小時，也就是兩支舞的時間，不但常常可以撈到一些手錶或項鍊，他還會給我零用錢，數目都不少。

不過紅了之後，狀況也變得很複雜。有天晚上，我轉到第五個檯子，正要轉回周長富檯上結帳的時候，我的大班錢茂卻被一名青年攔下，對方大吼：

「搞什麼東西，為什麼晨星還不轉來！」

「晨星已經出場了，她今天是周先生的檯。」

「你王八蛋混帳，看不起老子啊！」

那青年和他的同夥抓起桌上的玻璃杯和啤酒瓶往舞池裡摔，附近的舞女和客人都尖叫著逃開，錢茂也嚇得跑走了，我則愣在原地發抖。

幸好舞廳僱有保鑣。十幾個彪形大漢捲起袖子，走過來解圍。其中帶頭的人客氣地對著青年說：

「我是這裡的場務主任，如果先生你有什麼問題，我們可以到經理室去談。」

「他媽的，有什麼好談的！我花錢上舞廳，又不是沒給錢，為什麼我點的小姐不上我的檯啊！」

「你不要在這裡吵，你們把茶杯和酒瓶往舞池裡丟，會讓其他客人受傷，我現在請你到經理室去談，是給你們面子。」

「你奶奶的面子，我呸！我們就是不去！」

幾個高大的壯漢一擁而上，將那幾名青年團團圍著，把他們一個個架住往舞廳門外拖去，隨後一陣毆打及哀號的聲音從外面傳進來。

我那時嚇得半死，回過神之後趕緊跑到更衣室換衣服，提著皮包在舞廳裡找紗麗。舞廳裡找不到她，只好找了她的大班兆發問紗麗去哪了。兆發回答：

「紗麗她還沒出場，不過我不知道她去哪了。」

「這樣啊。你還好吧，沒受傷吧？」

「沒有，那兩個年輕人不識相，竟敢跑來這裡胡鬧，我看他們會被打到剩半條命！」

「都是我的不好，我應該要去陪陪他們的。」

「他們自己發神經，小姐不上檯是常有的事，何況他們沒什麼錢。不過舞廳裡本來就常常有這些狀況，妳也別放在心上。」

由於一直找不到紗麗，我只好自己先回家。

七十一年二月十八日

今天晚上，我還是跨出了那一步。

轉了好幾個檯之後，錢茂把我帶到一個單人的檯子，那裡坐著一個大約五十幾歲、稍微肥胖的客人。我遠遠看著他的臉，似乎在哪裡曾看過，但應該不是常上舞廳的客人。看他身上穿的襯衫、鞋子、還有手腕上的歐米茄手錶，全都是高級貨。我心想，或許他是一個不錯的客人，簡單說，有錢撈。

我在他身邊坐下，身子故意緊貼著他，嬌聲說：

「你很久沒有來這裡了吧？你看起來好緊張。」

「有嗎？我從來沒來過舞廳，今天是第一次來。我不會跳舞，所以可能有點緊張吧。」

「你沒上過舞廳？呵呵，我怎麼覺得你很面熟。」

那男人也跟著笑了，他回說：

「我也覺得妳很面熟，我們見過面，但不是在這裡。」

我不禁感到詫異：「哪裡？我們見過？」

「妳再仔細回想看看。」

那男人笑得很詭異，看著他嘴角的弧線，還有臉上的皺紋，我頓時想了起來。

「想起來了吧？」

「你、你該不會是……」

「妳來過我的醫院做檢查，沒忘記吧？」

那男人放聲大笑。想起那天脫光褲子、下面光溜溜地張開雙腿給卓醫生檢查的模樣，我不禁感到十分羞愧，低下頭不敢看他。

「別擔心，我不會笑妳。」

「你真的是卓醫生？」

「如假包換。不然妳覺得我是誰？」

「你、你不會跳舞，來這裡做什麼？」

「來找妳啊，我可想著妳。不得不說，妳是我見過最美麗的女人。」

這時候一個小妹提了兩瓶啤酒走來，用開瓶器扳開瓶蓋後，在我和卓醫生的杯子裡倒了滿滿的兩杯酒。

「喝酒吧。」

「是這樣的，晨星，今天是我騙我太太，說要和同事一起吃宵夜，我和她約定了十二點前要回家。」

「所以呢？你要幹什麼？」

「我想請妳陪我出去休息。兩個小時，妳要多少錢？」

我瞪著他，低聲咒罵：「你把我當什麼，我又不是妓女！」

「妳跟呂光棟去過了，跟我出去又有什麼關係？」

「你別在那裡胡說，你不也檢查過了，我還是處女。」

「不會吧，妳都在舞廳工作快兩年了……」

「就叫你別亂說，我可是很潔身自愛的。」

「那妳是答應我還是不答應？我給妳五千。」

我故意不答話。我心裡想著，其實身體最私密的部分都被卓醫生看過了，也沒什麼好矜持的，但是我還是沒有立刻答應他，有耐心點總是好的，一次可以撈多一點。

「一萬好不好？現在快要十點了，兩個鐘點賺一萬，不划算嗎？呂光棟當初給妳多少？」

「卓醫生，我們才第一次見面你就這樣要求，我實在很難為情，你能不能給我多點時間考慮？」

「晨星，我的工作很忙，很難抽出時間來看妳。」

我還是選擇等待，我可以感覺到他的急切。

「晨星，我的太太管我管得很嚴，這樣的機會不是天天有，現在請妳跟我出去，以後我還會盡量抽空來看妳，好不好？」

我在舞廳一個晚上連帶進場和出場，最多總共十個鐘點，每個鐘點只有九十塊錢，而且我也只能分到一半。這樣算下來，一個月只能賺到一萬多塊錢，如今只要一個晚上就能賺到一個月的收入，我下定了決心。

「一萬五如何？拜託妳。」

「好，我答應你。你叫小妹來算帳，我要去跟帶我進場的客人打聲招呼。」

我走到另一張單人檯，手壓著太陽穴，表情裝出十分痛苦的樣子，在一個年紀較大的客人身旁坐下：

「吳大哥，對不起了，我剛剛在那邊檯子，酒不小心喝太多了，現在頭痛得要死，我想早點回家洗個澡休息，就不回檯了，你不會生我的氣吧？」

「那邊檯子？妳頭痛就先回家沒關係，要小心別上了人家的當，有些客人會故意把妳灌醉之後，再帶妳去殺。」

「吳大哥，你別替我操心了，那邊也是個老客人，我跟他很熟了，他不會對我怎麼樣的。何況他也常來替我捧場，也從未提出這方面的要求。」

「好吧，既然妳相信他就去吧。對了，以後要是不會喝酒，就不要喝，常常聽到妳喊頭疼。」

我點點頭。跟吳大哥道聲再見後，便到後面的更衣室換衣服。我提著皮包和紙袋回到卓醫生的檯上。

「好了嗎？可以走了嗎？」

「我們走吧！」

卓醫生也不帶我到遠一點的地方，就在舞廳附近的巷子裡，選了一間小旅館，還是最便宜的那種，我當然不要。我說：

「你那麼有錢，怎麼選這種旅館？虧你還是醫生，不怕得病嗎？」

「不會有什麼病，這種的比較不囉嗦。」

「你還真是沒情調，我不要進去這種的。」

卓醫生看我很堅持，只好說：「好吧，那我們去好一點的。」

隨後我們又走了一小段路，找了一間裝潢新穎的飯店，從大廳外觀就可以想見，房間裡面應該相當豪華乾淨。卓醫生在櫃檯付了錢，拿了鑰匙，然後服務生將我們帶到一間套房裡，送上一壺茶和兩條剛烘好、用來洗澡的熱毛巾，關上房門便走了。

我走進浴室，正要準備放洗澡水，卓醫生突然跑進來抱住我說：

「別洗澡了，都快十點半了，我時間來不及。」

卓醫生把我拉出浴室，粗魯地將我推倒在床上，我尖叫：

「你這麼急做什麼！先讓我洗澡，你不覺得髒嗎？」

「有什麼好髒的，快點吧！」

「至少讓我洗一下下面。」

「好吧，妳快一點。」

我趕緊從床上跑到浴室，卓醫生還打算站在浴室門口看著我洗，一面用眼神催促我。

「你這樣看我，羞不羞！」

我生氣地把浴室門摔上，脫下衣服之後，用肥皂大略把身體洗一遍。隨後我用大浴巾把身體擦乾，再度穿好衣服。

我走出浴室，正想拿剛才的熱毛巾擦擦臉和頭髮，卓醫生就像惡狼一樣撲上來，把我抱住。然後他用一隻手拉開我洋裝背後的拉鍊，開始把我的衣服一件件扯下，扒光我全身的衣物……

好不容易卓醫生的動作停止了，我感覺到下體有一種溼溼熱熱的東西流出來，起身一看，床單都被染成紅色。我拿床頭旁邊的衛生紙擦拭自己的下體，也是一片血紅色的，我感到一陣驚慌。

「為什麼會流血？」

「這是妳處女膜破裂的緣故，以後就不會了。快去浴室洗一洗吧，我們再來一次。」

「你說笑啊？我正在流血，還有點痛。」

「不會，下一次妳就舒服了。妳別忘記我可是在妳身上砸了大把鈔票，最起碼還要再來兩次，否則我只給妳五千。」

「卓醫生，你這樣也太不近人情。你剛才不是還說會常來看我？現在又這麼說是什麼意思？」

「我也說了，我老婆管很嚴，要出來見妳很困難，妳至少先得讓我夠本。」

「夠本？你把我當什麼？把錢拿來！否則我一狀告到你老婆那裡去！」

卓醫生一聽，臉色馬上大變，趕緊說：

「好好好，這次就先這樣，但妳要答應我，往後妳陪我的時候，不再拿我的錢，可以嗎？」

「我只答應你兩次，你剛才說的。而且要在這個月內。」

「現在都十八號了，妳讓我怎麼出來見妳兩次？」

「誰跟你說要見兩次，我只答應跟你做這檔事兩次。你只需要偷跑出來一次就夠了，不是嗎？」

「好吧、好吧，想不到妳在舞廳才混了不到兩年，就變得這麼厲害了，真不愧是紅牌啊。」

卓醫生一面酸溜溜地抱怨、一面把一疊捆好的鈔票交給我。

「謝謝你啦，別忘了我們的約定。我先走了。」

我穿好衣服之後，直接走出房間，留下還沒穿衣服的卓醫生在原地發呆。

七十三年十月二十二日

吃過午飯之後，我開始閱讀一張房地產的專欄廣告，其中有一個廣告特別吸引我的注意。其實我已經坐計程車跑了很多地方，也看了幾間房子，但是都不太滿意。那些房子不是太小，就是太大。因為我只要一個人住的套房，所以我的鄰居人口不能太複雜，免得惹禍上身。

話說回來，我早就有打算要搬出來，畢竟我和紗麗常常需要帶客人回家過夜，總不能四個人塞一張床。所以我們總是要先協調好，一三五七她可以帶，二四六我帶。

但那裡究竟還是紗麗的房子，她要怎麼做隨她高興，我只能乖乖配合她，看她臉色。說實在的，現在在舞廳，紗麗已經不是我的對手了，她的客人漸漸減少，我的客人越來越多，到最後她帶客人回家的次數變少，我就和她協商。

「紗麗，有時候我要帶客人回來，妳能讓我嗎？」

「怎麼？妳客人有多到每天都要帶？」

「不是每天，只是有的時候需要。妳知道老陳吧，他每次都只有星期一晚上有空。」

「所以呢？我也有我的需求啊！再說了，這裡還是我的房子，妳這麼做，是想趕走我嗎？」

「紗麗！妳也知道這個客人對我來說很重要，妳自己看看客廳，哪個東西不是老陳送的？我對這個家也不是完全沒有貢獻吧！」

「妳現在是要跟我計較嗎？別忘了妳當初是誰幫妳走到這步的！換作是妳，妳願意去吹經理的喇叭嗎？還在這裡跟我算計誰的功績大！」

「紗麗，我知道妳對我好，但是妳也要接受，現在是我比較紅的事實，往後的日子妳也要靠我賺錢，我們何必這樣斤斤計較？」

「晨星，妳這樣說太不厚道了。妳弄清楚一件事，在花鄉我還是大姐，我不需要靠妳賺錢，斤斤計較的也不是我。」

「姐！認清事實吧！妳已經老了，客人也變少，我接客還不是為了這個家，妳何必為難我？」

「妳說什麼傻話啊！我才二十八，妳就說我老了？」

「姐，妳常熬夜酗酒，又不注重保養，我提醒妳好幾次了，妳都……」

「妳給我閉嘴！該死的，給我滾出去！妳這麼行，就搬出去自己住啊！」

「姐，妳別……」

「別再叫我姐，我們兩個從此以後沒有關係！滾出去！」

我在旅館住了三天，好不容易在廣告上找到在中正路上一條巷子新蓋的公寓三樓，那裡有一間不錯的套房。我看了看資料，總共有將近有十建坪，包括一個三坪大的浴廁，和半坪大的小陽台。我特別看重室內還有一個可作為客廳的空間，更別說樓下還有日夜看守的門房，不怕小偷。唯一的問題是屋主不願意出租，而是要出賣，但屋主開價二十萬，對已有一點積蓄的我來說，還不算太貴。

我立刻動身，到臺灣銀行先提領了一筆錢，搭計程車過去付給屋主一部份訂金，然後在附近找了一個土地代書，替我辦理過戶的手續。

七十四年四月十二日

七點鐘茶舞散場之後，我、蘭妮、采沛、還有琳娜在舞廳大門前攔了一部計程車，準備要一起到錢茂大班的家裡為他慶生。

錢茂的家在建國路上的一條小巷子裡，是一棟透天厝。那小巷子雖然十分狹窄，但也能勉強容納一輛小型汽車通過，所以我們就讓計程車停在錢茂的家門口，省得還要穿著高跟鞋走一段路。

我按了門鈴，錢茂不久後便提著一把傘從屋裡走出來迎接我們。

「原來雨停了啊！」

我首先說：「對啊，我們還真是幸運呢！錢茂，這都是託你的福，祝福你生日快樂，長命百歲！」

這時蘭妮、采沛和琳娜也都齊聲向錢茂道賀，隨後我們各自從皮包裡掏出一個紅色的紙袋，雙手遞到錢茂面前。我說：

「錢茂，感謝你這一年來的照顧，我們幾個姐妹都很感謝你呢！這裡是一點小意思，請你收下。」

「幹什麼、幹什麼，是我邀請妳們來的，還讓妳們給我錢？」

「錢茂，你還在客氣什麼？平常我們多承你的照顧，這一點點小錢，還不足以代表我們的謝意，你又何必急著推辭？」

「哎呀，這叫我怎麼收得下，妳們的心意我很感動，只是……」

蘭妮接著說：「錢茂，你要是不收下，就是不給我們面子了！我們一點心意，就別再拒絕了。」

錢茂還故意忸怩了一會，才將我們四個人的紅包收下，招呼我們進到客廳坐下，然後再將紅包帶進臥室。

采沛等錢茂一離開客廳，就悄聲罵道：「還在那裡裝模作樣，看了就覺得噁心。」

我趕緊阻止采沛繼續咒罵：「采沛，別說了。」

這時門口又傳來一陣汽車聲，我們幾個人隨著錢茂拿雨傘出去迎接。這時雨又下了起來，欣欣、妮姬和瑪舒不等我們撐開傘就跑進屋內，我們將其餘五個小姐用雨傘接了進來。隨後她們也跟我們一樣，向錢茂祝賀之後，都掏出紅包送給錢茂。錢茂還是像剛才一樣假裝推辭，最後還是將紅包收下。

我們回到客廳坐下，欣欣和瑪舒拿出手帕擦頭髮和皮包。錢茂的客廳很寬敞，中間還擺了一個方形的大餐桌，上面鋪著高級的餐桌布，擺好了酒杯、碟子和筷子等餐具。桌子的周圍有許多木椅，看起來都不是普通貨。我們坐的沙發貼著牆壁，正好圍著餐桌，其中一座長沙發是我、蘭妮和采沛同坐。一名女傭端著托盤送香菸和茶，在我們之中轉來轉去。

此時十二個舞女齊聚一堂，討論起舞客的事情，將整間屋子吵得鬧哄哄的。

采沛對著對面的可可喊道：「喂，可可，聽說妳有在寫文章啊？」

可可搖搖頭：「沒有。」

我也跟著采沛起鬨：「我也有聽說，妳不是有投報紙嗎？」

這時蘭妮插嘴道：「晨星，妳不也有在寫詩嗎？聽某些客人說，妳的詩寫得很不錯！」

「哪有，妳少聽那些大嘴巴亂嚷嚷！人家可可才是真正的才女！」

欣欣尖叫：「妳們看，瑪舒才是真正的才女！」

我們頓時安靜下來，同時朝著坐在沙發角落的瑪舒望去。瑪舒體型比較肥胖，正窩在沙發上仰著下巴，張開嘴打鼾。

因為突然安靜下來，瑪舒便睜開眼想看看究竟發生了什麼事。我們看著瑪舒憨傻的模樣，不由得哄堂大笑。

「可可，聽說妳是商專畢業的，怪不得這麼有才。」

可可被蘭妮這樣一捧，臉頰馬上泛紅。

妮姬問可可：「妳的筆名是什麼？」

可可的好姐妹茹比搶著回答：「筆名就是可可！因為啊，她想讓她的情人知道，那是她寫的詩。」

我問：「妳那裡有可可的詩嗎？」

茹比從皮包裡抽出一綑報紙，大聲地說：「我給大家念念可可的詩！這首詩寫得真的很好，我讀完都快哭了。」

可可尖叫道：「不要唸出來，丟臉！」還沒說完，便想搶走茹比手中的報紙。

我說：「可可，讓我們聽聽看又有何妨？」

蘭妮：「愛情的詩就要讓我們欣賞。快唸吧，茹比！」

茹比突然站起來，清了清喉嚨說：

「這首詩的題目叫做『寫在寄給你的一千零一夜』，據可可說，是特別寫給她的小情人的！」

采沛在我耳邊悄聲問：「她的小情人是誰？」

我搖搖頭，聽見茹比用清脆的嗓音唸出可可的詩句：

「寫在寄給你的第一夜，滿心的春天繁華似錦……」她一面念、一面手舞足蹈，「你娓娓道來：寫在寄給妳的第一千零一夜。」

待茹比一唸完，我們大家都不約而同發出讚嘆！

「這首詩真是太感人了！」

「好浪漫！」

「可可，妳的情人是誰？妳很久沒見他了嗎？」

可可點頭，對著我笑說：

「不愧是晨星，只有妳能讀懂我的意思。」

采沛大聲問我：「晨星，妳能為我們解釋一下這首詩是什麼意思嗎？」

「這詩的題目是『寫在寄給你的一千零一夜』，想必可可的情人目前並不在國內，所以才要用寄信的，而且一等就是好幾個月。」

可可點頭，采沛又繼續追問：

「可是，既然可可妳的情人不在國內，妳即使投到報紙，刊登出來，他也看不到啊！」

可可聽到這句話後，不由得垂下頭。

我趕緊緩頰：「采沛妳就別再多嘴了，人家自然有辦法連絡。」

這時錢茂從廚房走了出來，向大家宣布：

「請各位準備就座了，現在要開始上菜囉！」

我們一群人圍著餐桌找位子坐下，有服務的小妹替我們打開啤酒，在每個人的酒杯裡倒滿，然後回到廚房繼續端菜出來。

我率先站起來，捧起自己的酒杯，其他小姐也跟著我做，齊聲喊道：

「祝錢茂爺生日大壽快樂！」

錢茂也趕緊端起酒杯站起來向我們回敬，笑得合不攏嘴：

「妳們這群小妹總愛胡說八道，別再提醒我的年齡啦！」

我們將杯中的啤酒一口吞下，錢茂也跟著喝完，對著我們說道：

「今天真是感謝妳們各位來捧我的場，我感到很榮幸。這幾年尤其要感謝晨星，她讓我收穫滿滿啊！」

這時我注意到角落一個新來的舞女，表情閃過一抹不屑的微笑。

我後來知道她的名字，叫做黛黛。

她讓我想起自己。

第二部 縁 Paticca

二〇〇一年十一月十四日

1

我搭著捷運淡水線回到石牌站，臺北的寒風在此時顯得格外強勁。我抓緊外套，在捷運的水泥樑軌下方快步向前。

我在路口停下等著號誌燈轉綠，準備邁開步伐之時，卻發現踩上了口香糖，脫下一看，口香糖牢牢地黏在我的舊皮鞋底下。

爲了避免再度發生這類窘況，我只好刻意避開髒亂的石牌夜市。過了馬路之後是一片住宅區，我家便在其中。

這附近算是陽明醫學院的學區。學校坐落在一座小山上，除了協助臺北榮民總醫院的解剖工作，我也有在此兼課，所以常常得要爬這座小山，順便健身。

我拿出鑰匙開了門，太太聽見開鎖聲便出來迎接我。我擔心地看了太太一眼，她的表情滿足，沒有惱怒，我鬆了口氣。

「太太，說來奇怪，我竟然遇到……」

「別廢話了，快來吃火鍋吧，孫子們全都來了。」

我一聽，連忙脫下外套，走到後面的餐廳。孫子們一見到我，馬上齊聲喊道：

「爺爺！」

「噢！你們都來了呀！快吃、快吃，別等我！我還得要洗手呢！」

這時最大的孫子岳志放下筷子，走到我身邊。

「爺爺，走，我陪你去洗手！」

「哎呀，去吃去吃，我自己會、自己會。」

「爺爺，我們都聽奶奶說了，你昨天忙得很晚，我怕你身體撐不住。」

「胡說呢，我身體好得很！別看我現在彎腰駝背的，我力氣還是不小呢！」

我的大兒子惟鑫有三個小孩，老大岳志是最體貼的一位，老二岳峰和么女琦諭就比較調皮，總是會向我吵著要玩具，不過調皮雖調皮，卻也十分惹人疼愛。

太太看到我和岳志兩人相持不下，便放下筷子：

「老頭子，你別囉嗦了，就讓岳志陪你去。」

太太都發號施令了，我哪還敢再吭半聲。洗過手之後，終於能好好坐下來吃頓午餐。桌上擺著一鍋熱騰騰的酸菜白肉鍋，酸香氣味直撲我的鼻孔，令我口水直流。

「來，我幫你盛一碗熱湯。」

太太雖然總是對我叨叨唸個沒完，但心裡面卻是踏實地關心我。我看著碗裡的熱湯和食料，從寒風中歸來，總是備感窩心。

我用筷子插起一顆貢丸，正準備放入口中，又想起昨晚的詭異景象，不由得胃口頓縮。我望向左手邊的太太，她正在剁飯後要吃的橘子。

「太太，我說，妳覺得要怎麼樣讓這顆丸子，插在這根筷子上？」

太太詫異地看了我一眼，孫子們也都停下動作看著我。小孫女琦諭突然放聲大笑：

「爺爺你好笨啊，丸子已經插在你的筷子上了啊！」

我連忙解釋：「不是啊！我說的是，不能從筷子這兩頭通過，懂我的意思嗎？」

「老頭子你又在發什麼神經，趕快吃飯。」

「可以把丸子切開嗎？」

這下岳峰也開始感興趣了。岳峰是個喜愛念書的孩子，頭腦很好，平常在學校表現優異，只是對他沒有興趣的事情，總是懶得瞧上一眼。

聽到岳峰的問題，我回想起江怡惠慘死的模樣：

「不、不行。」

岳峰聽聞馬上陷入苦思，琦諭則是大叫著：

「怎麼可能啊！爺爺你騙人！」

太太看到我們大家都在努力思考，也跟著開始思考。

過了不久，岳峰又問了一個問題：

「那可以把筷子折斷嗎？你只有說不能從原本的兩頭，那這新的兩頭總可以了吧？」

岳峰說完馬上露出得意的神色，岳志和琦諭也都佩服地看著岳峰。

但是，現場的鋼管並沒有斷啊……

「岳峰啊，如果不把筷子折斷，你有其他解法嗎？」

岳峰臉色馬上一沉，歪著嘴喃喃自語。

「老頭子啊，你別爲難人家啦。大家快吃、快吃，湯都要涼了。」

雖然經太太這麼一說，大家又都回復了動作，但是看得出來岳峰仍然不服輸，正在努力思考。

這時家裡電話突然鈴響，大孫子岳志趕緊跑去客廳接電話。不久後，他又跑了回來：

「爺爺，找你的！」

我無奈地看著太太，只見她的臉色比我更無奈。我感到她的怒氣逐漸上升，只好暫時躲到客廳去。

我拿起電話：「喂？」

「喂？鐵松嗎？剛剛那你的孫子啊？」

原來是子祥。他現在是保安警察第一總隊總隊長，保一總隊石牌營區就在陽明醫學院前面那條立農街的中點。因爲我們距離很近，所以常常會相約一起喝茶聊天。當然，我們也一起合作了許多刑案。

「是啊。你找我有事？」

「有啊，當然有事，泉源路那邊。」

「別了吧，我到現在連頓飯都沒能好好吃完。」

「不行啊，北投分局那邊託我找你幫忙，這附近也只能找你了啊。」

「你甭騙我，北投分局找你保一隊長做什麼！肯定是老謝找你去湊熱鬧！」

我口中的老謝，就是臺北地檢署的主任檢察官謝紹忠。他年歲和我差不多，個性也頗相似。由於以前我們三人常常一起合作，所以彼此十分熟悉。後來子祥接任保一總隊隊長，就比較少合作，但是偶爾子祥還是會跟著到現場協助辦案。

尤其老謝特別喜歡找我，總是動不動就說要帶我去看屍體。我和子祥都看好他會接下一任檢察長，總是不敢輕言拒絕，我猜這次大概也是他的餿主意。

「好好好，是老謝沒錯，但鐵松啊，算我替老謝求你，這次的……」

「又非同小可是吧？你每次都這麼說。」

「你還是快點吧，分局那邊已經派人去了，我們也趕緊動身吧！」

「什麼時候報案的？」

「剛才。」

「我的媽呀，你還眞坑我啊！」

這個時候，太太走過來客廳，冷冷問我一句：

「你還吃不吃？」

我連忙陪笑，點點頭說：

「還要、還要。」

太太不發一語，扭頭就走回去餐廳。

「你看看，到時我吃不完兜著走。」

「老太太又生氣了啊？」

「是啊！記得啊，這次我幫你，你之後可要替我美言幾句，不然她總覺得我心只在工作。」

「說眞的，沒問題！我們就約在陽明門口如何？我和老謝現在開車一起載你過去。還記得老謝的車吧？」

「還是那輛白色喜美嗎？」

「那就對了，待會見。」

子祥不等我回答就掛上電話。

我笑了笑，只好再度披上外套。

2

下午三點半，我坐著老謝的車，順著東華街直行，並在公館路右轉一路往新北投駛去。據我的印象，大約是在一九五〇年代，因爲日本人愛溫泉，在新北投蓋了溫泉「保養所」慰勞官兵。隨著溫泉會所與旅館逐漸增加，這裡儼然成了臺灣的溫泉鄉。

後來漸漸的，富商巨賈、名流政要、藝旦、琴師共聚此處，構成了夜夜笙歌、香粉胭脂的「溫柔鄉」，並且豔名遠播。

抵達新北投公園的時候，車子右轉上光明路，緊接著往山坡上走，就是泉源路。沿著山路兩旁有許多旅館，一路蜿蜒上去。

命案現場就位在泉源路（或稱陽投公路）上的惇敘高工附近。從這裡一直到天母西路的磺溪橋段，屬於磺溪的中游，地勢落差有五百公尺。閒暇時刻，我和我太太常常會從家裡出發，散步到天母西路磺溪橋兩側的步道健走。

泉源路走到底，即是與之會合的行義路。老謝把車子停在一棟兩層的花園洋房門前，前方已經停了一輛警車。我和子祥先下了車，老謝隨即趕上，濃濃的硫磺氣味與溪水嘩啦嘩啦的聲音交相襲來。站在山坡上往下看，行義路沿著溪谷一路攀升，路旁有許多可泡溫泉的餐廳以及櫻花樹等喬灌木樹種，實是一個散步、健行、賞鳥等休閒活動的好去處。我抬頭望著如此氣派豪華的宅邸，很難想像這個平靜的地方竟然也會發生凶殺案。

大門雖未鎖，然而子祥還是按了電鈴。不久後，一名身形頎長，有著模特兒般身材的女人打開門。她堅挺的肩線襯著身上一襲長袖的白色連身洋裝，顯得十分好看，惟兩眼哭得又紅又腫，滿面愁容。

她向我們彎著腰鞠了個躬，身子微微顫抖。我們點點頭以示回禮，便隨著她穿過兩旁種植很多花木的庭院，進入內門。

這是一棟鋪著紅色地毯的建築，整體的裝潢很明顯有經過特殊設計，因此看起來顯得完整而舒適。客廳的角落還有個典雅的紅酒櫃及進口立燈。前方的子祥和老謝腳步飛快，我只好以老邁的步履趕上，無暇欣賞裝潢之精巧。

想不到樓梯竟也鋪著地毯。我們一行人的腳步踩在柔軟的地毯上，聽不見一點聲音。經過一條寬敞的廊道後，女人停在一扇巨大的門前，告訴我們這就是主臥室。

我注意到房門上有腳印，應是踹門後所留下的。我朝門後一看，那裡有一個中型的保險箱。一張外國進口的雙人床擺在房間中央，床上留有大量血跡，很可能是第一現場。

優雅的薄紗幕從天花板垂下，兩個相連的巨大乳白色衣櫃，正對著一張深棕色的皮沙發。臥房這裡的地毯顏色略有不同，是溫和的駱黃色，而窗簾則是墨綠色的。

皮沙發兩側設有壁櫥，壁櫥中擺著很多名牌的洋酒和古董。臥室內很冷，雖然牆上裝有冷氣，但此時因爲天氣冷而沒有開機。看著擺動的窗簾，我才明瞭是從窗外吹進來的山風。

我望見兩名員警正在嘗試打開衣櫃。原因很簡單，暗褐色的血跡從床上延伸至衣櫃門前，駱黃色地毯染得像樓下的地毯一般紅潤。

一名指揮現場的刑事組長看見我們，便走了過來。老謝連忙問道：

「李組長，現在是什麼情況？」

「檢察官，我們現在正在試圖鋸開衣櫃裡的鋼管，衣櫃門卡住了打不開。」

「什麼衣櫃裡的鋼管？」

我暗自詫異：沒這麼巧吧，又是鋼管？

「我們打不開衣櫃，才發現原來是有鋼管卡住裡面的把手了。」

「裡面怎麼會有把手？」

這時一名身形頎長，有著模特兒般身材的女人走了進來。

「那是我先生的設計，方便關上衣櫃的門。」

女人的嗓音細柔，韻味十足。子祥盯著那女人，一刻也沒有離開。

我跟子祥是多年的好友了，他在想什麼我自然清楚。說實話，這名女人雖然有些年紀，但外貌確實出眾，而且氣質脫俗。一頭烏黑秀麗的長髮，襯托出白皙的鵝蛋臉和豔紅色的嘴唇。子祥個性陽剛，特別喜愛神祕性感的女性，尤其受不了女人哭的模樣，這下子可算是樣樣俱全。

「還沒請教您是？」

女人用修長的手指擦了擦眼角。

「我是這個家的女主人，我叫郭寧。」

「是這樣的，」李組長補充，「這位太太回家時門戶大開，以爲是家裡遭小偷闖空門。因爲打不開臥房的門，裡面又毫無回應，只好打電話通知我們。」

老謝聽完便轉頭問郭寧：「妳沒有臥房的鑰匙嗎？」

「門被保險櫃擋住了。」

老謝轉頭看著我，然後再看看門後的那個中型保險櫃，點了點頭。

「是這樣沒錯，我們剛剛花了不少時間才將門踹開，所幸是中型的保險櫃，不算太重。」

我看了看子祥，他也覺得有些地方不對勁。

「那這個保險櫃是死者放在門後的嗎？」

「現在還不確定，不過我想大概是。」

我看著正在努力鋸開衣櫃的兩名員警，一種不祥的預感再度襲來。

「是在躲什麼嗎？爲何要把保險櫃放在門後？」

郭寧突然放聲大哭，情緒失控地蹲在地上。

我看到子祥露出憐惜的眼神，並上前安慰。

這時，衣櫃的門終於被鋸開。

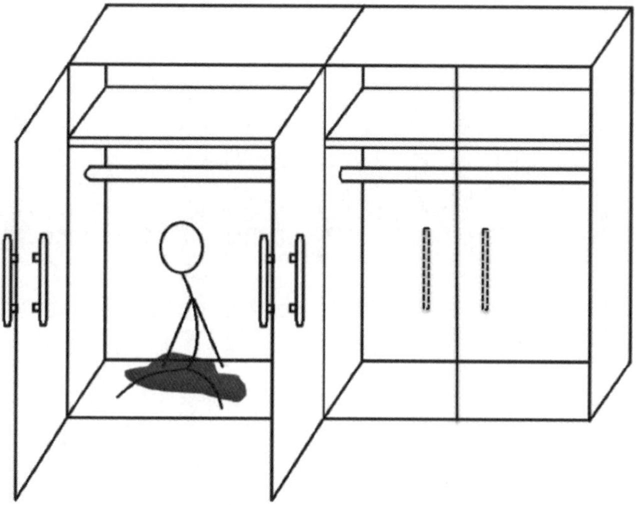

兩名員警將衣櫃的門打開，我差點沒把方才吃的酸菜白肉鍋給全吐出來。

3

現在回想起來，那兩天還眞是折磨。男主人死狀十分悽慘，甚至不輸給昨天所見的鋼管女郎慘案。郭寧一看到自己先生慘死的模樣，兩腳一軟，昏厥在地。子祥連忙將其攙扶至一旁的皮沙發上休息。

一名全身赤裸的男子半坐半躺在衣櫃中，兩鬢霜白，初估年紀大約是六十歲上下，身材十分高大壯碩，估計身高應有一米八左右。位在腰際和臀周的紫紅色的屍斑呈現斑紋狀，判斷死亡時間大約是兩小時。除了頸部的割傷外，鼠蹊部的位置亦有明顯傷處。右頸部佈滿血跡，鼠蹊部的傷口下有一灘血跡，並未從衣櫃的縫隙中流出。

我立刻上前查看屍體，發現死者的嘴巴鼓鼓的。我用食指和拇指夾住死者下顎，將其嘴巴扳開來，這時我才確認死者的生殖器被割下，並塞進其口腔中。於理來說，這個位置主要有睪丸動脈，其源自於腹主動脈，若是在生前被割斷，理應會造成大量出血。從衣櫃中的血量來看，第一現場的確是發生在床上。

子祥摀著嘴罵道：「我的媽呀！這是怎麼回事！」

李組長和方才鋸開衣櫃的兩名員警也都直搖頭，眉頭深鎖。

「應該是被殺死的，快去看看浴室的洗手臺有沒有血跡。」

我話才說完，李組長就立刻三步併兩步前往浴室查看。

老謝聽聞也湊近觀察，「你怎麼看？」

「你仔細看看他頸部的傷口，死者的割痕是在右頸部。而你再看看這裡，死者的手錶是戴在左手，顯見是右撇子。」

「所以呢？我不懂。」

「一個右撇子怎麼可能會割自己的右頸？」

老謝自己比劃了幾下，點點頭表示認同。

「而且，你再仔細看看這個割痕，傷口乾乾淨淨，很清楚就是一刀斃命。按照我們對割頸自殺者的了解，他們不會一刀就割得很深，會先割個三、四下才深深割下一刀致死，割腕自殺的情況也是如此。」

「也就是我們說的遲疑割。」

「沒錯。再來，你看他的切割方向，竟然是從一點鐘方向割向七點鐘方向，這也不對！正常來講，假設我們真的用右手割右頸，應該是從十一點鐘方向割向五點鐘方向，也就是說，刀痕會從右耳後延伸到胸口的位置。」

「嗯。而且傷口割得相當深啊，一般自殺應該辦不到。」

這時察看洗手臺的李組長已經回來，神色緊張地對著老謝說：

「報告檢察官，我在浴室洗手臺發現兩把疑似凶器的水果刀。」

眾人聽聞，連忙到浴室看看究竟是怎麼一回事。

我急忙站起來，想要跟上去瞧，不料框啷一聲，我的頭部傳來一陣劇痛。抬頭一看，原來是撞到了衣櫃上層的隔板。那隔板並不是鎖住的，而是以四個不鏽鋼的卡榫撐住的，衣櫃旁邊還有許多小孔，應該是用來調整高度用的。

只見那傾斜的隔板搖搖欲墜，幸好下方有一條鋼製的掛衣架頂住了隔板，否則要是掉下來砸到了死者，不但對死者不敬，家屬恐怕也不會諒解。

「鐵松，你還好吧？」

子祥走在最後頭，聽到了聲響轉頭一看，正巧看見我方才撞頭的窘狀。

我趕緊將隔板放置回原處，確認其卡好之後，便催促子祥到浴室查看，我也緊跟在子祥後頭。

推開浴室的門，只見兩把刀子浸泡在洗手臺裡滿滿的水中，水被血液染成透明的紅色，洗手臺周邊也有些紅色的斑跡。

老謝趕緊命人將水果刀收爲證物，只不過我看指紋恐怕是採不到了。

「這是怎麼回事？竟然要用到兩把刀子？」

「我也不明白，事實上，我們不明白的事可多著。」

我轉頭看了李組長一眼，表情亦是十分苦惱。

「李組長，你們到現場的時候，臥室的門是鎖上的嗎？」

「不，那位太太已經用鑰匙將房門鎖打開了，但是門因爲被保險箱擋住了還是推不開，所以才通知我們過來。」

「那沒關係。」

「窗戶呢？原本就是打開的嗎？」

「不，是我們打開的。荊法醫你可別生氣，我們那兩個小夥子爲了鋸那根鋼管流得滿身大汗……」

我走到窗戶前，拉開窗簾一瞧，亮晃晃的防盜鐵窗牢固地釘在牆上。

「眞是怪哉，子祥，你有什麼想法？」

子祥搖搖頭，看著剛從浴室走出來的老謝。

「老謝，你呢？你認爲這是怎麼回事？」

「這絕對是殺人案沒有錯，兇手不知道用了什麼手法把保險箱放在門後。」

子祥點頭表示同意。

「但是這衣櫃怎麼回事我就不懂了，鐵松你應該早就想到了吧？」

我笑了笑，「我也想不透啊，昨天才碰上一件怪事，今天又來了一件，怪哉、怪哉！」

「我倒是很想知道，衣櫃門裡面裝個把手到底是方便了什麼。」

「老謝，你看看那衣櫃，夠寬的吧，我想也許是爲了讓手能夠輕易勾到門。」

「這樣吧，我們先把現場蒐證做完，將屍體運到實驗室解剖了再說。」

我望向依然躺在皮沙發上休息的郭寧，心中充滿了疑問。

4

採證組採圈劃體[1]完之後，老謝決定讓方才鋸開衣櫃的那兩名員警，先將屍體運回分局暫放，待聯絡到刑事局確認之後，再運到刑事局的法醫解剖室，以利日後進行解剖。

一直到我們將現場的蒐證工作差不多告一段落之後，郭寧才逐漸轉醒過來。她的臉色依然蒼白，嘴唇毫無血色，身子虛弱得像紙一樣。

在子祥將她攙扶至樓下客廳的時候，我抓住時機問老謝：

「你說，這女的有沒有問題？」

「現在還不能確定，但看起來她應該搬不動那個保險箱。」老謝猶豫了一陣，才繼續說：「何況她殺夫的理由是什麼？剛剛看起來不像演的。」

對於老謝這番言論，我倒是有些不以爲然。

多年前，我曾經在雲林遇過一個案件，當時法警通知我，有個酒後心臟衰竭的案件報驗。我隨檢察

1　採圈，即針對現場三百公尺內的可疑點畫圈標示，而其中物證必須留下編號，依據距離屍體的位置判定，最靠近者定為「1」點，以此類推；劃體，則是指死者屍體在尚未移開的情況之下，必須以粉筆留下證明死亡姿勢、位置等以利日後判斷。

官抵達現場，喪宅開設簡單的小雜貨鋪，看起來就是一間原始未經改建的簡陋平房。左鄰有片大約一棟房子大小的空地，再過去就是一家小旅館。死者之妻告訴我們，屍體就平放在喪家後面的小房間。

我印象很深刻，當時死者之妻對檢察官宣稱：

「我老公幾乎餐餐不離酒，喝醉了之後就找我的麻煩，罵我在外面有男人。早上我開著小貨車載著雜貨到各地去兜售，大概十一點多左右回來。誰知他又喝醉，在門口等著我。等我回家，他一看到我把車子停放在隔壁的空地上，馬上衝出來飆了我幾句三字經，還罵我賤女人，說什麼『當頭白日』也開車子去『討客兄』！平常他都在家裡面鬧，想不到今天居然在外面空地鬼吼鬼叫，左鄰右舍都聽到了！檢察大人啊，這樣子我多沒面子啊，而且我眞的很生氣，就故意嗆了他句『自己無才調、無法度，割有面子管人討客兄[2]』！」

「所以妳就不管老公的死活了？」

「不是！那時候他有喝酒，手上拿著割稻子的鐮刀，用刀柄劈哩叭啦把我的車子玻璃敲碎，並猛敲引擎蓋！我哪裡還敢出去阻止他，只好跑回房間裡頭把房門鎖起來。後來我累了，就睡著了，由他鬧去。」

「後來是誰叫醒妳的？」

「鄰居。就是前面那間小旅館的老闆。他跑來猛敲我的房門，說我老公倒在地上睡著了，叫我出去看看。他告訴我，在我睡著的時候，外面下了一場大雨，我老公全身都被淋濕了。我出去看到情況不

---

2 編譯：自己性無能沒辦法，還有臉管人家偷漢子。

對，就趕快請旅館老闆開車送我老公去醫院急救。不久之後，老闆把我老公帶回來，說抵達醫院的時候他就已經斷氣了。」

「醫師判斷是酒後心臟麻痺死掉的？」

死者之妻點頭。然而當我準備開始驗屍、要求將死者衣褲脫掉的時候，她卻表示：

「他喝酒心臟麻痺死的啦，不用檢查啦！我也不想讓他死後衣服還被脫得光光的。」

我看死者全身無明顯外傷，不予理會，逕自將其衣褲全部脫掉。胸腹部和生殖器都無異狀，惟在翻過屍體的同時，死者之妻臉色瞬間一變，果然在右背部肩胛骨下五公分處有個約莫兩公分長的斜橫小傷口。

我以手指探入傷口，竟可以摸到肋骨，且肋間肌好像還有一個撕裂傷口，但因太小而無法再試探進去。

「啊！那個是他打破車子玻璃，跌倒之後被玻璃碎片割傷的。」

由於疑點實在太多，我便請檢察官繼續問案。直到證據一一出現，死者之妻才坦承：

「我努力做生意賺錢，他卻一天到晚喝酒找我麻煩，還砸我的車，車燈都被打破，板金也被打得凹凸不平，我制止他，他卻拿鐮刀作勢要砍我！最後我實在氣不過，看到一把水果刀放在桌上，也不知是哪個客人來買水果用完忘記帶走的，我就順手拿了水果刀衝出去，在他背部刺了一刀，馬上拔出來。」

這位妻子雖然看似文弱，但是卻十分能幹。因爲先生是一位懦弱且沒有一技之長的男人，所以妻子總是看不慣，越看不慣就羞辱得越厲害。久而久之，先生也嚥不下這口窩囊氣，因而借酒澆愁，平時不敢對妻子怎麼樣，只有發酒瘋時才來找妻子麻煩，以稍稍保住男性的尊嚴，夫妻關係當然日益惡化。

令我感到詫異的是，這位看似嬌弱的妻子，在殺害丈夫之後竟然能夠神情自若、處事冷靜，還試圖誤導辦案的方向。

「你話別說得太死，人不可貌相。」

「話是這麼說沒錯，但這房間被保險箱鎖住了。」

我無從辯解，老謝倒也不急，他決定先問問女主人，再做決定。

我們走下樓，郭寧已經清醒了。她正準備叫我們下去。

「辛苦了，要不要吃一些茶點？」

子祥在她身後喊道：「妳不是身體不舒服嗎？還是快去坐著休息吧！」

沒想到郭寧竟然張開雙臂，作勢要子祥抱她，同時以一種近乎妖豔的諂媚眼神笑著說：「我好多了，謝謝子祥大哥！」

起初我懷疑是我眼花了、耳鳴了，但是看到老謝和其他警員也都露出詭異的表情，才知道我沒弄錯。

子祥也有些糊塗了，不知所措地問：

「妳、妳怎麼知道我的名字？」

「剛剛聽到他們這麼稱呼你，不是你的名字是什麼呢？」

子祥尷尬地笑了笑，催促我們繼續下樓。

「來，一人一杯茶，這裡有小點心給大家品嘗品嘗。」

我們各自在沙發上找了位子坐下，子祥則緊鄰郭寧。我立刻向老謝使了個眼色，但老謝搖搖頭，手掌在我大腿上拍了拍，示意我先別緊張。

老謝首先拿出筆記本，「妳先生的名字是？」

「我先生叫王志億，志氣的志，億萬富翁的億。」

「職業呢？」

老謝一面紀錄、一面喫茶，左手也不忘適時抓幾片餅乾放入口中。

「我先生他是前端建築事務所的老闆，我也在那裡工作。」

眾人頓時抬起頭，看著郭寧。

說老實話，郭寧的確魅力驚人，應該在場的所有男性都不能不被她的光采折服。但是在她身上，我總有種怪異的感覺，也不曉得是我心眼多、還是人看多了。總之，老謝彷彿也警覺到了，正以尖銳的問題一步步切入核心。

「妳也是建築師嗎？」

「是的。」

「那麼請教一下，妳跟妳先生是在事務所認識的嗎？」

「是的，當初我進入這家事務所當助理，我先生便開始追求我，還勸我留下來幫助他的事業。後來，大學還沒畢業，我就和我先生結婚了。」

「大學還沒畢業就結婚？請問您是哪間大學的？」

沒想到郭寧聽聞突然臉色一變，表情扭曲對著我咒罵：

「你這老頭子少說點話行不行，從剛才就一直在那邊碎碎念，嫌自己活得不夠短啊！」

現場所有人頓時嚇得目瞪口呆，連始終沉著的老謝也不例外。

5

郭寧的怒火越演越烈，不斷針對我做人身攻擊，到最後竟然開始朝我丟東西，從衛生紙盒丟到遙控器，抓到什麼就丟什麼。子祥雖然也驚訝地愣在原處，但他卻是第一個反應過來的。他連忙用胳膊架住郭寧，令她無力動彈。郭寧在子祥懷裡死命掙扎，嘴巴仍不停咒罵：

「你這死老頭、死老頭！滾出我家！少管閒事！滾！」

郭寧的情緒到了一個高點，雖然我早有心理準備，此刻仍不知如何是好，只好閉著嘴任由她咒罵。只見她臉色越來越紅，雙眼瞪著我彷彿就要跳出似的。

突然間，所有咒罵聲戛然而止。郭寧頭一斜，痛苦地搗著胸口，昏倒在子祥的懷抱中。

老謝雖對我有些怒意，但礙於情面也不便發作：

「我說你啊，你幹什麼故意惹人家生氣？」

「這我們之後再講，還是先將郭寧送醫觀察吧。」

脫離臨床如此多年了，但那些陳年記憶還是在的。雖然不確定是什麼問題，我心中卻已經有了一些想法，想藉機將郭寧送到醫院，看看是怎麼一回事。

子祥將郭寧抱至車子後座，我則和老謝坐前座。李組長暫時回警局待命。

老謝循著西安街開回陽明醫學院，從立農街走上石牌路，左轉進臺北榮民總醫院。然而就在我們好不容易在停車場找到位子、準備停車之時，郭寧再度清醒了，情緒也冷靜許多。

只不過我從照後鏡可以望見，她看著我的眼神仍是充滿厭惡。

「我不想去醫院，子祥大哥。」

相反地，郭寧看著子祥的眼神卻是充滿憐愛，有如天壤之別。郭寧身體緊靠著子祥，我看穿子祥的心正在動搖，駕駛座上的老謝也認爲事態不太對，清喉嚨暗示子祥收斂一些。

子祥也是個機靈的人，馬上話鋒一轉：

「那我們一起去李大哥的會客室坐坐。」

郭寧沒有拒絕，老謝便將車子在石牌路上靠邊停下，我們一行人下車走進永明派出所。

其中一名員警一看到我們走進來，便迎上前：

「李大哥正在等著你們，他在二樓，我帶你們上去。」

老謝走在最前頭，我則跟在最後。我們從分局右側的樓梯上去，二樓房間不多，一眼就可以猜出哪一間是偵訊室。

老謝推開門，李組長聽到開門聲響，連忙轉頭：

「咦？謝檢察官，你們終於來了！來，請坐！」

我們各自找了位子坐下，只見郭寧還是緊黏著子祥不放。

「那我們開始偵訊，請李組長幫忙做一下筆錄。」老謝拿出自己的筆記本，「是這樣的，等一下我們問的問題，可能會有些尖銳，還望妳能夠多加包涵。」

「不會啦，只要不要讓那老頭來煩我就好了。」

子祥轉頭瞄了我一眼，嘴角掛著詭異的笑容。

「方便讓我看一下妳的身分證嗎？」

郭寧點點頭，從隨身的皮包裡拿出長皮夾，抽出身分證，推到老謝面前。

「請教一下，配偶欄——」

「我和我先生沒有登記。」

「好。接下來這個問題跟妳的清白有關，請據實以報。」老謝頓了頓，「今天下午，請問妳人在哪裡？」

郭寧收起笑容，「我下午約了顧客在公司談事情，下午一點半到三點。」

「三點？我們接獲妳報案的時間是三點十五分……」

「謝檢察官，我開車從公司回家只需要十分鐘。」

「我知道，」子祥連忙補充，「從中山北路六段那邊，走上天母西路再接天母北路，可以直接連到行義路。」

「不好意思，方便問一下那名客戶的聯絡方式嗎？」

「你不相信我？」

「不是的，我們檢方做事總是要求細心，如有冒犯，十分抱歉。」

「那是顧客隱私，我不能告訴你。」

「那麼妳將會沒有不在場證明，請慎重考慮。」

「那不是你們要調查的事情嗎？我不是兇手！」

「但是那個大衣櫃很可疑。」我插嘴道，「妳剛剛說那是妳先生的設計？」

郭寧臉色一變，表情非常不悅。

「是又怎麼樣？」

「別誤會，我只是覺得那個衣櫃很特別罷了。」

這時一位員警敲門後走進來，遞給李組長一張紙。

「是這樣的，」李組長舉起手，「剛剛調閱泉源路轉角的監視器，結果已經出來了。一名身穿黑衣的男子，分別在下午一點三十三分及一點五十一分的時候經過該路口。目測身高大約一百八十公分上下，體格屬於精壯型。」

「年紀呢？」

「臉部看不清楚，只能推測在二十到四十歲間。」

我看到郭寧的嘴角顫抖了一下。

6

偵訊暫時告一段落，李組長帶著郭寧離開，留下我和老謝、子祥三人。

我和老謝望著子祥，子祥則有些不知所措。老謝首先發難：

「你怎麼回事，跟嫌疑人太靠近可不太好。」

「我沒什麼別的意思，何況是她老纏著我。」

「是這樣嗎？我和鐵松倒是看見你動了心。」

「我沒有！你們可別胡說！更何況，她當時並不在現場，何來嫌疑犯之說。」

眼見他們就要吵起來，我趕緊緩頰：

「別說了，我總覺得這件事有蹊蹺，拋開別的不說，時間點也太湊巧了。」

「什麼時間點？」

「那郭寧跟客戶約了下午一點談事情，黑衣人就恰巧在下午一點出現，豈不怪哉？」

「這有什麼奇怪，不就是剛好而已。鐵松，我尊敬你，但你應該客觀點。平心而論，是因爲郭寧對你有敵意，你才會認爲她有嫌疑吧？」

「子祥，還是先聽聽鐵松他怎麼說吧，你別急著袒護。」

「我沒袒護啊！」

「好了！別吵了，子祥，你仔細想想，天下豈有這麼怪異的事情。我們假設那黑衣人闖進喪宅是爲了奪去王志億的性命，而王志億爲了逃離殺手，一路躲進臥室，並以保險櫃擋住房門。甚至還躲進衣櫃，以鋼管卡住衣櫃門。試問，這樣的情況下，黑衣人要如何殺害王志億？」

「這我當然不知道，但是也不能說明郭寧有嫌疑吧！」

「子祥，你再冷靜想想。如此豪華的住宅，其門鎖想必也是難以破解，能在二十分鐘內得手，肯定有內鬼把鑰匙給了黑衣人。」

「郭寧把鑰匙給黑衣人，好讓大家懷疑她？我說你是眞糊塗還是假糊塗？」

「如果是爲了殺人，甚至能扯出漫天大謊。」

「那可是密閉的房間！莫非你們要說她會穿牆術？」

「子祥，現在看來，她的嫌疑確實最大。我們還是先清查一下他們的人際關係，再下結論也不遲。」

「我還是認爲不能將郭寧放回家，否則證據可能會被銷毀。」

「鐵松，你等等！」子祥急叫道，「你有什麼證據？」

「子祥，你喪失理智了！那衣櫃分明有很大問題！」

「鐵松，子祥說的沒錯，現場已經拍照，我們總不能把衣櫃搬回警局吧？再說，郭寧也不可能把那麼大的衣櫃弄走。這實在不能作爲羈押她的理由。」

「這是我的直覺，信不信由你。」

「鐵松，你這樣也太不公道了！」子祥越聽越氣，不服氣地說：「你平常不是總說有一分證據、說一分話？現在呢？你無憑無據就想判案？」

我無奈地看著子祥，他見我沉默不語，也跟著冷靜下來。

「我是沒有證據，但是經驗告訴我，這個女人並不單純。我注意到她的眼睛發紅、手微微顫抖，以及情緒起伏過大，這些都像是成癮的徵象。」

「你說她有成癮？」

「我注意到客廳的角落有個紅酒櫃，我懷疑她有酗酒的習慣。」

「也許是她老公的興趣？」

「也許兩人都有喝紅酒的習慣，但我還是認爲，郭寧有精神方面的問題。」

老謝點點頭，最後做了一個結論：

「好了，我們也都忙了一天了，去吃點東西吧？」

「我不想吃，你們去吧。我先回去了。」

我和老謝面面相覷，只能任由子祥離開。

「好吧，那我們倆去吃。」

我們走出派出所，沿著石牌路打算到石牌夜市喝點熱湯。走著走著，我們停在轉角處一攤小販前面，決定嚐嚐看他們的四神湯。由於客人眾多，我和老謝只好找了一張還有放有髒碗盤的桌子坐下。我們各自點了一碗，就在等候湯點端上的期間，我突然想起早上踩到口香糖的窘況，便翹起腳，看看口香糖掉了沒。

「怎麼？踩到狗屎了？」

「不是，是口香糖。啊！糟糕！」

「又怎麼了？」

「剛剛忘了套鞋套了！」

老謝一聽，懊惱地拍了一下腦袋。

這下可好，刑案現場就這樣被我們弄髒了。只見這口香糖仍牢牢黏在鞋底，還沾上了一些小碎物，包括灰塵、碎石子、還有……

「等等！這是什麼玩意兒？」

這時四神湯端上了，老謝從一旁拿了湯匙，正準備喝湯。老闆把兩碗湯放在我們面前，順手收了桌上的碗盤，然後抓起桌上的筷套和衛生紙等垃圾。只是那坨衛生紙中，有一張被壓在醬油罐底下。那罐子細細高高的，很容易被打翻。但老闆並不知道衛生紙被壓在醬料罐底下，便唰地猛力一抽。

老謝見狀，不由得驚呼了一聲：「小心！」

然而那醬料罐卻是不動如山。老闆詫異地看了老謝一眼，一臉莫名其妙的樣子，讓老謝很是尷尬。

「這回又怎麼了？」

老謝似乎是想藉著我們方才的談話，轉移這尷尬的氣氛。

「老謝，你看！這是什麼？」

「這是……藍色毛線？」

「有點像。看來是從毛毯上被扯下來的。」

「毛毯？會不會是郭寧她家的地毯？」

「不會。她那是上好的絨毛地毯，不會輕易脫毛。材質和顏色也不是這樣。」

「也是。她家的地毯是紅色和黃色的，這條線也太長了點。」

這條藍色的毛線長約兩公分，絕不可能是從絨毛地毯上脫落下來的。

我望向老謝，他顯得一片茫然。

「老謝，這塊口香糖已經黏在我的鞋底上快半天了，理應沾滿了灰塵粉塵，怎麼還會黏住這麼大條的玩意兒？」

老謝聳了聳肩：「也是怪了，你家沒有藍色的毛毯吧？」

「沒有。會不會是……」

「是什麼？你別賣關子。」

「我還不確定，只是懷疑這毛毯可能跟那保險箱有關係。」

老謝突然睜大眼睛，看樣子他也跟我想到了一樣的事情。

7

隔天一大早，大兒子惟鑫就把我的孫子岳峰和孫女琦諭載過來。惟鑫說，岳志因為接近升學考試，所以要參加補習課程。岳峰和琦諭兩個人興高采烈地四處奔跑尖叫，嚷著要我和太太帶他們出去逛百貨公司。看到惟鑫一年到頭忙於工作，太太忍不住又開始叨唸我。說我們父子倆都一個樣，總是只顧工作，不顧家庭。

其實惟鑫他們夫婦倆因為都是醫師，所以就連星期六仍是十分忙碌。不過我倒是不擔心，三個小孩都十分懂事，而診所生意好，對孩子們的生活也有幫助，至少不用像我年輕的時候，常常需要擔心學費和伙食費。

我和太太帶著岳峰和琦諭，從家裡搭「十一號公車」慢慢散步到天母的大葉高島屋，也是這附近唯一的百貨公司。

大約是在三年前的春天，這附近開了臺灣第一間美國的連鎖咖啡店，名字叫做「星巴克（Starbucks）」，據說在世界各地都有它的蹤跡，非常受到大眾的歡迎。我跟我太太去喝過一次，總覺得太甜了，但是小孩子們都很愛喝，動不動就能喝掉一大杯，我都自嘆弗如。

看著岳峰和琦諭兩個人各自抱著一大杯焦糖瑪奇朵，拚命地灌到小肚子裡，我和太太就從心底發笑。不久後，杯子就見底了。

但是小傢伙們還不滿足，說要到高島屋裡面買冰淇淋。我和太太拗不過他們，只得乖乖陪他們大吃大喝。

過了忠誠路口，可以看見一個透明的小金字塔，這就是高島屋的地標。進入館內，順著螺旋狀的手扶梯到了地下室，那裡有個大型水族箱，定期會有餵魚的表演，前方還有個專門展廳。更遠處有賣小吃和乾貨的攤位，我們四人就在這附近隨意閒逛。

吃飽喝足，接下來就是玩樂了。小孫女不喜歡玩芭比娃娃，反而喜歡跟著哥哥岳峰一起玩怪獸對打機[3]。總見到他們連接機器之後，便死命地搖動機器，也不曉得這玩意兒是怎麼作用的，他們倒是很樂在其中。

他們尤其沉迷一個叫做「數碼寶貝」的卡通，似乎跟怪獸對打機有關聯。每當他們在看卡通的時候，就會拿機器出來搖搖搖。我雖然看不太懂這部卡通在講什麼，不過聽岳峰講，大概是一群小孩子在網路虛擬世界裡冒險的故事。這個虛擬世界裡面有一種叫做數碼獸的生物，會在危急的時候進化。但說實話，我不懂爲什麼進化之後，能力就會變強，按照達爾文的進化論，只不過更適合在特定環境中生存，如是而已。

3　萬代公司（BANDAI）在一九九七年推出的電子寵物。怪獸對打機的定位是以電子雞為基礎，加入進化和對戰等元素，而後萬代公司更以怪獸對打機衍生出跨平臺產品的數碼寶貝系列。

「爺爺，我要買這臺。」

我看了看岳峰手中的新玩具，果然沒錯，又是怪獸對打機。

「這不是一樣的嗎？」

「不一樣！這是五代！我之前的都是一到四代的，這是最新推出的！裡面有機械暴龍獸耶！」

「那是什麼？」

「爺爺你不懂啦！快點快點！我要買、我要買！」

「好吧，這一臺多少錢？」

我將岳峰手中的盒子拿過來一看，大吃一驚。

「要八百塊呀！」

「爺爺，這樣眞的還好！我跟你說，我有同學還特別跑到日本去買，結果也只省了一兩百塊而已！」

「好吧、好吧，買給你就是了。」

這時琦諭跑了過來，大叫：「爺爺你偏心，都只買給哥哥！」

眼看琦諭嘟著嘴，眼珠子咕嚕咕嚕轉了幾圈，淚水就要流下，我趕緊說：

「一人一臺、一人一臺！」

我轉頭看著太太，她卻只在一旁冷眼旁觀，似笑非笑。

我只好乖乖掏出錢包，付了帳。

回家的路上，兩個小鬼頭一路興高采烈搖著新的機器，我和太太總得不斷提醒他們看路，好幾次都差點被車子撞上。

好不容易走到家門口，我總算鬆了口氣。這才發現，我的學生顏吉南正在旁邊小公園的椅子上等著我。

吉南遠遠地就看到我，大喊：「老師！我是吉南！」

我連忙請吉南進屋，「來！一起進來吧！」

這時太太悄聲問我：「家裡沒菜了，要不要叫披薩外送？」

我點點頭。琦諭耳朵尖，聽到之後高興地尖叫，岳志露出厭煩的表情。

「老師，我想向你請教一些事情，是關於前天的命案。」

我看著吉南手上那一大疊資料，心裡多少有數了。

8

簡單吃過晚飯後，我便和吉南躲到樓上的書房。太太也懂我的難處，讓岳峰和琦諭在樓下陪她看綜藝節目。

「老師，這是我們在江怡惠住處找到的日記本。檢察官認爲這是相當重要的證物，裡面提到了許多人物，可能都是命案的關鍵人。」

我一面翻資料、一面發問：

「那之前的那個同居男友呢？」

「吳東恆嗎？後來警方找到他了。他說他只是出去附近逛逛，不久後就回家了。」

「如何確認犯人不是他？」

「是這樣的，原本我們懷疑其餘三個同夥爲吳東恆作僞證。但是，我們搜查之後發現，吳東恆確實從晚上八點之後就沒出過家門，一直到了早上十點半才出門。」

「證據呢？」

「證據就是吳東恆的筆記型電腦紀錄。他的電腦具有指紋辨識系統，非得要本人才能開啓。」

「所以他是給你們看了他的操作紀錄嗎？」

「是的，他開啓了瀏覽網頁的紀錄給我們看。他一直到凌晨一點都還在上網。」

「那是什麼詭異的電腦，簡直是莫名其妙。」

我開始感到有些不耐煩，整個法醫生涯都沒遇過如此怪異且巧合的事件，嫌疑犯的汙點全都消失，甚至像是被漂白過了一樣。

吉南從手提箱中拿出另一份資料。

「我查過了，那是今年十月初才推出的筆記型電腦，是由華碩電腦公司[4]爲專業人士量身訂做的B1系列筆記型電腦，據說它整合了目前桌上型電腦強大的功能，濃縮在一臺造型小巧的筆記型電腦內，號稱擁有無懈可擊的高規格以及高效能，可以完全滿足商業人士挑剔的眼光。有……十五吋的寬螢

[4] 「ASUS」公司成立於一九九〇年，是臺灣的國際品牌公司，也是全球最大的主機板的製造商，排名全球前五大的筆記型電腦公司，同時亦為顯示卡、桌上電腦、通訊產品、光碟機等產品的領導廠商。

幕、先進的1 GHz Pentium® III中央處理器、SPDIF數位光纖輸出，以及剛剛說的，尖端的安全機制等特色。」

「這個吳東恆不是個小混混嗎？什麼時候需要這麼好的電腦了。」

「我也不知道他哪裡來的錢，吳東恆好賭至極，手邊的錢都讓他敗光了。」

「話說回來，原本那些傢伙不是不知道吳東恆什麼時候離開的嗎？」

「後來聽說有人想起來，當吳東恆開門準備出去的時候，恍惚之間聽到垃圾車的聲響。我們一查日間收運的時刻表，就發現周四早上會有一班垃圾車固定在十點半左右到達。」

「這種證據也足以採信？」

「檢察官評估過了。以我的觀點來看，那群人不過是他的狐群狗黨，平時就是賭博和雜交，沒有什麼義氣可言。吳東恆也沒錢，他們才不會為吳東恆冒刑事上的風險。」

「是這樣沒錯，但是檢察官沒有針對吳東恆出門之後的行動做詳察嗎？」

我將畫好的時間表推到吉南面前，他點點頭，然後開始閱讀。

「由於已經不是可能的犯案時間了，檢察官也無心再偵訊。老師，其實我也畫了一張時間表，只不過我還是沒什麼頭緒。」

「既然這樣，你還來找我做什麼，我也無力幫忙啊。我該教你的都教了，何況你們那邊瞭解的線索還更多。」

吉南嘆了一口氣。

「是檢察官要我來找你的。其實這個案子也才第三天，說真的不急，只要慢慢清查人際關係，應該可以理出頭緒。只是……」

「怎麼，最近案子太多了？」

「檢察官分身乏術，便將案子暫時交給幾個警察和我調查。但是我只會看屍體，那幾個警察也都剛進刑事組，不像老師刑案經驗豐富。」

「不管怎麼樣，你們多多少少還是比我清楚。我自己昨天也才剛驗完一個案子，屍體正運往刑事局。雖然今天是交給別人解剖，我明天還是需要去法醫室看看狀況。」

「老師，拜託你，我需要你的經驗，否則我們大概很難破案了。」

我再次低頭，望著吉南身旁那一大疊複印資料。最上面的那一張，明顯是日記本的封面，上面用原子筆署名「晨星」。

「這就是江怡惠的日記本吧？」我指著那疊資料問吉南，「內容大概寫些什麼？」

「大概是她當舞女期間的一些紀錄，我自己已經大略看過一遍了，但是看不出什麼端倪。其中有幾個在日記裡被提及的男人，我覺得很有嫌疑。」

「你有列出清單嗎？」

「我有，但是放在家裡，我想再仔細讀一次，看看能不能縮小範圍。」

「這樣啊。你希望我讀完全部內容嗎？」

「老師，你認識過舞女嗎？」

「以前曾經因爲案件有認識，不過沒聊太多，而且大部分的舞女都是被害者。」

「那老師我建議你讀一讀。我……第一次被如此單純的文字打動。」

我看著吉南，心裡盪起一波漣漪。這就是我爲何看好吉南的原因。他有一顆善良正義的心，這比什麼都還要重要。

「我會讀完的。」

我將手放在吉南肩上，他的身子，不知爲何，竟然在顫抖。

二〇一四年十月六日

〈人報副刊〉第四屆華文小說大賞首獎作品〈伏流〉

（二）

然而，江怡惠成功為我復仇的消息，遲遲沒有回音。我漸漸感到焦慮。如果連江怡惠都沒有辦法打敗姊姊，那還有誰能？一想到這裡，我就又像個洩氣的皮球一樣，面對失敗的苦痛，可能比吸食不到毒液還要更加難受。

好不容易，我從醫生甲蟲那邊聽到了江怡惠的消息。聽說她成功地捕捉到姊姊最珍視的那隻甲蟲！這令我振奮：「原來姊姊也是有破綻的啊！」

但是江怡惠卻遲遲沒有回到我的身邊。

難道是她背棄了我？她獲得那隻甲蟲之後，就完全將我拋諸腦後，忘記我的存在，忘記我們先前激烈而纏綿的交流？

我一方面感到羞憤、無法容忍這樣的事情發生；另一方面則是好奇於那隻甲蟲的毒液與氣味。能夠吸引到江怡惠的甲蟲，想必不是普通貨色，其毒液肯定鮮美異常，才會讓她流連忘返。

我多麼想去一探究竟，但是，要逃離這個鬼地方不是一件容易的事。我必須要掌控層層關卡的甲蟲們，才能夠成功脫逃。而那個不受控制的醫生甲蟲，就是最難突破的障礙。

我想了好久，才發現控制甲蟲並不是唯一的辦法。我只要能夠像控制江怡惠一樣，控制監視我的護士們，也許可以達到一樣的效果。她們可以協助我欺瞞過那隻醫生甲蟲。只要這關一過，後面的關卡都不是我的對手。

經過周密的計畫之後，我果真順利逃出那個鬼地方了。突然呼吸到新鮮空氣，我體內瞬間充滿了能量！肚子裡的火焰正在熊熊燃燒，令我渾身發燙。

我當下立刻找了幾隻甲蟲先補充體力，順便向他們打聽江怡惠的下落。江怡惠不愧是甲蟲女王，隨便抓幾隻甲蟲都會抓到她食用過的獵物。

他們告訴我，江怡惠現在逮到了一隻甲蟲王，便拋棄他們。

甲蟲王？

我實在很好奇，甲蟲王與一般的甲蟲有何不同？莫非是甲殼比較堅硬？還是下腹的利器比較尖銳？又或者，他的毒液不只能讓人麻痺，還能讓人癱瘓？

我迫不急待找到江怡惠，想和她分享一下甲蟲王的滋味。但沒想到，她卻裝出一副不認識我的模樣，扭頭就走！

當下我雖然氣憤難耐，不過我還是耐著性子跟蹤她。想必她接下來一定會去找甲蟲王逍遙。她走著走著，轉過好幾條小巷子，光線越來越暗，到最後只剩下路旁的茵金花在發光。茵金花的基部有許多鬚狀的葉子，可以吃掉想吸食茵金花蜜液的蟲子。我隨手摘了一朵吃吃看，跟甲蟲味道很像，難怪會被提煉成毒品。

江怡惠繼續走，似乎沒有停下腳步的打算。眼見她越走越快，我也加緊腳步跟上，直到她走到一根厚粗的鋼柱的前面才停下。

江怡惠沒有回頭看我，她的聲音很低沉，跟之前大不相同。

「妳著跟我來做什麼？」

「聽說妳打敗了我姊姊。」

江怡惠聽聞，放聲大笑。

「妳說什麼鬼話啊！我可是親眼看到妳姊姊了，妳跟她長得一點都不像。」

「我跟我姊姊是雙胞胎，怎麼會長得不像！」

「當然不像。就憑妳那樣的外貌，怎麼能跟妳姊姊的美貌相提並論！」

「聽妳這麼說，妳是失敗了？」

「當然，她才是名副其實的甲蟲女王，每隻甲蟲都愛她。」

我感到十分失落，原來我這輩子都不可能達到姊姊那樣的境界。雖然我們兩個有同樣的基因、來自同樣的家庭，但我和姊姊還是不一樣……她是那麼高高在上，我是這麼卑微……她是女王，我只是地上的爛泥巴！

此刻江怡惠突然轉頭對著我大吼：

「她是我看過最美麗的女人啊！還有她的那隻甲蟲王！我還以為能夠得到他，實際上只是我自己在幻想罷了！」

因為強大的自卑，我越聽越生氣：

「妳別說了！妳這個窩囊廢！」

想不到江怡惠竟然跪下向我求情：

「妳別這樣！我們不是很好的嗎？」

「想都別想！妳不過是個跳樑小丑罷了，我總有一天會回到姊姊的懷抱的！」

「她才不會要妳。」

「她會。」

江怡惠冷笑了幾聲，用詭異的腔調在我耳邊細語：

「但是妳知道嗎？我偷走了她的孩子，她跟甲蟲王生下的完美小甲蟲！」

我大吃一驚，低頭看見她從鼓脹的胸盔中掏出一個小包裹，她的胸盔立刻萎陷下去。我才知道，原來這個女人是虛有其表，滿嘴謊言。

「這就是她的小甲蟲……多麼棒的孩子啊！」

江怡惠攤開那個小包裹。裡面的小甲蟲生命力旺盛，尤其是剛剛長出的利器又尖又硬，遺傳了甲蟲王的基因和優勢。

「妳為什麼要偷走我姊姊的孩子？」

「很簡單，讓她不好受。」

「我姊姊她會找到妳的。」

「我會在她找到我之前，把這隻小甲蟲殺死。」

江怡惠說完，我還來不及阻止，她便從旁邊搬了一塊大石頭，重重摔在小甲蟲的身上！

我放聲尖叫——

「妳這個惡毒的女人！妳在想什麼！」

然此時江怡惠卻充耳不聞，只顧著舔舐從小甲蟲身體擠壓出的珍貴毒液。

她一面舔食、一面淫叫：

「我真是個賤貨啊！哈哈哈！我好賤啊！」

我整個人傻住了。但江怡惠的動作還沒有結束。

她用力踩了腳下的地磚一下，那根鋼柱的高度隨即迅速下降。

「妳看看，這個遊戲多好玩！」

等整根鋼柱完全陷入地面下之後，江怡惠就站在鋼柱頭的上面，右腳又踩了一下地磚。

那根鋼柱馬上快速上升，甚至比下降的速度還要更快。江怡惠把自己的肚子打開，顯露出她沾滿灰塵的毒液接受器，準備像接受利器一般迎接鋼柱。

「這很好玩啊！等下換妳玩玩看！」

鋼柱越昇越高，開始穿過江怡惠的身體。江怡惠在嘴裡胡言亂語，直到鋼柱從她的嘴巴裡穿出的時候，她完全沒了聲音。

「江怡惠？」

她沒反應。

「死了嗎？」

還是沒反應。

這個女人肯定是被姊姊的美貌和智慧給逼瘋了，壯大的自卑感恐怕比我還要強上許多，才會選擇走上這一途吧！

我低頭看著破碎不堪的小甲蟲屍體，下定決心要把他拼湊成原形，還給我尊敬的姊姊。

正當我要蹲下去撿拾小甲蟲的屍體，江怡惠的身體裡傳出了幾聲悶響。

「＃※○△……」

她還沒死。

「妳在說什麼？」

聲音又停止了，好長一段沉默。

我再次蹲下身，正要伸出顫抖的手指……

江怡惠大吼：「別碰他！」

我嚇得連忙把手縮回來。為什麼？難道她跟母親一樣是永生不死的嗎？

江怡惠塞滿鋼柱的嘴巴，究竟是如何發出那難聽的嘶吼？

只見她的身體開始從兩片胸盔的中間裂開，乳白色的黏液從中噴激而出！

江怡惠的聲音極度詭異，就像是放屁的聲音一樣，從縫隙中鑽出：

「他是我的、他是我的、他是我的……」

她越講越興奮，開始像隻青蛙一樣，上下跳動！

她的身體則因為摩擦鋼柱，而產生「嘰嘰嘰」的聲音。同時，她的嘴巴和下面的肚子，也開始流出鮮紅色的血液。

「停止！妳會死的！」

但江怡惠越跳越快，絲毫沒有慢下來的跡象。

我大吼：「妳快停下來！」

那都是在一瞬間發生的事。江怡惠瞬間停止了動作，身體出現無數的出血小孔，噴出的血液讓她像隻河豚，渾身充滿了刺。

她越縮越小，最後只剩下殘破的外殼包覆在鋼柱上。

我確信她這次是真的死了。

她的血液散落一地，有些還噴灑到十公尺外的石碑上。

我怎麼沒注意到那裡有塊石碑？

走進一瞧，石碑裡鑲嵌著數隻甲蟲排成的字體：

「Underworld，歡迎來到地獄。」

這裡就是江怡惠為自己設下的地獄嗎？

我不由自主笑了出來。這讓我總算看清楚一件事，像她這樣的女人充其量只是甲蟲的玩物，根本無法跟身為甲蟲女王的姊姊相提並論。

姊姊，我要去找妳了！妳是我永遠的神，我永遠不會背叛妳！

我怎麼會背叛妳？

這時眼前突然出現一條康莊大道，一切都豁然開朗。我向前方跑去，跑了好久好久，但前方的路突然應聲截斷。如果繼續向前走，就會掉進深不見底的山谷中，山谷底下正傳來野獸的鳴嘯。

我對著空氣大喊：

「姊姊！您為何要背棄我！我是您的妹妹啊！」

難道姊姊不屑有我這個醜陋的妹妹嗎？

我必須懺悔：「姊姊！請原諒我對您的背叛！您給予我自由，我卻對您做出這樣的事情！我應該要感謝您殺了母親！殺了她，我們才有現在啊！」

……下雨了。

是姊姊嗎？她感受到我的歉意了嗎？

我把她弄得好傷心，讓她痛苦，真是罪該萬死！她可是我唯一的姊姊啊！

雨越下越大，雨水從山谷底部積上來，逐漸淹過這條破碎的道路、逐漸淹過我的膝蓋，最後我整個人漂浮在溫暖的雨水中。

水底下好暗好暗，但很舒服。我可以清楚感覺到，四周的景物正在向我靠近，我就像是回到那個熟悉的小房間一樣，我跟姊姊兩個人依偎在一起，肌膚貼著肌膚，手拉著手。

姊姊睜開眼睛，對著我的耳邊說話。聲音透過水傳進我的耳朵，嗡嗡地叫，模糊而有力度——

「妹妹，只要妳願意認錯，我還是會原諒妳的。」

「姊姊，我認錯，您是對的。」

「是我們兩個一起殺死媽媽的，記得嗎？」

兩個人都點了點頭。

「姊姊最好了，媽媽因為我們而蛻變了。」

「她變成了黑色的蛾。」

「蛾？」

「是啊，蛾和甲蟲，甲蟲和蛾。」

「我想要甲蟲王的毒液。」

「妳確定嗎？甲蟲王最近很不乖，他欺騙了我。」

「是江怡惠嗎？」

姊姊沒有回應。

「我們應該要把甲蟲王踩死。」

「幫他建造一個屬於甲蟲的棺木。」

「我們也要一起睡進去嗎？」

「不，是那個檢察官和老法醫，他們必須因為說謊而受罰。」

「姊姊是指那兩隻臭甲蟲嗎？」

她點點頭。

「我們要殺死他們。三隻甲蟲進棺木。」

笑聲在水裡迴盪著。

「要怎麼做呢？」

「這就要看妳如何贖罪了。好好展示妳對我的悔意。」

姊姊希望我替她完成最後的任務，然後我們就可以團圓。只要把這三隻的甲蟲殺掉就好了，然後為他們打造一具棺木。

姊姊說得沒錯，贖罪是一趟漫長的旅程。

一九八六～一九九三年

七十五年二月三日

錢茂連續三天沒有出現在舞廳，老闆和王經理也都連絡不上他，到最後王經理只好親自到錢茂家裡找他。聽說當時的狀況是，王經理按了幾次門鈴沒有回應，只好問鄰居有沒有見到他。鄰居回說幾天沒有見到錢茂，懷疑可能出問題了，當下便決定通知警方。誰想到，等警察破門而入之後，一股濃濃的屍臭味從屋裡傳出，後來警方調查才知道，原來錢茂是在洗澡時突然心臟病發作，淹死在浴缸裡。小姐們謠傳，錢茂死時全身浮腫，不成人形。

於是我的大班從錢茂換成了許素瑛，她年約四十出頭，據說從前也是紅舞女，後來年紀大了，才在舞廳改做大班。她曾向一個舞女透露，自己賺的錢除了自己的生活費，剩下的全供給一個比她年輕十多歲的男子。

今天晚上，許素瑛把我和可可帶到音樂臺左側的弧形座位，那裡坐著兩個大約三十多歲左右的客人，兩人的面貌都十分清秀端正，風度也與其他人不同，十分出眾。

可可還沒走到檯子旁，就認出其中一名正在吸菸的客人，驚喜地跑過去，在那客人背後拍了一掌，大叫著：

「何超你這壞蛋，為什麼躲著我！這麼久都沒來見我，打電話給你也不接！」

「嘿！我才剛回臺灣，妳就這樣對我！」

「你去哪了？」

「我去香港做生意了。」

「你說謊！明明就是在躲我！你一定是在生我的氣！」

何超看著可可因為生氣而發紅的臉，不禁笑了出來。

「說實話，當時真的生妳的氣，但是我後來真的是因為要去香港談一筆生意，所以妳才找不到我。妳要是不相信，可以去找妳們門口的服務臺人員問問。我特地從香港帶回了兩件不錯的衣服給妳，現在寄放在他們那裡，等會兒我們出場時再去拿。」

「你沒騙我？」

可可頓時熱淚盈眶，不由自主將身體貼在何超身上，何超也順勢將可可摟入懷中。可可斜躺在何超手臂上，雙手懷抱住何超的脖子說：

「你要答應我，以後不再罵我、不再生我的氣。」

「我答應妳。妳也要答應我，以後不再鬧彆扭、轉頭就走。」

「這怎麼行，你堂堂一個大男人，就要懂得讓女人。」

何超撫摸著可可的臉頰，在可可嘴唇上吻了一口。

這時場內的音樂突然換了，換成了一支探戈舞的音樂。何超旁邊的那個客人站起身來邀請我：

「晨星小姐，我請妳跳這支舞如何？」

我輕柔地扶著他的肩膀，輕輕點頭：「當然。」

他牽著我的手走進擁擠的舞池，彼此身體貼得很近。我們兩人一邊跳舞、一邊聊天。

「你是何超的朋友嗎？」

我們兩人靠近到我必須在他耳邊說話。

「我們是大學同學。我先自我介紹，我叫謝文達，現在是一間委託行的老闆。」

「大老闆你好啊，很高興認識你。但是，說實話，我對你的職業一點興趣都沒有。」

謝文達似乎很驚訝，連忙解釋：

「不，我不是有意要誇耀，何超跟我說，跟小姐跳舞之前，要先讓她們知道我口袋有多深。」

「你朋友很不老實，他騙你的。我們只在乎感覺，喜不喜歡一個客人，那不是用錢來衡量的。」

「晨星小姐不愧是招牌舞女，連談吐都相當不凡。」

「你過獎了，謝先生本人也是氣質不俗。不過既然你都提到你的職業了，我就裝作有興趣，問你幾個問題如何？」

「晨星小姐有什麼問題呢？」

「你們委託行是做什麼的？價錢如何？」

謝文達笑了幾聲，回說：

「晨星小姐還真是行家，一問就問到關鍵。我們專門引進外國貨，不過由於全是真貨，所以價錢相當昂貴。但是不像有些委託行，將臺灣做的假貨當作外國貨，價錢雖然比較便宜，但實際上是在欺騙客人。晨星小姐如果需要，我可以幫妳打個五折。」

「別老是叫我晨星小姐，叫晨星就可以了。」

「那也請妳別再叫我謝先生，叫我文達。」

我看著眼前的這個男人，雖然十分老實，但說起話來毫不含糊，這樣一來一往，我反而有點欣賞他的機智。

「那好，以後我就直呼你的名諱，讓所有人都以為我是你太太。」

「妳可誤會大了，我還沒結婚呢。」

「真的？」

謝文達點點頭，看起來不像是在說謊。

「你別騙我。你條件如此好，身邊怎麼可能會沒有佳人相伴呢？」

「真的沒有。晨星，妳要是不嫌棄，今年我生日的時候，妳可以來陪我吃頓晚餐嗎？」

「你生日？什麼時候？」

「後天。」

我們兩人相視而笑。謝文達的笑容很迷人，嘴角揚起一個彎彎的弧線，露出整齊潔白的牙齒。不曉得為什麼，每當我和他的身體緊緊觸碰時，心裡就好像觸電似的，激起一陣抽動，這還是我第一次跟客人跳舞時有這樣的感覺。

七十五年二月五日

今晚拿出日記本時，心情是甜蜜的，這還是頭一次。文達正睡在我的床上，我從桌子這裡望著他熟睡的模樣，想起我們倆剛剛激情的畫面，我心想，也許我離幸福還沒有太遠。

話說回來，雖然今天是他的生日，卻是他送我禮物。今天他一大早就來找我，那時我還在睡覺，打開門一看，嚇了一大跳。他說，是從可可那裡問到我的住址，所以就直接過來了。

他一進門，看到我屋裡沒什麼家具，當下便自告奮勇說要送我家具。我拒絕他，他還生氣，賭氣地說：

「怎麼？不讓我送是什麼意思？是把我當陌生人嗎？」

「不是，我把你當作很好的朋友，不願意佔你便宜。」

「既然把我當朋友，就應該要接受我的幫助，妳要是堅決不肯，我就不把妳當朋友，也不再上舞廳找妳！」

「你何必這樣，我們不過才認識兩天。」

「兩天也足以相知相惜了！明天我帶妳到我的委託行，選一套最新、最好的國外家具，我送妳！」

「明明是你生日，還送我禮物，多怪。」

「怎麼樣？妳答不答應？妳要是再不答應，我們今天吃過中飯就各奔西東，我也不再干預妳的事。」

「好嘛，你真是個怪人。」

文達終於開懷大笑，抓著我的肩膀說：

「來，咱們今天就來玩個痛快，想不想要看電影？」

「先吃中飯吧，我好餓。」

於是我們先到附近的小餐館，點了幾樣菜。吃過中飯之後，搭著計程車到中華路上的日新戲院[5]門口下車。

「我說你啊，幹嘛不去那間新的戲院？」

「新的戲院？晨星，我不太懂這裡的狀況，還要妳告訴我。」

「你不是臺中人？」

「我小時候在這裡待過一段時間，後來就搬到臺北去了，你說我是哪裡人？」

「那當然算是臺北人，小時候的事情誰記得。」

「可是我三不五時還是會回臺中來，也在這裡開設了分行。」

「可是你對臺中一點都不瞭解啊！我跟你說，從這裡往下再走一段路，有一間比較新的戲

5　建於民國四十七年，最早稱為「中華戲院」，專演布袋戲。四十九年更名「新舞台戲院」除放映二輪電影也表演歌仔戲、電臺歌唱等節目。五十六年為符合放映電影，再更名「日新戲院」，專映國片、西片，生意相當不錯。七十八年日新戲院改建為六層大樓，由原本的一廳擴充為五廳。八十六年四月中，新聞局電影法規通過可建高樓，於隔年七月再重建十層樓「日新戲院」，是全省唯一領取合法建築執照超高的電影大樓。

院，叫做萬代福影城[6]。」

「新建的吧？我不知道。我只記得小時候常去的那間臺中戲院[7]。」

「臺中戲院？早就倒了！」

「我知道啊，聽說後來被北屋百貨給收購了。」

「你還停留在六〇年代啊？現在有人謠傳，臺隆塑膠明年要接手經營，改名為龍心百貨。」

「我還真的只有那些老記憶了。妳別笑我，我還記得那時候臺中戲院的經理是個外省叔叔，特別喜歡吃我們家賣的點心。」

「你們家是賣點心的？」

「就賣一些蔥餅糕點之類的。因為他常常來，所以也常送我們家招待券。有時候我就厚著臉皮直接到戲院門口找他，他也讓我進去看免錢的電影。看完了之後，我就在附近的繼光街閒逛亂跑。」

「你還真是一個調皮的小孩，不怕被車撞死。」

「當時的車不多，沒有這問題。還有陸軍樂儀隊，我最喜歡看他們在街道上遊行。對了，妳去過沁園春餐廳嗎？」

6 民國七十年成立，位於中華路夜市大誠路與公園路口的聯合建設大樓裡。

7 臺灣行政長官公署在民國三十六年將「臺中座」移交國民黨，改名為臺中戲院，屬於中影所有，並以放映中影的國片為主。興建於日據時代一九〇二年，是當年臺中地區第一家電影院，由日本人經營，名稱為臺中座。臺灣光復後，

「去過，我知道，是老字號了。要請我吃飯嗎？」

文達笑著說：「還是先去買票看電影吧，晚餐我們再去。」

我們到達影城門口的時候，由於是禮拜日，售票窗的前面擠滿了人，幾個售票窗口前，購票的人排成幾條行列，一直排到騎樓的人行道上。有兩個穿著制服的警察，站在售票窗前的鐵欄杆前維持秩序。

「人太多了，我們還是別看電影了。」

「不會吧，我好想要看《南北少林》[8]啊！」

「可是，光是排隊就要排好久，簡直是受罪。」

「好吧，那我們去別的地方坐坐。」

隨後我們只好到中華路夜市去逛逛，逛沒多久，我的腳就痠了，只好先到一間咖啡館坐下休息。文達領著我走進右側一間暗室，是專門為情侶所設計的，裡面的燈光十分黯淡，我幾乎看不見鄰座桌上的東西。座位的椅背很高，就像是火車的座椅一樣。

我們找了最裡面的一個座位坐下，服務生送上了兩條毛巾，我叫了一杯檸檬水，文達則點了一杯熱咖啡。我們一面喝飲料、一面聊天。聊著聊著，我們的身體越靠越近，文達凝視著我的臉，嘴角掛著微笑，他把手伸到我的腰間，緊緊抱住，貼近他緊實的身體。

8　香港導演劉家良於一九八六年的電影，是少林寺系列電影的第三集，前兩部分別是《少林寺》與《少林小子》，著名動作演員李連杰也因為此部電影而開始成名。劉家良的父親劉湛是黃飛鴻的徒孫，劉家良本人曾獲頒香港電影金像獎的終身成就獎，對功夫電影的貢獻很大。

這個片刻我們都沒有說話，文達用另一隻手將我的肩膀抓過去，我也順勢抱著他。他將嘴唇湊到我的嘴唇上面，吻了好久。

這時我突然感受到一股衝動從腰際竄上，我感到渾身無力，倒在文達的懷裡。他將手伸進我的衣服，在我的胸部撫摸，我閉上眼睛，時間像是停止了。

逐漸地，我開始放鬆，環抱住他的脖子，抓著他的頭髮，舌頭伸到他的嘴巴裡翻攪，濃濃的咖啡香也在我的嘴裡飄散。

我們兩人不停摩擦著身體，這時文達突然將嘴唇移開，悄聲問道：

「晨星，妳愛我嗎？」

我輕輕點頭。

「那我們不要在這裡，回妳家好嗎？」

我再度點點頭。

當我們回到套房的時候，文達迫不及待抱住我，親吻我的額頭。

我咬著下唇，仰頭看著他的臉。

然後他開始脫我的衣服，丟在一旁的地板上，當他看到我光裸的上半身，衝動地把我推倒在床上，脫下他的褲子。

我傻傻望著他的下面，然後一種前所未有的感覺襲來。

這是我第一次渴望男人的身體。

不寫了，文達醒了。

七十五年九月十八日

今年中秋節我沒回家，原因是何超在中秋節之後，又要到泰國和中國去談生意。時間這樣逼人，弄得可可心煩意亂。

何超和文達約了我跟可可一同過中秋節，地點就在第一市場[9]附近的一間川菜館。領班將我和文達帶到二樓預定的一個小房間裡，文達一面走、一面向我說明：

「何超他是四川人，跟這間餐廳的老闆很熟識。」

我和文達先坐下，服務生送上兩條熱毛巾和茶水，並在桌上擺上幾道小菜。我肚子很餓，先用筷子偷偷夾了一塊豆干。

「好辣！」

「來，快喝茶！誰讓妳偷吃！」

服務生在我們面前放了菜單，拿著原子筆和拍紙簿，恭敬地站在一旁等候。

不久後，何超帶著可可來了。我和可可開心聊著，文達和何超則點了宮保雞丁、回鍋肉、螞蟻上樹、東坡肘子。

「你們男人只吃肉啊，點些青菜吧！」

9　於民國四年十月設立。民國六十七年，因火災改建為綜合性休閒娛樂廣場，其中一至三樓為第一市場空間。八十年再次整建，成為今日大樓樣貌。但在民國八十四年因衛爾康西餐廳火災事件，在後續消防安檢中被評為不合格，加上民間傳出幽靈船事件，導致人潮減少。

何超大笑，對著文達說：

「你這女朋友可真犀利，我真心佩服你！」

我對著服務生說：「再加一道開水白菜[10]吧！」

何超又笑得更大聲：「唉呦！這真是行家！聽晨星的，來一道！」

過沒多久，一道道菜端上來。我們邊吃邊聊，也聊到可可和何超認識的經過，我才知道原來他們已經交往一年多了。

吃過水果，何超付了帳單，我們就在熱鬧的第一市場附近逛逛。那裡有個小公園，許多人都坐在公園裡賞月，其中不少是情侶。我挽著文達的手，何超摟著可可，我們兩對並肩在公園裡散步。

何超從一旁的販賣機投了四罐可樂，給我們一人一罐，握在手上邊走邊吸。走累了，就在一個偏僻的樹叢中坐下。

抬頭一看，斗大的月亮已經斜掛在東方的天空，又亮又圓，使得旁邊的星星顯得十分黯淡。何超見到這個情景，取笑我：「晨星，妳這名字取得好，要是叫做夜星就不好了。」

文達和可可聽到都笑了，我頂嘴道：

「是啊，你的名字就取得不太好，應該叫做何馬才對。」

10 四川傳統名菜，傳說是川菜名廚黃敬臨在清宮御膳房時發明，後來川菜大師羅國榮將其帶回四川。雖說開水，其實是通過複雜程序熬煮的雞湯，味濃且水清；白菜則是取最嫩的菜心，吃起來十分爽口。開水白菜應是最高級的清湯川菜。

我們一群人笑得更大聲，這時可可突然躺下，把頭枕在何超腿上，嬌聲說：

「何超，你什麼時候回來？你到了國外，可別忘了我。」

「我怎麼會忘了妳，回臺灣後，第一個找妳。」

我也跟著躺在文達懷裡。我和可可這時都沉浸在愛情的滋潤裡，看著皎潔的月亮，心裡面就像有一條洶湧的河水，月光把河水照得晶瑩剔透。

七十六年一月六日

想不到、想不到，我真的想不到為什麼，為什麼你就這樣消失了，我不相信用了各種方法都找不到你，電話連絡不上、委託行也找不到你，難道真的是要離開我，何必做得這麼絕，我做錯了什麼？如果是因為我接了其他客人，我願意道歉，但是，但是！為什麼要離開我！莫非你只是想找個藉口、找個機會甩掉我？

我不想像個怨婦一樣只在這裡發牢騷，兩個月了，你一點消息都沒有，我問可可，她說因為何超還沒有回國，所以也幫不上忙。你呢？你去哪裡了？你也出國了嗎？為什麼不講一聲！我好恨、我好恨你！你竟然這樣玩弄我的感情，你竟然、竟然就這樣離開我！我是那麼對你付出真心，卻得到你這樣的回報！

我發誓這輩子絕對不再愛上任何男人，就算你再回來找我，我也不認你！你最好從此之後不要出現在我的面前，像你這樣玩弄女人感情的男人，根本不配！老天會懲罰你、會讓你一輩子不得心安！

我會祝福你一輩子得不到幸福，我會把你送我的東西全部丟掉，你寫給我的情箋我也會全部拿去燒了，我也會忘記你，永遠忘記你，但為什麼要在我如此深愛你的時候！我想死，我要讓你後悔，我要讓你感到一輩子愧疚，我真的會做到，以最慘烈的死法，被刊登在報紙上！

七十六年八月二十二日

可笑的是，最後死的竟然不是我，而是紗麗。

我本來以為自己吞下那些藥丸之後，就可以一走了之，沒想到最後還是被救了回來。在醫院的病床上睜開眼睛的瞬間，我感受到，這或許是上天的旨意，老天爺要我回到人世間，教訓這些欺負女人的男人。

然而紗麗卻死了，這是為什麼呢？雖然紗麗一直避不見我，在舞廳裡也越來越不得寵，但是她那麼堅強，怎麼會被邪惡的男人給殺死了呢？

當我看到紗麗的屍體的時候，我真的嚇到了。她的身體到處都是瘀青和菸蒂燙傷的痕跡，左乳頭被嚴重咬傷，幾乎快要掉下來，為什麼她會選擇接近這樣的男人呢？

我心中充滿疑問，沉澱了好幾天之後，到現在才有辦法像這樣把事情寫下來。寫下來也有好處，可以讓腦袋清醒。最近發生太多事情，不管是我自己的事，還是周遭朋友的事，都是一團混亂，糾結成一綑拆不開的線結，彼此都無法給予幫助。

我記得紗麗被發現的時候是在清晨，她陳屍在一座荒廢的停車場，頭被塞在車子底下，全身赤裸，旁邊散落幾個保險套。

整個舞廳的小姐們聽到這個消息都慌了，紛紛落下眼淚。說來也真是悲哀，當初承蒙紗麗照顧的舞女也不少，包括我自己，結果最後紗麗不紅了，也沒人伸出援手幫助她，害得她必須要去接這種危險的客人，不但凡事都得配合客人的要求，會被帶到哪裡，也都不曉得。

也許做舞女的就注定是這副德性吧，這條路，一旦走上來，就逃不開了。

八十一年五月二十五日

好久沒寫日記，總覺得寫詩比較好。詩言志，想說卻不敢說的話，詩都能替你說出來，還可以投到報紙賺點稿費。然而，我最後還是買了一本新的筆記本，明明覺得寫下來也沒幫助，但不知道為什麼，我想或許是因為沒人可以傾聽我的心聲吧，而且寫詩比較費工，所以還是決定這麼做了。

我最近跟黛黛走得很近，難道是因為紗麗的冤魂嗎？讓我也想像她當初對我一樣，找個後輩來疼，心裡面彷彿就能夠踏實。我運氣好，有紗麗幫助，一開始很快就紅起來，到現在算是坐穩了舞廳的紅牌寶座。黛黛很像我，雖然她脾氣比較硬，但由於姿色還是有的，所以不出幾年，也成了炙手可熱的紅舞女。

寫著寫著，我想檢討前些日子自己的軟弱。現在回頭看，那些情感的挫敗根本不算什麼，更何況我還有家人要養。這方面我也做得很好，弟弟妹妹現在都步上正軌，我們家就要有好日子了。

話說回來，可可最後再也沒見到何超，現在還不是跟一個年輕小夥子打得火熱。感情這種事是很容易改變的，做舞女這些年來，男男女女見過很多，花心的一大把，癡情一個都沒有。講得白一點，做舞女還能期待什麼，還不都是供人玩樂的對象。

今天晚上我總算認清這個事實，也比較回神了，轉了幾個檯，每個檯都不久待，都只坐了半個鐘點，跳兩支舞，勾起客人的慾望之後，讓他們心裡發癢，卻不讓他們得逞，下次才會再來找我。

最後我轉到一個單人檯上，心想這個結束之後，就要回家好好休息。但想不到那裡坐的竟然是一個好久沒來的客人，我沒確認他的名字，大概記得是鄭博剛。他的肝不好，眼睛特別黃，所以我一眼就認出來。原本以為他從我手裡溜掉了，這下子又多一個可以運用的鐘點。

「哎喲，我的大爺，你怎麼來找我了，我還以為你不想我了呢！」

「我最近很忙啊。」

「你少騙我了，我曾經打過電話到你公司，職員都說你不在。」

「我是在外面忙，公司裡有經理幫我處理事情。」

「是嗎？我有一次到你公司裡去找你，根本只有一個職員。區區一個小房間，兩張辦公桌，你搞的什麼生意？」

「妳到我公司去幹嘛？那裡不過是處理業務的地方，我是專門從國外進口原物料的，跟妳說了妳也不懂。」

「不說這個了，跳舞吧！」

「不急不急，今晚要不要跟我出去玩玩？」

「玩什麼？」

「妳要問就別跟來。」

「這麼神秘。」

「要不要，一句話。」

「什麼時候？」

「現在。」

「那我要跟帶我進場的客人打聲招呼。」

「妳別廢話，要跟就現在，不跟我自己走。」

我猶豫了一下，故作生氣：「這麼神氣，你要走就走，誰希罕你。」

「好吧，妳果然還是一樣剽悍。」

「那你先替我跟小妹結帳，我去後面換衣服。」

鄭博剛拉著我跨下樓梯，走到附近一家位於地下室的餐廳。我們只點了幾道小菜和番薯稀飯，加上兩瓶啤酒。

「你說要去玩玩，應該不是只來這裡吃宵夜吧？」

「妳上次陪我去打麻將，我贏了十萬，今天晚上再陪我去。」

「什麼嘛，你真迷信。」

「妳上次不是說也想玩玩嗎？」

「我隨口說說的，賭博這玩意還是少碰，小心把你的公司給賠掉了。」

「妳別烏鴉嘴，我最近輸了很多錢，正想扳回來。」

我驚訝地問：「你輸了多少？」

「五十。」

聽到這個數字，我不由自主倒抽一口氣。

「我勸你還是收手，免得越賠越多。」

「媽的，妳別再咒我，妳要是不想去，我也沒逼妳。」

「好，那你答應我，今晚把錢賺回來之後，就不再賭。」

鄭博剛點點頭。我們把酒喝完之後，坐上一輛計程車，在巷子裡轉來轉去，然後停在一棟高大的洋房門前。我們走下車，鄭博剛連續按了兩下門鈴，等了一會，再按了一下。

這時一個身材十分高大的青年打開門，不發一語，讓我們進去之後，就迅速把門關上。

我們走上一條水泥小道，兩旁擺放著花木盆栽，到達主宅門外的時候，鄭博剛又連續按了三次電鈴，停一會再按一下。

門上突然出現一個小孔，從裡面透出一個眼睛，隨後才打開門。

開門的同樣也是一個高大的青年，一路沉默地將我們帶到二樓的一個大房間，裡面放著冷氣，有很多人圍著檯子正在賭博叫囂。一位穿著清涼的女郎端著放有白蘭地酒杯的盤子，讓我和鄭博剛拿了兩杯。另一位女郎則從三五牌香菸包裡抽出兩支菸，我搖手拒絕。

鄭博剛接過香菸，那女郎立刻用打火機替他點燃。

「妳要是無聊，可以多喝點酒，反正不用錢，這裡的白蘭地很不錯。」

「我自己會找樂子，不用擔心我。」

我端著酒杯，跟著鄭博剛到寫字檯前，那裡坐著一個中年男子，他向鄭博剛打了招呼，然後請鄭博剛坐在寫字檯旁的椅子上。

「董事長今天要玩多少？」

「先十萬吧，試試手氣。」

隨後鄭博剛從口袋裡掏出支票簿，開了張十萬元的支票給中年男子。

「董事長今天有美人相伴，肯定能大撈一筆。」

那中年男子從抽屜裡拿出一堆五顏六色的籌碼放在桌上讓鄭博剛清點，鄭博剛抓了籌碼，就往那最多人的檯子走去。

我很快看出這桌正在玩比大小，以前曾經和舞廳的小姐一起玩過，只不過我們那時下的注不大，大多是二十元，即使是做莊家也不會超過兩百元。現在輪到一個貴氣的婦人做莊，正準備擲骰子。鄭博剛擠進人群，將一堆籌碼放在檯上。

那婦人運氣很背，只有擲出五點。

輪到鄭博剛，他擲出八點，比莊家大，贏了。

「拿了多少？」

「五千，慢慢來，別急。」

輪到鄭博剛做莊的時候，他連贏了幾把，氣勢正強，便將所有籌碼都放在檯上。想不到好運還真的在他那裡，竟然擲出十八點，直接通殺！

「妳真厲害，光是這一把我就賺了五十萬！」

「這不就打平了嗎？我們走吧！」

「妳真傻，賭場要抽成的，每贏五千要抽頭五百，現在手氣正旺，還賺得不夠。」

我正想發脾氣，這時一名男子走過來，對著鄭博剛說：

「喂，怎麼不來打麻將，我們缺你一個。」

「好吧，你等我一下。」

那男子沒有回應就走掉了。鄭博剛從自己的籌碼中拿了十個綠色的給我：

「這一萬給妳去玩玩看，如果妳賺了錢想要換現金，就到剛剛那個檯子去換。」

「我不想玩。」

「那妳就直接拿這些籌碼去換錢，累了就自己回家。」

「你這忘恩負義的傢伙，小心你等會兒全賠光。」

「妳別這樣，我要到隔壁去打麻將，妳要是心裡還有我，就去玩個幾把，等我錢賺得差不多了，我們再走。」

鄭博剛說完就走到隔壁房間，扔下我一個人。

當時我很生氣，本來想要直接走掉，但幸好我沒有走。後來幾場我擲的點數都很大，幾乎都是贏的居多，我贏了兩個黃的、五個紅的、還有綠的十四個，算了一下，總共賺了十六萬四千塊錢。我心想，要不是我下注小，想必還能賺更多。

我看了手錶，已經是凌晨四點多，精神還很好，想不到一個晚上就能賺到自己一個月的收入，真是不可思議。

我到隔壁房間，想問問鄭博剛的狀況，正巧碰到他自摸。他看見我，開心地直呼我是他的勝利女神。

我不想再搭理他，直接走出房間。

八十一年五月二十九日

自從前幾天我在賭場大撈一筆之後，我每天都期待鄭博剛來舞廳，帶我到賭場去。原因很簡單，我每天在這裡上班，有時一個月賺的錢還比不上那次賭贏的錢的一半，更別說只要我下大注，以我的運氣，想必可以贏個四五十萬都沒問題。

但是鄭博剛卻遲遲沒有出現，打電話不接，去他公司也找不到人，好不容易今天他又來了，快要十一點才在舞廳裡出現。

我趕緊讓許素瑛大班把我轉到他檯上，一坐下就問他：

「你那天後來賺多少？」

「還好，妳一走，我的運氣就沒了，不過後來還是小賺一些，我記得大約有二十幾。」

「包括擲骰子的嗎？」

「當然，麻將可沒那麼容易贏錢。」

「那這幾天你去哪了？」

「這還用問，當然是賭場。」

「結果呢？」

「又輸掉了一半。」

「你這該死的，要賭還不來找我，現在賠錢了吧，活該。」

「妳不是不想跟？」

「我這幾天都等著你來找我，我上次賺了不少，我想這說不定可以讓我及早脫身。」

「妳要離開舞廳了？有人要妳啊？」

「你說這什麼話，我自己的感情還不需要你來操心，更何況我也不想嫁你。」

「幹嘛這樣急著撇清，我也在妳身上花了不少錢呢，從來沒佔妳什麼便宜。」

「那你這樣說是什麼意思？你頂多就是希望我陪你睡覺。」

「說不準我也會娶妳啊，但是要等我事業穩定點再說。」

「你當我白癡啊，誰都知道你愛玩女人，要不是看你待我還不錯，早不理你了。」

「別說那麼多廢話了，我們現在就去賺錢，賺夠了錢我就娶妳。」

「你才是油嘴滑舌，我去換衣服。」

我跟許素瑛大班和客人交代了之後，立刻和鄭博剛出場。

到了洋房大門前，鄭博剛回頭對我說：「以後如果妳想自己去玩，只要像我這樣按電鈴，就會有人替你開門。」

「要是他們不認得我呢？」

「妳就說是我介紹的。」

「對了，我身上沒帶現金。」

「這些支票給妳，以後只要在賭場裡開一個月的期票，不論輸贏，一個月以後才結算。」

「這麼方便。」

「傻瓜，賭場每個晚上可以抽四五十萬的頭金啊，所以才會收期票而付現金，還不是為了招攬賭博的客人。」

進入賭場之後，鄭博剛就跑去打麻將了，丟下我一個人擲骰子。

我拿著支票去兑換五萬元的籌碼，回到檯上的時候，人又更多了。

我第一把就下注五千，果然跟我想得一樣，我運氣真的很好，一口氣贏了一萬元！輪到我做莊的時候，左邊五個莊家都擲了很大的點子，我估計要有小點子出現了，決心將一半的籌碼都放上去賭一把。

但是我卻擲出六點，而我的下家竟然擲出四點！

我的錢全部都被他搬走了，可惡！

接下來輪到下家做莊，他在臺上放了二十萬的籌碼，一臉胸有成竹的樣子，看了就令人噁心。

我決定把剩下的籌碼全部放上去，連帶把剛剛被他拿走的籌碼全部扳回來！

他擲出九點，其餘下注的人只有兩個人贏，想不到今天他的運氣這麼旺！

我心裡向上天禱告：給我十點吧！十點就好了！

但是我卻只擲出了七點。

鄭博剛給我的籌碼一下就被我輸光了。

我不好意思再找他要，只好摸摸鼻子偷偷溜走了。

明天一定要把全部的錢贏回來。
明天一定要把全部的錢贏回來。
明天一定要把全部的錢贏回來。

八十一年十月二十三日

首飾：六個鑽戒、翡翠戒指、五條黃金、白金項鍊兩條。大約四十五萬。
現款：十四萬。
總共要還七十萬，算一算我這個月要還十一萬。我要怎麼在一個月內賺十一萬？
這七十萬還不包括鄭博剛借我的錢，不過既然是他說要送我的，我就不管了。
要找呂光棟幫我嗎？他現在跟黛黛很要好，應該可以幫我的忙。
不行，這樣他肯定要求我和他睡覺。也不可能跟其他舞女借錢。
對了，先去把這些首飾拿去換成錢吧，也許能夠把錢贏回來。
風水總會輪流轉的吧？

八十二年二月十一日

我真的要抵押這間房子嗎？
那該死的鄭博剛！我真是倒了八輩子的楣才會相信他！
看樣子只能把權狀跟契約都給他了，現在我看到手臂上的瘀青就想要哭。

我簡直不敢回想昨天的情況，那些壞人！老天爺啊，快來救救我！

我竟然在半年內把我這十幾年來賺的錢全賠光了！我要如何向媽他們交代！我還要喝，我就是要喝，我要把家裡的酒全都喝光！要找呂光棟嗎？要找他嗎？我把房子賠了，要住哪裡？黛黛？她不會讓我住的，她現在每晚都要和客人睡覺。找老闆？對！他一定會幫我的！

昨晚我被轉到一個青年的檯上。那青年很壯，尤其兩隻手臂的線條十分明顯。我問他叫什麼名字，他不願意多說，急著邀請我到一間KTV玩。我看他出手闊綽，應該只是想要和我玩一玩，就答應了他。那青年立刻打電話，說是要叫他的司機過來。小妹結了帳，我就和那青年出場了。

但是沒想到一走出舞廳大門，他就把我推進一輛黑色轎車裡。我馬上認出這車是在賭場裡停著的那輛，但我卻無力反抗。

我嚇得哭出來，那青年不耐煩地說：

「別哭，只不過是辦一些手續罷了。」

「辦什麼手續？」

「妳的私章帶在身上沒有？」

「放在家裡。」

那青年嘖了一聲：「沒關係，我們壓手印。」

汽車駛進賭場，我被帶到一個位在地下室的小房間，裝潢十分氣派，有一個中年男子坐在一張大辦公桌的後面。他留著光頭，嘴裡叼著雪茄，似笑非笑的模樣，讓我害怕。

「妳那房子已經是我們的，請妳在這裡蓋章。」

那中年男子話才說完，方才押我過來的青年就使勁抓住我的手，讓我在那文件上蓋章。

「我們暫時還不會要妳那棟房子，妳可以住到六月，但勸妳還是早點搬走。」

我顫抖地問：「那些支票呢？那是鄭博剛的……」

「那傢伙死定了，妳暫時還不用幫他還，妳只是背書人。不過，要是那些支票到期了他還遲遲不把錢賠來，就是妳的問題。」

那中年男子站了起來，我看到他腰間的手槍，嚇得屁滾尿流，褲子全濕透了。

「阿福，開車把她送回去。別動她，她是車頭的人。」

第三部 業 Kamma

二〇〇一年十一月十八日

1

我花了三天才把江怡惠的日記全部看完，果眞如吉南所說，這些紀錄眞實得令我冒汗。我立刻聯絡了老謝和子祥，這兩件刑案一定有什麼關聯。

「這個混混吳東恆，你不是說他沒嫌疑嗎？」

「時間點上的確不可能，但是如果這兩件刑案有關的話，我想可以一次解決。」

老謝和子祥同時瞪大了眼，不約而同地說：

「你是說共犯？」

「這只是我目前的猜測。但我認爲，依照郭寧的個性，的確有可能幹出這種事。江怡惠最後那個挑釁的行爲，讓郭寧徹底崩潰後抓狂。」

「等等，那吳東恆的動機是什麼？他爲什麼要聽郭寧的話？」

「我相信過不久後答案就會揭曉。」

「你覺得吳東恆另有計謀？」

「我認為有，但現在還不知道。」

我想起以前曾經在高雄有辦過一個案子，記得那時候我很苦惱，因為檢警兩方都認為是我太固執，辦起案來就特別綁手綁腳。

當時接獲報案，媽媽和兩個女兒被發現陳屍家中，全部都是窒息死亡。現場大門反鎖，而且公寓裡充滿了濃濃的瓦斯味，所以檢察官判斷，認為是媽媽悶死自己兩個小孩之後，再利用瓦斯毒氣弄死自己。

但我心想：瓦斯中毒實在不容易，因為整間公寓的空間太大了，以我過去的經驗，現場有瓦斯味的，通常都是故弄玄虛。不出所料，相驗屍體的時候，在三個人體內都驗出乙醚，更讓我確定這是他殺。

經過了好幾個月後，我決定再次到現場看看。我注意到，死者住在整棟大樓的最高樓。如果是在最高樓或者一樓，就比較有可能由其他地方進出，並同時將門反鎖以製造自殺假象，於是我決定先到頂樓查看。

起初我認為，兇手可能是經由屋頂上的通風管逃到頂樓，經過探查，通風管的出口鐵蓋確實有些鬆弛，疑似有人撬開過。但是將鐵蓋移開之後，裡面滿是灰塵，而且管路太過狹窄，不可能有人能夠從其中通過。

我正在沮喪，認為此次案件不易偵破，但蒼天有眼，剛好遇到死者的母親前來求情。該母親以為我是檢察官，把心中的懷疑都向我訴說。她認為女兒是被女婿殺害，女婿因為有婚外情想要離婚，但女兒不答應，便動了殺機。

死者的母親再三向我拜託，希望我能夠好好查案，幫她的女兒討回公道。

我把握機會，立刻向她問了死者丈夫的職業和專長，這才知道原來死者的丈夫是水電工，而且是從化工系畢業的。

這個線索相當重要。原因在於，我當初懷疑嫌犯是藉由廚房後面的小窗子爬出，但是要能夠攀上頂樓，絕非常人所能，而對於水電工來說，這種距離應該不成問題。另一方面，學化工才會懂得一般人所不瞭解的化學知識。

後來我又找到了疑似繩索造成的痕跡，極有可能是嫌犯攀上頂樓時所留下的。檢察官這才相信我，並調出通聯紀錄，終於發現一通長達兩小時的通話。這說明了嫌犯在推斷的犯案時間內，都在與其外遇對象通電話。

我們馬上找到了該名外遇女子，根據她的證詞才順利破案。

原來嫌犯跟以前化工系的同學購買乙醚，還去六合夜市買小老鼠來試毒，最後再去登山用品店買了繩索，順利從外面爬進屋子裡行兇，並且在殺人過程中，和外遇女子通話以說明實況。電話中，他大言不慚地向對方誇耀，包括自己如何把太太毒死、不小心把女兒吵醒並順便殺了兩個女兒、最後再把瓦斯打開製造假象。

檢察官進一步追查後發現，嫌犯在家人生前投保了鉅額保險金，所以我們順勢利用保險公司和嫌犯聯絡，佯稱保險金已發放下來，才把嫌犯騙回國，在桃園機場順利逮捕歸案。

「如果他們兩個真的是共犯，也就是說，是吳東恆殺了王志億，而郭寧殺了江怡惠？」

「這太荒謬了！老謝，你真的相信有這種事？」

老謝聳了聳肩。

「我認爲不無可能。」

子祥看著我，滿臉不甘心的模樣。

「其實，那天我沒和你們去吃宵夜，是去找郭寧。」

我和老謝不約而同睜大眼睛。

「你去找她做什麼？」

「她希望我能陪她聊聊。再說，鐵松不是一直懷疑郭寧嗎？我也想探探郭寧的虛實，看她是不是眞的在說謊。」

「子祥，你不需要騙我們。」

「我沒騙你們！你們也別想太遠，要我來說，郭寧她……」

「她怎麼樣？」

「她……不像是正常人。依你們所見，她對我確實比較熱情。但你們不知道，我去找她的時候，她像是變了個人似的，對我不太理睬，嘴裡不停抱怨，還說我和其他人一樣，對她很壞。」

「你對她做了什麼？」

「我不是說了嗎！沒什麼！」

「然後呢？」

「然後，就如同鐵松所說的，她開始拚命喝酒！一瓶一瓶地灌，講一些我聽不懂的話，什麼『不要過來』、『我是壞女人』、『你們都走、都走』，然後開始打自己、捏自己的手臂！我本來想抓住她，讓她停下來，但是她卻把我推開，對我比中指，罵我『小癟三』！」

我心中疑問大起：「你是說，她開始有自殘的行爲嗎？」

「我還看見了，她的大腿內側有刀片割傷的痕跡！」

「傷口深嗎？」

「傷口看起來都不深。就我所見，那不是爲了自殺而割出的傷口。」

「然後呢？你就不管她，自己走掉了？」

「郭寧她明顯喝醉，所以這些行爲並沒有持續太久，之後她就倒在床上睡著了。」

我突然想起先前的懷疑，連忙問子祥：

「對了，你有看到藍色的毛線地毯嗎？」

「藍色的？等等，我想想……」

子祥撐著額頭回想，過沒多久就想到了。

「在洗澡間的鐵架上掛有一條藍色的浴巾，是很亮的那種藍。」

聽到這句，我心中大喜。

「沒錯，是一種很特別的顏色。老謝，我想我們可以確認那個保險箱是如何擺到門後的了。」

「這條浴巾跟那個保險箱有什麼關係？」子祥一臉疑惑，「保險箱難道不是死者爲了躲避追殺所放的嗎？」

「事實上，我認爲是兇手佈下的陷阱。這個疑陣並不困難，只要利用浴巾或毛毯之類的東西，壓在保險箱底下，然後再配合關門的動作一面拉動浴巾，等到保險箱撞到門之後，再使勁將浴巾迅速抽出即可。如此一來，保險箱就會看起來像被放在門後。子祥，你還記得浴室的洗手臺裡有兩把刀子嗎？」

「原來是這樣子！我當然記得，當時我也覺得很奇怪。」

「當時我驗屍的時候，有注意到死者的生殖器被割下，並塞進其口腔中。但是，該鼠蹊處並未流太多血液。於理來說，這個位置有一條睪丸動脈，其源自於腹主動脈，若是在生前被割斷，理應會造成大量出血。」

「當時死者不是流了很多血嗎？」

「那是頸動脈被割斷所造成的。」

「所以你的意思是，吳東恆殺了王志億之後，待郭寧開車回家，再把王志億的生殖器割下塞進口中，是這樣嗎？」

「我想這的確很有可能。」老謝點點頭，「否則怎麼會用到兩把刀子。」

「那爲什麼不用同一把刀子就好？」

「也許郭寧並沒有想到，吳東恆會把凶器遺留在現場。等到進浴室洗掉刀上血跡的時候，才發現吳東恆作案用的刀子浸泡在洗手臺裡？」

我並不確定，但這個解釋也不無可能。

「那我們是不是要準備把郭寧和吳東恆逮捕了？」

「還不急，還有問題沒有解決。」

想到那根完好如初的鋼管，還有那個密閉的衣櫃，我就頭痛。話說回來，爲什麼我總覺得郭寧這個名字聽起來有點耳熟？

2

爲了釐清案情，我勢必得南下臺中一趟，找到承辦江怡惠案的檢察官和吉南才行。但是在此之前，還必須要先找一個人談談，那就是不斷出現在江怡惠日記中的男人，呂光棟。

我從老謝那裡得知，呂光棟手下主要有兩大公司，一是宇棟建設股份有限公司，二是光華營造股份有限公司。資料顯示，這兩間公司的登記資本額合起來超過五億，在全省各地都有他們的作品，但大部分位於臺灣北部和中部。

老謝聯絡到呂光棟的秘書，該名秘書表示，呂光棟現在人正好在臺北，所以我和老謝立刻約了今天下午到宇棟建設公司一趟，準備和呂光棟面談。

宇棟建設公司位在台北縣中和市的員山路上，我和老謝搭了電梯到六樓的公司接待處，讓接待小姐帶我們到一間有冷氣的會議室等候呂光棟。

過了不久，一名身穿昂貴西裝的肥胖男人推開大門，看起來跟江怡惠日記裡形容的有幾分神似，惟其頭頂已童山濯濯。我料想此人應是呂光棟沒錯。

「你們是檢察官？我又沒逃漏稅。」

呂光棟表情疑惑，頻以手帕拭去額頭上的汗珠。他挺著啤酒肚在辦公椅上坐下，同時大口啜飲小姐爲他放在桌上的冰開水。

「你搞錯了。此次前來打擾，是想請教你，關於江怡惠小姐的事情。」

「江怡惠？我不認識這個人啊！」

「晨星，想起來了吧？」

呂光棟一聽，馬上臉色大變，支支吾吾說不出話。

「你說晨星？我認識她，但是她跟我沒什麼關係，你們找錯人了。」

「是嗎？她的日記裡可是常常提到你。」

呂光棟頓時啞口無言。

趁他還沒回神，我立刻追問：「呂先生，我們這次來找你，不是針對你個人的私生活。而是晨星小姐遭人殺害了，我們需要你協助釐清案情。」

從呂光棟的表情看起來，應該早就得知江怡惠死亡的消息，但是完全沒想到我們會找上他。

「我知道。但是……關於這件事，我實在幫不上忙。你們也知道，我生意忙，主要都在臺北和大陸，臺中那裡發生了什麼事，我還眞是無能爲力。」

「不，我們相信有些事情你還是知道的，比方說，王志億先生和晨星小姐的關係。」

呂光棟臉色凝重，猶豫了半天才緩緩開口。

「說起來，他們兩人會認識，主要是我的引介。王志億是我的好兄弟，他是個好人，那次沒別的意思，只是覺得他會喜歡這個女人，想讓他嘗試看看上舞廳的滋味。」

「你說你們是好兄弟，是生意上的吧？這次的花酒難道不是招待？」

「開什麼玩笑，我招待他？他還得靠我養咧！如果不是我，他那建築事務所會有生意上門嗎？你們自己去查，他九成九的案子，都是我包給他的。」

「你和他到底是什麼關係？」

「沒什麼特別關係，多年的好友，如此而已。」

呂光棟顯得很不耐煩，我猜想他一定在心裡後悔接受這次會面。

「看呂先生你的表情，你一定有什麼事情瞞著我們沒說。」

「我都說了，我對於這件事所知不多，你們可以離開了。」

我回頭看著老謝苦笑。其實我和老謝都心知肚明，這種老建商大風大浪見多了，怎麼可能把事實全說出來。建商需要土地才能蓋房子，沒有土地就沒有建案，更別談利潤。而現在土地日漸稀有，建商要如何取得土地，明著來不行，就要暗著來。圈地、囤地，從自行開發、中人介紹到參加標售，涵蓋了評選委員、陪標廠商、內應，到處都有他們的人脈在裡面攪和，同時和銀行與政府掛勾。可想而知，這個呂光棟不但玩女人很在行，在房地產營造業這塊領域也有一手，簡直是高深莫測。

會談工作進行得不順利，老謝也無心再行調查，於是我們兩人便決定今天就到這裡，回家好好休息之後，再做打算。

話雖這麼說，我心裡卻不這麼想。在回家的路上，我腦子裡還是不停浮現郭寧發瘋的身影。我真想立刻衝到郭寧面前，把事情問個清楚，然而一想到幾天前她那副鄙視我的模樣，就勇氣全失。

「要去找郭寧嗎？」

自從這個念頭興起之後，我心中就不斷出現這樣的聲音，一直走到家門口，我才終於下定決心。

我偷偷笑自己：年紀都這麼大了，還懂得羞恥嗎？

3

之所以決定隻身前往，乃是顧慮到，若有其他人在場，郭寧肯定無法以她自己的眞面目來面對我。她畢竟是個弱女子，不可能對我造成太大傷害。縱使犯下殺人案，諒她也不敢對一個刑案經驗豐富的法醫下手。

我攔了計程車到泉源路上，隨後步行到喪宅門口按電鈴。

開門的不是別人，正是郭寧。

出我意料之外，郭寧反應很冷靜，表情沒有扭曲，安靜地引我進屋。

一進到客廳，我就問：「妳記得我是誰吧？」

郭寧回頭看了我一眼，輕輕點頭，沒說半句話。

我感覺到氣氛有些詭異，立刻提高警覺。莫非她吞了什麼藥不成？或者她又在酗酒了？

郭寧在恍惚中走上二樓，腳步絲毫沒有停留，我只好緊跟在後。

她走進自己的臥室，停在一面全身鏡前面，凝視著自己鏡中的身影。她越靠越近，隨後開始以頭猛烈撞擊鏡面，鏡面立刻出現裂痕！

我被眼前的景象嚇到，一時之間竟不知如何是好。回過神之後，郭寧已經跪坐在地，掀開自己的裙子，手握一把小刀，輕輕割著自己大腿內側，臉上掛著詭異的笑容。

我趕緊跑過去搶走她手中的刀子，把刀子隨手往床頭扔去。但是她卻笑得更大聲。

「老頭，你喜歡我嗎？你喜歡我嘛！」

只見郭寧一面尖叫、一面將自己身上的衣物逐件褪去。我伸出手想阻止她，卻反被她擒抱住。到底是老了，力氣不夠，我的雙手竟然被她勒得動彈不得。她一邊發出淫笑、一邊試圖用嘴巴解開我的皮帶扣。我嚇壞了，只好用膝蓋使勁頂她下巴。她慘叫一聲，嘴角滲出血絲，抬起頭，惡狠狠瞪著我。接著她猛地伸出手，顯然是要抓我下體。我翻過身，使出全力把她壓制在地。

只見郭寧從笑轉哭，情緒漸漸不受控制，像個小孩子一樣在地上哭鬧，哇哇大叫。

「他跟別的女人在一起！他跟別的女人在一起！」

「妳先別激動，慢慢說。妳親眼看到王志億和別的女人在一起？」

「那個賤女人！賤貨！搶我男人……」

「是江怡惠嗎？妳可以把事情都告訴我。」

「那個賤、賤女人……根本生不出小孩，爲什麼他還要選她！」

我不禁大吃一驚，「江怡惠有不孕症？」

但是郭寧只顧著哭，陷入一種歇斯底里的狀態，我只好放棄追問。

久待無益，把她扶回床上休息之後，我便離開了。

4

回家的路上我一直在想剛剛的情景，總覺得有什麼地方不對勁，卻又說不上來。

「爺爺！快來看我們表演魔術！」

我一踏進客廳，琦諭便尖叫著讓我過去。綜藝節目正好在播魔術表演，所以岳峰和琦諭就一邊看著節目、一邊興高采烈地拿著魔術道具練習。

琦諭咯咯笑著，將我心中的憂鬱沖淡，便坐在太太身邊，滿心歡愉地看著小孫子們表演魔術。

「爺爺，你看好喔。這兩個鐵環都是完好無缺的，對吧？」

「你把手上那個給我看看。」

我仔細檢查了一下，的確是完好無缺的。

「好，我看你有什麼把戲可以變。」

「你看喔，這兩個鐵環有個神奇之處，當他們碰在一起的時候，就會像這樣……」

說時遲那時快，我的眼睛還來不及看清楚，那兩個鐵環竟然套在一起了！

「咦？這怎麼回事！」

太太在一旁笑我，我便問她：

「怎麼？妳看出來了？」

「他們剛剛也叫我看了，我沒看出來，但我現在知道是怎麼回事了。」

「妳知道？跟我說說。」

「你自己慢慢想，不是最喜歡探案了嗎？」

太太又笑起我來，我奈何不了她，只好向岳峰求情。

「爺爺想不出來，你告訴爺爺好不好？」

岳峰和琦諭異口同聲地說：「不要！」

我碰了一鼻子灰，只好乖乖靜下來思考。只是，兩個完好無缺的鐵環，要如何能夠讓彼此穿過呢？

「爺爺，這不是很像你前幾天問我們的問題嗎？怎麼你自己不會？」

我想了想，才了解原來岳峰指的是那個筷子穿過肉丸的問題。

「這兩件事情怎麼一樣了？」

「爺爺，你每次都覺得很多不一樣的事情是一樣的，但其實你只要多花點心思去觀察，就可以發現他們有不一樣之處。像上次你幫我跟妹妹買怪獸對打機，明明顏色和形狀都不一樣，你卻說一樣，這不是很奇怪嗎？」

「你的意思是說，這兩個鐵環不一樣？」

琦諭突然放聲大笑，捏著我的鼻子說：

「爺爺你好笨啊！你檢查的那個鐵環是好的，但是另一個鐵環有一個小小的隙縫，可以讓好的鐵環穿過！」

我連忙將岳峰手中的兩個鐵環拿來檢查一番，這才發現，原來其中一個鐵環的確有個小縫。

這時綜藝節目剛好結束，開始播送最新的流行歌曲。這曲子是最近一個音樂新人的創作曲，節奏十分快速，聽起來有點中國歌謠的味道，嘰哩呱啦的，聽不懂在唱什麼，但是影片我還看得懂，應該是想要表達出李小龍的精神，一面揮舞著雙截棍、一面擊退敵人。

岳峰也在一旁跟著唱，同樣地，我也聽不出他在唱什麼，便問他：

「你知道你在唱什麼嗎？」

「雙截棍啊，這是周杰倫的新歌！」

琦諭雖然不太會唱，但是也跟著哥哥哼哼哈哈地唱著。

我本來還很懊惱，心想：聽不懂也就罷了，怎麼回事最近年輕人聽的音樂，都如此沒有旋律跟韻味，整首歌聽不出來主調是什麼，也不容易記起來，還不如鄧麗君的歌，讓我能夠隨之心往神馳，而不是紛紛擾擾的感覺。

然而就在此刻，一個想法突然湧現。

我猜，這或許可以解答我長久以來的疑惑。

二〇一四年十月七日

〈人報副刊〉第四屆華文小說大賞首獎作品〈伏流〉

（三）

最後的旅程格外嚴峻。但，只要姊姊願意原諒我，我想沒有什麼事情能夠阻擱我。姊姊告訴我，要找到甲蟲王，必須翻山越嶺，因為他住在森林裡的山洞。

我循著蜿蜓的山路爬上去，山頭正縈繞著裊裊的硫磺煙。由於下雨的緣故，路面特別滑，我必須一面爬、一面用牙齒咬住路旁的小草根，才不至於不斷滑落山谷。

甲蟲王、甲蟲王……

好不容易到達比較平緩的高原上，前方又是一片森林。我想就是這裡了吧？要找到甲蟲王還真不是一件容易的事。但是，每當我想放棄的時候，我的第一隻甲蟲，那個迷人的男子，就會再次出現在我的腦海裡，溫柔地撫摸我。

因為他，我這輩子才會如此飢渴，才會不斷想要捕捉甲蟲。因為他就是我的生命，我真心愛著他。

森林裡的落葉充滿霉味與硫磺味，每踩一步，就會有細碎的孢子和樹葉的殘渣飛到我的臉上，搔癢我的鼻孔。當腳探到最底部的時候，可以感覺到下面有成千上萬隻蚯蚓在蠕動，於我的腳趾間穿梭。

走著走著，我的腳底可以感覺到蚯蚓的數量正在逐漸增多。我猜想，莫非是甲蟲王的能量餵養了他們、使他們茁壯？

我加快腳步，心跳也跟著加速。外界的光線已經完全透不進來森林裡，只能憑藉我的嗅覺和觸覺前進。隱約可以感覺出，這些蚯蚓正朝著一個共同方向游去，指引著我投入甲蟲王的懷抱。

鼻孔的空氣濕度漸漸增加，大概是進入山洞了。這附近的蚯蚓開始躁動，沿著我的腳踝往上爬，經過大腿，鑽到我的肚子裡，舔舐我的毒液接受器。

啊！久違的高潮！這些蚯蚓約莫都沾著些甲蟲王的毒液吧？我的身體不斷顫抖，劇烈的動作阻礙了我的步伐。

然而前方有什麼東西正在移動……我感到害怕，那個東西越靠越近，而且十分沉重、巨大。

——等等，我聞到了。

是毒液，異常濃烈而令人懷念的毒液！

找到你了！我終於找到你了！

這股味道，我永遠也忘不了，那是我初嘗甲蟲的滋味！

是名為爸爸的英俊男子的滋味！

我使盡全力，決心將英俊男子再次引誘回我的懷抱裡，就像小時候那樣。我潛進他的洞穴，果然不出所料，他再度為我所傾倒！

甲蟲王的利器已經迫不及待，正以鋒利的肉刃從我的嘴巴刺入體內！這支劍是我遇過最堅硬、最銳利的一支！無數的蚯蚓正從他的利刃尖端噴出，朝我體內的各個角落奔去！

這樣的珍稀寶物，江怡惠怎麼可能有機會嘗到。這隻甲蟲王是我的、這隻甲蟲王是我的……他將永遠屬於我……屬於我……他將與我產下甲蟲王的後裔！

然而，我卻在他的口器中嗅到了江怡惠的氣味。

為什麼……會有江怡惠的氣味？

「甲蟲王，我是這麼臣服於你，你為何還需要那個賤貨？」

整個空間的蚯蚓越來越多，我整個人只剩下嘴巴還露在外面。有幾隻不小心掉到我的嘴巴裡，我就會細細品嘗，畢竟這可是我的甲蟲王賜與我的。然而一想到江怡惠曾經與我共享這美味的珍饈……

「甲蟲王！你背叛了我！我要殺了你！」

但這一切都還沒預謀好。要殺掉甲蟲王，必須用特製的棺木才行。要製作出特製的棺木，我必須要找其他人幫忙。

為此我忍痛離開甲蟲王，朝著蚯蚓海的另一個方向游去，回到黑暗的森林之中。就在我毅然決然離去之前，我回頭看了洞穴一眼。原本我期待甲蟲王能被我的香氣所吸引，進而隨著我離開罪惡。但我卻失敗了。

不過此次回首卻讓我發現洞穴旁，豎立著一塊告示牌。上面寫著——

「人性之森」

為什麼叫做「人性之森」呢？想著想著，我才注意到，原來這裡的每棵樹木上，都生長著一張人類的臉皮，各種表情都有，毫不重複。

唯一缺乏的，就是笑容。

我將一張張臉皮都記在腦海裡——事實上，想忘記，是一件困難的事——原因在於他們個個都用一種鄙視、憤怒的眼神瞪著我。

他們讓我膽戰心驚，讓我不敢再穿過這座森林！

但是……要怎麼離開這裡呢？

總不可能一輩子都守在這裡裹足不前吧？

我想起和姊姊一起用火焰對付母親的情景。

對！把這片森林燒了不就好了！如此一來，那些令我作噁的臉皮，就不會再阻礙我了！

以蚯蚓當引線、森林做燃料，我的憤怒之火會逐漸向他們的可憎的臉燒去！於是火勢逐漸猛烈，三天三夜都不見有衰弱的跡象。我懷疑，莫非這把火永遠不會熄滅？也許是因為這座森林本來就充滿憤怒，才會越燒越旺！我對他們的反撲只是導火線罷了，這些樹木終究會自取滅亡，只是需要時間罷了。

看來我勢必要以肉身走過這場人性之火了。

這個決定讓我想起母親。經過這場大火的焚燒之後，我是否也能蛻變成一隻美麗的黑蛾呢？

第一步……劇烈的痛楚自腳底竄升而上……第二步……刺痛感凝聚成灼熱的電流，沿著骨髓來回流動……第三步……一切痛苦瞬間消失，身體裡有東西正在崩解……

一直到我走出森林，我像是變了個人似的，對事情不再感到困惑，只剩下熾熱的敵意留存於體內。

但是我並未蛻變成功。

我還是那隻醜陋的白蛾，這使我威嚴盡失。身後的森林大火持續延燒，我隨意撿起地上幾張燃燒殆盡的臉皮，大為震驚——

他們都做到了，那是一場完美的蛻變！只剩下濃烈的、黑色的、由憤怒與敵意所構成的餘燼，總有一天我也能跟他們一樣，獲得真正的蛻變，沒有任何事物會令我害怕！

但我沒想到，老法醫甲蟲竟是如此難纏的對手。依我看，他根本不像是甲蟲，真要說起來，他還比較像是推糞金龜蟲，煩人又固執！

他完全缺乏甲蟲應具備的特質。在他身上，你看不到強壯與威猛，更甭說他的利器了，想必是既萎頓又乾癟。

如此一來，吸乾他的毒液應是不可能的任務。勢必要以更激烈的手段，使他消失在這世上。當前之計，還是趕緊找人替我完成甲蟲王的棺木，等到棺木一完成，再除掉那隻推糞金龜蟲，一切都會水到渠成。

問題是要找誰呢？我聽說有隻叫做吳東恆的甲蟲，善於為女人賣命。有了這隻甲蟲的協助，將會讓事情簡單許多。

控制甲蟲本來就是我的專長，不是嗎？

我只需要好好安撫他的利器，讓他舒服，他就會聽我的話，替我打造出甲蟲王的棺木。不得不說，這隻甲蟲的毒液不但甜美，連手藝也是一流。眼前這口精美的雙子棺木，一口給甲蟲王、一口給推糞金龜蟲，豈不完美？

但，光是打造出棺木還不夠。

我的力氣完全抬不動這棺木。我還需要這隻甲蟲替我將棺木搬上那座山嶺，穿過人性之森，運送到洞穴中，才能讓甲蟲王乖乖聽話。

這傻子一下就答應了。他果然是個四肢發達、頭腦簡單的傢伙，不出兩下子，他就將棺木抬上山。唯一令我們困擾的是，要如何讓棺木安然通過仍在燃燒的人性之森、而不至於燒毀呢？

況且，這座森林裡還有許多眼睛盯著我們。我們不能落人口實，必須要時時提防被背叛的可能。

「挖地道吧！」

「你這傻子，挖地道要花多久時間啊！」

「才不會呢，這裡蚯蚓多，土壤早就被翻攪得鬆鬆垮垮，簡單得很！」

是這樣嗎？穿過人性之森的辦法，就只能夠在他們眼皮底下過活嗎？看樣子，唯有裝作比他們還要低下、卑微，這些可憎的面孔才會放過我們。

「那就這麼做吧！」

果然如同那傻子所說的，這個方法竟如此輕鬆。原來，只要躲在別人看不見的地方，他們就不會來找你麻煩；只要你不要顯得跟他們平起平坐，就不會被憤怒與妒恨的火焰給燒到。

我們順著蚯蚓海，順利將棺木推進山洞。蚯蚓的滑順身軀為我們省了不少力氣。我從洞口就聞到了甲蟲王的濃烈香氣，而且傻子肯定也有聞到。他的表情顯得自卑而複雜，那絕不是為了即將要殺人而產生的愧疚情緒。

待我們將棺木的蓋子打開之後，漆黑的洞穴立刻增添了一抹強光。甲蟲王長期活在自己的世界裡，漆黑而狹隘。在這個世界裡他是國王，但換個地方就不是了，往日所見的威權與霸氣也消失得無影無蹤。

……他還是那個我深愛的甲蟲王嗎？

果然被江怡惠那卑賤的氣息感染之後，旺盛的陽氣頓時驟減許多，如此不堪一擊、而且不值得敬重！

「收拾他吧！」

要一隻小甲蟲對付甲蟲王，實在是件困難的事。小甲蟲裝模作樣，虛晃了幾招之後，大甲蟲仍絲毫不為所動。這也是沒辦法的事啊！光是肉刃的大小就足足相差了五公尺，甲蟲王可是姊姊的珍寶，豈是一般的小甲蟲能夠相比的？

該是時候由我出馬了。我將手臂舉起，椎心刺骨的痛楚從肩膀傳到手指，在尖爪長出的過程中，這樣的痛苦就像海浪一波波襲來。

「我就要刺死你了，你還有什麼話要說？」

甲蟲王沒有回答，他已經被棺木裡的強光給震懾住了。

「你是個罪人，你讓我姊姊傷心，你必要死。」

甲蟲王仍然沒有回應。我毫不留戀，伸出利爪刺進甲蟲王的脖子，然後將他的頭割下。

「好可惜啊！」

很明顯甲蟲王的體力正在急遽衰退，原先的蚯蚓海似乎感受到甲蟲王的衰敗而退潮散場。他不會再有力氣養育他們了，在此之前我要將他體內的毒液吸乾。

我使勁將甲蟲王的甲殼扳開，使其碩大的利器顯露出來。我盡所能地咬住，讓他的刀刃插進我的喉嚨，割開我的牙齦，然後讓僅存的蚯蚓游到我的胃中！

看好了！我連最後一滴也不會放過！我會把利器從基部整支狠狠咬下，完成甲蟲王末日的儀式！

瞧！我為你量身打造的棺木多合適！但越是這麼想著，越會覺得另一口棺木是屬於自己的。這樣美麗的神器，應該要用來包容能夠相互匹配的事物，而不是讓另一隻猥瑣的臭甲蟲住進來。

我回頭找那個傻子，希望他能夠替我埋葬自己，讓我永遠服侍在甲蟲王的身側，但他卻消失了。

這究竟是怎麼回事？他跑去哪裡了？

我連忙跑出山洞，便發現人性之森的火光黯淡下來了。想必是有什麼更邪惡的東西即將要籠罩這裡。

四下張望之後，隱約可以感覺到森林的另一側有騷動襲捲而來。不祥的鼓聲咚咚咚地響起——我得快逃！但，已經來不及了……

那個傻子竟敢背叛我！他竟敢告訴推糞金龜蟲我在這裡！他竟敢讓那個臭法醫甲蟲來取我的

性命！難道那傻子不知道他在幫一個什麼樣的惡魔嗎！

「原來妳躲在這裡啊？我找妳找好久了！」

「離我遠一點！」

推糞金龜蟲的嘴裡散發出一股濃烈的酸臭味，我懷疑他還保有吃糞的習慣。糞石在口中會被消化液分解成小顆粒，隨後進行發酵作用，可以做為利器的燃料。但是我想他的利器早已萎縮了，此舉應該幫不上什麼忙。

「妳幹嘛這麼兇呢？我不過是想來找妳幫個忙罷了。」

此時推糞金龜蟲的身後走出另外兩隻甲蟲，其中一隻看起來沒什麼體力，而另一隻則是威武又多汁，我的毒癮不由得又發作起來。

「你最好別來煩我，否則我會殺死你！」

推糞金龜蟲一步步朝我逼近，用惡臭的口氣威脅我：

「我勸妳最好乖乖聽話，否則我就找妳媽媽來喔！」

「我媽早就被我們殺死了！」

「我知道啊，但我又把她救活了，她現在已經成為我的一部份囉！」

我感到心虛，放聲尖叫：「你騙人！」

「我沒騙妳。小傢伙，妳殺死這麼多人，我怎麼可能放過妳呢？為什麼妳要這麼做，我還真想不懂，其實妳是惡魔吧？」

「你才是惡魔！」

推糞金龜蟲露出邪惡的淫笑，這樣令人反胃的嘴臉，每次在我的惡夢中都會出現。就在那場熾熱的大火，他阻礙了我跟姊姊的前行，堵住了我們的去路，使我們無法逃跑，然後對我們施加猥褻的熊抱與侵犯。我和姊姊總是懷疑，為什麼他會知道呢？他明明無法看穿姊姊的詭計，卻緊追著我們不放，莫非他是母親的靈魂幻化出的？看他們兩個同樣醜陋的外表，或許是真的也說不定。

但是我很確定推糞金龜蟲的身上沒有母親的氣味。但是，如果他不是母親的靈魂、不是為了要找我和姊姊復仇，究竟為何他不願意放過我們呢？他萎縮的利器早已無法使用，我和姊姊對他而言又有何用？

「妳別緊張，我是要來保護妳、救妳的。」

「我不會上當的！你為什麼就是不願意放過我！」

「喔？你聽過花和蝴蝶的比喻嗎？」

「我不想聽！」

「我和妳，就像是蝴蝶和花一樣，我永遠會追著妳跑，因為妳身上沾滿了血的花粉、死亡的蜜汁！」

「我沒有！」

「有！妳有！只是妳自己聞不到而已。如果要用妳的比喻來形容，那麼你就是一坨糞，罪大惡極的臭糞。」

「我才不是！你走開！」

推糞金龜蟲將他的嘴巴湊近，對著我呼氣：

「來！聞聞看，這就是妳的味道。」

我將他推開，他重心不穩摔在地上，恰巧讓他背後的金龜殼對著我的臉閃閃發亮，耀眼而無情。

那……那是我嗎？

那映照在他背後的人影，簡直是醜不堪言！鼻孔比眼睛還要大，顴骨凹陷因而將嘴巴向上提拉，露出嘴裡橫七豎八地的獸齒，還一面嘶嘶吐著舌頭。

那兩隻甲蟲連忙將推糞金龜蟲扶起，後者氣憤難耐，指著我大罵：

「妳會下地獄的！看看妳自己，多麼噁心的女人！」

我會下地獄嗎？

如果是的話，那麼母親，地獄的滋味還好嗎？

我心裡突然一陣發笑。原來殺死自己的母親是如此容易、卻又如此困難啊！她那蛻變過後的美麗身影，將會使我終身沉迷在其中，鍥而不捨地追隨，同時卻又感到憤怒。

姊姊也是如此嗎？她能那麼美麗的秘訣究竟是什麼？還是說她也只是虛有其表，實際上根本不了解自己？

推糞金龜蟲受傷了。他帶著兩名甲蟲離開山洞，只剩下我一人在這裡受盡折磨。也許他是真的來幫我的也說不定。

「妳還好吧？」

方才那隻健壯肥美的甲蟲竟然回來探視我。我可以感覺到在他甲殼底下的利器有多威猛，只需要稍稍撥弄，應該就可以立刻挺立如劍吧！

「你是誰？」

「我叫做余子祥。」

一九九三～二〇〇〇年

八十二年四月十九日

三天前，舞廳被一群黑道分子持機關槍掃射，一連幾天都無法營業。黛黛跟我說，是老闆拒絕交保護費的緣故，所以慘遭吃紅大隊襲擊。但是，我還有聽到其他消息，這是幫派之間的糾紛，我才知道，原來花鄉舞廳是著名黑道大哥阿偉仔經營的事業之一，所以此次掃射是針對阿偉仔示威。

但是我不懂為何要往老闆家裡丟擲汽油彈？老闆被送到醫院的時候已經嚴重灼傷，後來仍傷重不治。王經理下落不明，有舞女說經理已經被黑道用槍格斃，但這個消息還沒得到證實。

不管怎麼樣，我們這群舞女的命運有了大轉變。

原來的花鄉舞廳已經確定不會再啟用，就算重新開幕，也會是拿來做別的用途。我們全部都被安置在一間新開幕的舞廳，位置距離花鄉不遠，就在隔幾間店面的地方。據說名稱很新潮，叫做「UW」，我不懂這是什麼意思，但聽黛黛說，我們的工作將會和以前完全不同。

不管未來的工作會是如何，我都心存感謝。我怎麼都想不到，事情可以這樣變化。我聽說，這次掃射的結果，就是造成阿偉仔向對方宣戰，令我意外的是，向我討債的那間賭場，是第一個被攻擊的目標。

今天的報紙有寫出一段目擊者的證詞，說是當天晚上有兩輛豪華的積架跑車停在附近，車上走下五名黑道兄弟，目擊者只看見他們朝賭場丟了幾瓶裝滿汽油的啤酒瓶，之後就不敢再逗留了。過沒多久街坊鄰居就聽見了爆炸聲響和一連串槍聲，有人從窗戶看見，兩方人馬開始火拚，到最後賭場的人幾乎全數陣亡。

整棟洋房陷入一片火海，火舌和濃煙從那些我去過的房間裡竄出，大火一直到隔天中午才被撲滅。消防人員清理火場的時候，發現有不少人員及賭客被燒死，其中包括了大湖仔的松哥。

我看了松哥的照片，才確定自己應該沒事了。松哥就是那晚坐在辦公桌後面的中年男人。

雖然這件事讓我鬆了一口氣，但令我害怕的是，根據目擊者形容，那五名黑道兄弟中，似乎有十大槍擊要犯「黑鬼」的身影。就我所知，「黑鬼」是一個黑白兩道都害怕的人物，據說他的性格兇殘異常，殺人不眨眼，尤其喜歡強姦女人之後再將她們凌虐致死，甚至連小女孩都不放過。有人說，光是死在他槍下的女人就有超過五十個。

這不是我第一次對於做舞女感到後悔，卻是第一次對於當舞女感到痛恨。

八十五年六月十日

生活變得十分忙碌，今天難得有時間可以坐下來寫日記。「UW」的生意相當好，甚至比花鄉還要好，原因很簡單，我們這群舞女正在毫無顧忌地賣春。說穿了，這裡根本是鋼管舞廳，還有脫衣舞的表演。

我總算知道前陣子花鄉的生意為什麼每況愈下了。福音街那邊就是在玩這種把戲，連跳舞的步驟都省掉了，直接提供客人性服務，而且價格又比我們便宜。不只如此，五花八門的性遊戲根本難以想像，包括色情按摩、泰國浴這些都比舞廳吸引人。

所以我猜想，前陣子的火拚事件根本是阿偉仔刻意挑起的，他不滿生意都被大湖仔那邊搶走，所以在「UW」開張之前先下馬威。

不管怎樣，事已至此，我們也都只有遭人利用的份。今天我還看見黛黛直接在舞廳裡面幫客人吹喇叭，連開房間的錢都省去了。我們要想從客人口袋裡拿錢，只會越來越困難。

我曾經想過要離開這裡，這裡的生活令我作嘔，但是看到可可的下場，我就再也不敢想了。可可在上個禮拜離職，回家途中遭到一群男人圍住，之後就再也不知道下落了。

也不可能報警。說來可笑，就在今年二月十號，我會記得這麼清楚是因為那是春安最後一天，各警方值勤單位都在把握最後的機會衝績效，卻有四位制服員警大刺刺地來舞廳喝花酒、玩女人，而且他們每個人都還攜帶警槍，連在場的黑道兄弟都不敢不給面子。

即使後來有人密報先聲小組[1]，到最後也是不了了之。

到了現在，我已經習慣客人直接在別人面前掐我胸部、摸我屁股，甚至在乳溝裡塞鈔票，只差沒有在眾人面前性交。

可想而知，我已經不敢回家了。我害怕面對我的家人，我所能為他們做的，就只有匯錢給他

1 警局針對轄內各特種營業場所及易為犯罪及藏匿歹徒處所，實施淨化治安威力掃蕩的單位。

們。弟弟和妹妹也都從大學畢業，有了正當的工作之後，不再需要我的照顧。家裡面經濟已經不成問題，但是我卻不可能回到以前的生活了。

媽媽也勸我離開過，但我知道這是不可能的事。人的一輩子所做過的事，都會在靈魂上刻下痕跡，想要抹滅，除非時光能重來。

我現在唯一的寄託，只剩下東恆了。

大約在一個月前吧，我曾經差點遭遇危險。那時我剛結束鋼管舞秀，兩隻小腿磨得發紅發腫，才走下舞台，就有一位青年說要帶我出去吃消夜。

這青年身材很魁梧，臉上看起來一副不安好心的模樣。我問他的名字，他只說他姓陳。我想起之前紗麗的遭遇，連忙藉口有約，拒絕了他。但是他還不死心，一直糾纏我，不得已我只好通知警衛把他趕出去。

後來那青年一連來了幾天，我都小心翼翼躲著他。

隔了幾天，那青年就沒再出現了。我鬆了一口氣，卻又有另一名青年找上我。他的年紀大約二十四五歲上下，長相十分英俊，看起來有點像劉德華。

我記得那天他在我耳邊悄聲說：

「晨星小姐，我叫做吳東恆。我想問妳，妳見過這人沒有？」

說完他便從襯衫口袋掏出一張相片遞給我。

我定睛一瞧，這不就是前幾天想要請我消夜的那個年輕人嗎？

「怎麼？妳見過？」

我愣住了，不知道該如何回應，只能呆呆看著東恆。

「我是調查員，這個人叫做陳志輝，是高雄一個地下販毒集團的首領。我們已經在高雄抓了他們幾個人，據線報，他人現在躲在臺中。」

我嚇傻了。

「他姓陳沒有錯！」

「我們知道他喜歡玩女人，所以才找到這裡來，如果妳又看見了他，請立刻聯絡我。」

東恆說完便遞了一張名片給我，上面有他的電話。

果然過沒幾天，那陳姓青年又出現了。只不過這次我不再躲著他，答應他出去吃飯的要求。

我在出場前趕緊用舞廳的電話打給東恆：

「我要跟他去一間叫做老香港的茶餐廳吃消夜，就是火車站附近、很有名的那間！你要趕快來抓他！」

東恆馬上答應了。

陳姓青年帶著我到茶餐廳，我看了看時間，東恆應該差不多要到了，但卻始終沒看到他的人影。

我開始緊張了，手掌心不停冒汗。這時一名服務員端著茶壺過來為我添茶，我一看，原來東恆早就來了！

我竭力壓下喜悅的情緒，一面偷偷望著東恆的表情。

他很冷靜地為陳姓青年倒茶，然後把茶壺放在桌上。

陳姓青年還來不及發現異狀，東恆就迅速將他的雙手扣住在背後，然後熟練地從口袋中取出手銬將陳姓青年的手腕銬住。

陳姓青年不停咒罵，還對我吐口水，同時奮力掙扎。

東恆立刻從懷裡掏出一把手槍，大聲吆喝：

「我是調查員，不許動！乖乖跟我走！」

我目送著東恆押著陳姓青年到餐廳外坐上一輛計程車，然後揚長而去。

我愣在原地，嚇出了一身冷汗，深深為東恆折服。

八十五年六月十三日

今天東恆終於又有空來找我了，他的工作時間不固定，這年頭壞人很多，他要花很多時間去抓這些人。

我坐在他身邊，總有一種說不出的安全感。

「我一直忘了問你，那個人後來怎麼樣了？」

「我把他帶回去局裡之後，先問了口供。幾天前送去法院，交由檢察官去處理。晨星，我也一直沒能好好謝妳，要不是妳，我也不能這麼順利抓到他。所以我今天來，就是想請妳吃頓飯，不知道妳今天有沒有空？」

我想起今天晚上跟老馬有約，看樣子只好放他鴿子，決定先讓采沛去陪他。

我開心地笑說：「你要請我吃什麼？」

東恆也報以微笑。他就是這麼一個正直的人，即使我用身體緊貼著他，他也不會對我毛手毛腳。我心想，這樣一個好男人，不但長相好，連人品也好，又是一個專門抓壞蛋的大英雄。

「我知道有一間中華餐館不錯，妳有興趣嗎？」

「你呢？有興趣嗎？」

東恆瞬間傻住了，露出一個很可愛的表情。

「你都不抱我嗎？」

我將臉頰貼近東恆的臉，他才終於用兩隻手環抱住我。我可以感覺到他手臂的力量，不知道他有沒有感覺到我撲通撲通的心跳？

我輕輕喘著氣，嘗試輕咬他的耳朵。好想讓他抱得更緊一點，我幾乎要癱在他結實的懷裡了，同時，我也感覺到下面濕濕的。

我開始感到有些擔心，像這樣如此年輕的好男人，會看得上像我這樣的舞女嗎？我比他大了快要十歲，他會接受我嗎？

「我們去吃飯吧。」

從他身上爬起來的時候，我刻意將手撐在他的大腿上，朝著他的褲襠不經意摸了一下。

我想我成功了。

八十五年九月二十四日

今天東恆跟我說他想要當醫生，嚇了我一大跳。

「我本來是學醫的，當初放棄當醫生，現在還真有些後悔。」

我看著東恆俊俏的臉龐，回想起昨天夜裡的情景。他的臉在窗子透進的月光照耀下，線條分明。英挺的鼻樑、彎起來的嘴唇，像是在對著我微笑；那清楚的輪廓，活像是雕像一般完美。

「那你為什麼放棄做醫生？」

「醫學院畢業第二年，我看到報紙上調查局的廣告，他們在徵調查員，我從小就嚮往抓壞人，喜歡當英雄，再加上我實在不想要一直替人夾娃娃。」

「你是婦產科醫生？」

「是啊。當初沒想到當調查員這麼辛苦，雖然當醫生也很累，但是賺的錢可多了。現在我上舞廳找妳的錢，全都是花公家的錢，執行公務可以報銷，但我總不能用公款養妳吧。」

「你打算怎麼做？」

「我想籌一筆錢，找個地方開診所。」

「開診所？你要看什麼病？」

「隨便一些感冒什麼的小病，我學過內科，這點沒有問題。」

「那你找好地方了嗎？」

「連資金都沒籌到。」

「錢的部分我可以幫你。」

東恆睜大眼睛，訝異地看著我。

「真的？」

「真的。你趕緊找好地方，等你的診所穩定了，我們也可以安定下來，好好過我們倆人的生活。」

「妳願意嫁給我嗎？」

我頓時羞愧起來：「你願意娶我這樣的女人？」

「妳說這什麼傻話，像妳這樣漂亮的女人，我還能上哪裡找？說實話，我曾經有過幾個女朋友，但是她們都沒有妳漂亮，我根本就不愛她們。」

「但是，你也知道我是舞女。」

「妳別說了！只要我愛妳，妳也愛我，我們倆之間還有什麼能夠拆散？」

「我……」

「難道妳不愛我？」

「我愛、我愛！」

「我告訴妳，我會辭去調查局的工作，等到我診所開成了，憑我每個月的薪水，還怕養不起一個家嗎？」

聽到這句話，我的心馬上融化了。我好想要有一個屬於自己、溫暖的家，如果我能夠不用再當舞女，脫離這個可怕的地方，要我做什麼我都願意！更何況，像東恆這樣英俊的男人，是每個女人渴求的對象，他竟然向我求婚，這真是天上掉下來的禮物，我的心裡從來不像現在這般充實，想必我當時臉上的表情肯定洋溢著幸福的喜悅和感動吧！

於是我點了頭，答應東恆的請求，他也開心地笑了。

八十六年三月三日

不知道該怎麼樣驅退連日來的憂鬱，我曾聽過一句話：「哀莫大於心死！」這句話真的說得很好，我現在就處於一種心死的狀態，今天還因為心不在焉，沒抓好鋼管，重重摔在舞台上，惹來臺下一陣怒罵。

這難道是我的末路了嗎？我感覺到自己已經漸漸不受歡迎了，新老闆總說，我的運氣算是很好的，他從未見過有舞女紅超過五年的，相較之下，我卻能一直紅到現在，將近數十年的歲月。

我想這大概是因為我會照顧其他紅舞女的緣故。我不像紗麗，不會擔心自己的紅牌位置不保。我也很大方，但我想最主要的原因可能在於我懂得如何說話討客人歡心，包括舞廳的管理階層也都吃我這套。

今天我認識了一個叫做王志億的大人物，是透過呂光棟那個胖子介紹的。我在舞台上摔倒之後，心裡還想著前幾天拿去當掉的金條。一走下臺，新老闆就把我叫了過去。當時我快嚇死了，以為新老闆要罰我錢，後來才知道，原來是要讓我去陪一個大人物喝酒。

我在王志億身旁坐下，過了好一陣子才發現呂胖子正衝著我笑。我心裡面頓時浮上好多陳年往事，尤其是和他發生關係的那個晚上格外清晰。

「哎呀！呂大哥，你怎麼來找我了，黛黛呢？」

呂胖子笑得很大聲，這點是他唯一沒變的地方。他的臉皮鬆弛了，皺紋變得很多，雙下巴也變得更加明顯。髮根的地方明顯發白，啤酒肚就更不用說了。

「黛黛啊，她跟妳以前一樣，不理我囉！」

「呂大哥，我哪有不理你，是你不理我吧？誰不知道你只愛年輕妹妹！」

「妳別笑我了。我給妳介紹一下，這位是王志億董事長，是妳老闆的好朋友。」

我朝著王志億點點頭，嘴角掛著輕柔的微笑，這是我多年來的經驗累積，這使我的氣質更加出眾。

「王董事長好。看王董事長這身派頭，又長得一表人才，想必是大企業的老闆吧？」

「不、不，我不是，我只是一間建築事務所的所長，別聽呂胖子亂說！」

王志億雖然稱不上英俊，但他的身材高大，看起來十分威武，說起話來也頗誠懇，我對他立刻有了好感。

「晨星，妳別看他這樣好像很老練，他還是第一次上舞廳呢！」

雖然說這種話我常常聽，但王志億從外表和行為舉止看起來，的確不像是常上舞廳的人。他身上散發出一種氣質，這種氣質使他不像世俗的男人，要我來說的話，他的自信是發自內心的，不是用錢堆砌出來的。

「尊夫人管得很嚴啊？」

王志億靦腆地笑了笑，沒有多說什麼關於他太太的事情。

「其實我早就聽說晨星小姐的大名，今天總算見到本人，的確十分美麗。」

「王董事長您客氣了，我不就是個跳鋼管舞的女郎嗎？」

王志億雙眼緊緊盯著我瞧，像是把我的心事看穿了一樣，讓我感到有些困窘，連忙低下了頭。

「我都聽呂胖子說了，妳是因為家裡經濟不好，所以只好走上這一途。」

「只是想不到，做了舞女，還是賺不到錢啊。」

王志億皺起眉頭：「怎麼說？」

「王董事長，這就不方便多談了，我們還是聊聊其他的吧！」

「對，晨星說得對，阿億你就別再逼問了。晨星，我們倆多年不見，妳還想不想我？」

「當然想啦！呂大哥我有些好奇，你們倆是因為搞建築認識的嗎？」

王志億笑了笑，也說：「晨星，這也不方便多談了，不過要這麼說，也行。」

呂胖子突然伸起手，像是在跟什麼人打招呼。

我轉頭一看，是一個手臂上有刺青的男人，正朝著我們這桌走來。

王志億豪爽地大吼：「弟嗎？阿萬，你終於來啦！」

呂胖子故弄玄虛對著我說：「晨星，妳知道這位是誰吧？」

我仔細一瞧，那刺青的男人笑起來的確跟王志億很像。

「王董事長不是說了嗎，是他的弟弟。」

那刺青的男人放聲大笑：「哥，怎麼樣，這就是咱們家舞廳的當家花旦，是不是不同凡響啊？」

呂胖子趕緊說道：「晨星，還不趕快問好，這是你們舞廳的大老闆！」

我當下傻住了：怎麼這位會是老闆？到底哪一位是真的老闆？看著男人手上的刺青，我才突然想到，或許呂胖子是指幕後的老闆，那就是阿偉仔的手下吧？

我趕緊站起來鞠躬道歉：「原來是大老闆！我真是有眼無珠，還要請大老闆您原諒我！」

「妳別害怕，既然是我哥喜歡的女人，我是不會為難的！」

我轉頭看了看王志億，他的臉有些泛紅，我這才知道，今晚的行程可能會有點不一樣。

「阿萬，你別亂說，會嚇壞晨星小姐的。」

呂胖子自從看到阿萬之後，表情馬上變得很嚴肅。他對我說：「晨星，妳去酒吧幫我們端一盤調酒來。」

我立刻知道他們有事情要談，趕緊起身離開。

但是酒吧其實就在不遠處，和桌子只隔了一層花玻璃牆，所以過沒多久我就端著酒回來了。我不好意思打斷他們的談話，只好端著盤子躲在花玻璃牆後面等他們結束。

我聽見呂胖子很生氣地罵道：「……他媽的！林畜生那傢伙竟然敢玩我，我豈不是幫他蓋免費的旅館了嗎！」

「幹！你知道他有巴庫[2]嗎？」聽聲音應該是阿萬。

「我怎麼知道，恆春那邊我不熟啊！你管他啊，叫黑鬼帶幾個人去把他幹掉不就好了？」

「呂胖子，你別著急。我雖然也很生氣，但要是引起火拚，就不是鬧著玩的。這個林財生，我在恆春的時候他還只是臭卒子一個，想不到……」

「阿億你怕什麼，現在除了天道，其他的還需要放在眼裡嗎？如果都給那畜生這樣子搞，那

[2] 按：閩南語，意為靠山。

我們這些建商還賺什麼？你這建築事務所就都幫別人免費畫圖就好了啊！這件事不能再拖了！」

「就算你要找黑鬼也找不到，他還在牢裡。」

呂胖子驚呼了一聲。

「搞什麼？」

「我怎麼知道，也不知道誰背叛他，總之有人向警方告密說他那棟豪華住宅的位置，就被抓了。」

「什麼豪華住宅？」

「不是我們蓋的房子，是天宇建設的。好像是在四期重劃區那邊。刑事局偵一隊和第三分局刑事組都出動了，還帶著刑警隊和霹靂小組去包圍他，怎麼逃得掉。」

「媽的，那該死的王八蛋應該就是算準這一點，不然諒他也不敢惹我們。」

「我猜他背後應該有人分一杯羹，他沒膽做這種事。」

「黑鬼還要多久才能出來？」

「能不能出來都是問題了，我們可能要等一等。」

「直接找阿偉哥呢？」

「你開玩笑，阿偉哥才不管恆春發生什麼事，要講你自己去講。」

「你們別吵了，阿圳那裡不是剛從大陸運進來一大批黑星？」

「有是有，但要找誰？現在我這個堂底下一堆卒仔，沒一個有用，前陣子春安，條子那邊跟阿圳要了十幾隻黑星衝績效。」

「媽的，這口氣要我怎麼嚥得下去。」

「呂胖子，要報仇永遠不嫌晚。說不定，以黑鬼的脫逃功夫，明天就能出來了。」

「說笑，你把警察當白痴啊。不說了，你們不幫，我自己想辦法。口渴死了，晨星怎麼去那麼久！」

我一聽，連忙收起情緒，故作鎮定，慢慢將酒端到桌上。

過沒多久，呂胖子和阿萬就說要走了，我猜或許是事情還沒談完。

王志億提議說要去吃晚餐，我們在車站附近隨便找了一間餐館。

「不曉得為什麼，我看見妳的第一眼，就覺得妳不是一般的女人。」

我感到有些詫異，用詢問的眼神看著王志億。

「妳看起來，很……該怎麼說呢，我覺得妳是一個有很多故事的人。」

「王董事長，你的用詞好奇怪啊，我不過就是一個平凡的女人，哪有什麼特別的故事。倒是董事長您，才是個特別的大人物吧！」

「叫我阿億。」

我點點頭。王志億的眼神很堅定，會讓我想起謝文達的模樣。

「妳看起來似乎有很多煩惱。」

「董事長……不，阿億，你是一個聰明的人，我把這些話跟你講，是因為我相信你，也希望能夠找個人傾聽我的聲音……」

「不要緊，妳說。」

「其實我有個男人……我會這麼說，是因為我在養他。」

「妳是說，妳拿妳在舞廳所賺的錢，供他吃住？」

「大約一年前，我認識了他。他是調查員，為了抓壞人上舞廳，所以我們因此認識了。」

「調查員？」

「嗯。後來，他說他想當醫生，想要在文心路那邊開業。我原本以為我的好日子就要來了，只是沒想到，我為他賣鑽戒、賣家具，舞廳賺的薪水也都給他了，好不容易籌到的二十萬元，他竟然拿去賭博輸光了！」

說著說著，我的淚水止不住了。

「別哭。後來診所沒開成？」

「當然！他只說，開業要四十萬，他賭博是為了籌備資金，買什麼醫療器材和藥品，結果連店面都還沒租下來，錢就都沒了。」

「後來呢？」

「後來他意志越來越消沉，我竟然還相信他，一直鼓勵他出去工作，誰知道他打算要靠我養他一輩子！每天只會伸手跟我要錢，我不給，他就打我！」

「妳沒有把錢藏起來嗎？」

「他連我戶頭的錢都領光了！到現在我每月的薪水還必須要寄放在黛黛那裡！但是想不到、想不到……」

王志億將我拉入懷中，他的體溫使我感到安慰。

「他到現在還是繼續賭嗎？」

「不只賭，還喝酒！欠了一屁股債，我根本沒辦法幫他還！」

「我可以先借給妳一筆錢應急，但是他這個問題，妳還是要趕緊處理掉。妳並不想離開他嗎？」

「他賴在我的房子，我要如何甩掉他！」

王志億思索片刻，緩緩對我說：「我可以幫妳想辦法。」

我抬頭望著他，他認真的表情看起來不像是在開玩笑，尤其他的眼神分外誠懇，這個片刻，我幾乎要把自己交給了他。

八十六年七月五日

志億不太能上舞廳，所以我們只能以電話聯絡。平常都是我在接電話，但是今天東恆卻主動跳下床去接電話，讓我嚇了一跳。

幸好那通電話不是志億打的，否則我可能又要遭到一頓毒打。現在我連日記本也要小心藏好，過不久說不定他連我的日記也要檢查。

總之最近我越來越不想回家，開始借住在黛黛那裡。我想逃離，他令我感到厭惡。偶爾回去，還會撞見他和別的女人做愛，我總是裝作沒看見，反正我也不在乎了。

但是他還是會不斷找我要錢，除了賭博輸掉的錢之外，我知道他還會拿我的錢去養別的女人，但這我都不在意，只要他別干涉我的生活就好。

今天志億好不容易能夠從臺北下來臺中找我，他一走出火車站，我們兩個就激動地抱在一起。

「晨星，我好想妳。」

「我也想你，好久沒有看見你，我就像個失魂落魄的人似的，什麼事情都做不好。」

「有件事要跟妳說……」

「我知道，」因為我早就知道志億要講什麼了，所以打斷了他。「你星期天晚上要陪家人，又不是第一次了，不需要一再提醒我時間不多。」

「不是，是我下個禮拜恐怕都沒辦法來找妳了。」

我大吃一驚：「為什麼！」

「妳還記得我們上一次去日本北海道玩嗎？我當初不是騙我太太說，安藤忠雄[3]要訪臺，我要去接待他。」

「那不是二月的事情了嗎？」

「是這樣沒錯，但是昨天晚上不知道為什麼，電視新聞好巧不巧播出安藤忠雄的特輯，其中提到了他在去年九月獲頒英國皇家建築師協會[4]金獎章的消息。」

3　日本建築師，曾當過職業拳手，其後在沒有經過正統訓練下成為專業的建築師。一九九五年獲得建築界最高榮譽「普利茲克建築獎（Pritzker Architecture Prize）」，成為有史以來榮獲國際四大建築獎第一人，並創辦Tadao Ando Architect & Associates。

4　英國皇家建築師協會（Royal Institute of British Architects, RIBA），一八三四年以英國建築師學會的名稱成立，一八三七年取得英皇家學會資格，其宗旨：「開展學術討論，提高建築設計水準，保障建築師的職業標準。」

「那跟我們有什麼關係？」

「關係可大了，頒獎典禮就辦在今年二月，地點在英國倫敦！」

我倒抽了一口氣。

「那……你怎麼說？」

「我當然解釋不清楚，她就像個瘋子一樣發飆！拿起家裡的凳子朝電視機丟過去，電視機就被砸碎了。接著花瓶、熱水瓶、門窗、碗盤，沒一樣東西逃得過，還嚷嚷著說要上吊！」

「她有打你嗎？」

「這她還不會。她雖然瘦弱，但因為是獨生女，脾氣大，總喜歡丟東西出氣。」

「那你打算怎麼辦？你今天怎麼還敢來找我？」

「我固定星期六會南下出差，這她是早知道的。」

「那你怎麼來找我？」

「我託人替我參加會議什麼的，所以我也不是常常能夠利用星期六來找妳。」

「我懂。」

「對了，那個下禮拜的宜蘭童玩節……」

「我知道了，那我們還是暫時別見面吧。」講這句話的時候，就像有把刀子在我胸口割似的，但是我還是強忍住淚水，不能讓志億再增加煩惱了。

「妳別傷心，等這陣風波過去，平靜下來，我們就能常常見面。」

「你要怎麼做？休了你太太不成？」

「這我正在考慮。反正不是第一次了。」

「你結過兩次婚？」

「唉，妳別再問了。若不是我前妻死於非命，我才不會再婚。」

「你是個專情的男人。」

「妳才是我遇過最懂事的女人。」

我凝視著志億的臉，內心充滿了感動。

隨後我們就照著原定的行程走，攔了一輛計程車，準備到大坑去遊玩。車子朝著北屯駛去，志億將我摟在懷中，彼此不停地撫摸，因為知道時間不多，所以才會更加珍惜。

車子轉進偏僻的山路，在崎嶇蜿蜒的窄路上彎來彎去，我們當時只顧著沉浸在熾熱的情感中，完全沒有發覺被載到不知名的荒涼山谷間。

志億看了看手錶，過了將近兩個小時都還沒到大坑，不由得勃然大怒。

「你這傢伙，搞什麼啊！這裡是哪裡！」

「我不知道，你們又沒告訴我怎麼走。」

「你開計程車的，不知道大坑？」

「我才開幾個月，從來沒去過大坑。」

「那你剛剛為什麼不問？」

「你也沒問我啊！」

「他媽的！那你把我們送回去剛剛那個街口，然後叫一個懂路的過來！」

「你ㄞ什麼，把車錢吐出來！」

那司機說完，竟然從駕駛座旁的抽屜拿出一把鐵鎚。

志億氣得臉紅脖子粗，我連忙在志億耳邊悄聲說：

「現在不要跟他鬥，我們自己走回去。」

我看了看計費表，竟然五百多元，只好摸摸鼻子，從皮包裡拿出錢給那個混帳司機，趕緊拉著志億下車。

計程車隨即揚長而去，志億默默記下那計程車的車牌號碼。

「算了，你看這裡，也滿有一番風景的。」

其實不過就是一堆野草跟野花，而且現在天氣正熱，根本一點情調都沒有，我這麼說，只是為了讓志億消消氣。

四周都沒有人，我和志億隨處走了走，不知為何，他竟然性慾大起，從後方緊緊抱住我，開始撫摸我的胸部。

「志億……要在這裡嗎？」

我有點為難，因為身體全都是汗，下面也不太舒服，全身黏答答的感覺讓我提不起興致。但是隨著志億的手在我身上遊走，我也漸漸感覺到體內的慾望開始高漲。我們找了一個樹叢，做了幾次之後，才心滿意足地走下山坐公車回去。

我們開了一個房間，先洗過了澡，幾乎整個晚上都沒有睡，不停地聊天、做愛、親吻。我問志億：「像這樣的夜晚還能有幾個？」

他笑而不答，卻有一種悲傷的氛圍。這種將要離別的氣氛使我高潮了好幾次，我感覺到自己的身體包住了他的一切，彼時彼刻，我只想要擁有他，即使只是如此短暫的時間，也足夠了。

八十七年一月十三日

將近半年沒有見面，讓我對愛情產生疑惑。志億的太太管他管得很嚴，讓我們完全沒有見面的機會。志億在電話中說，他太太現在不論去哪，都要跟著他，現在完全沒有自由可言。

最近他說要南下來臺中看我，我遲遲不肯答應，原因就在於上個月我看到的一則兇殺新聞。報紙上有一個小篇幅的報導，本來我沒特別注意，但是有幾張照片吸引了我的目光。那是一個被打死的男人，他仰面躺在地上，整個臉都是血，鼻子和嘴唇被打得稀爛，眼睛還睜得很大。另外是一輛車子的照片，車窗和車燈都被打碎了玻璃散落了一地，有個小圖特寫出車子的車牌號碼。

我一看，馬上知道這是志億幹的。

即使我再怎麼想念他，我到現在還是對他很不諒解。我總認為，就算那人是個混帳，有必要置他於死地嗎？你堂堂一個大老闆，何苦為難一個市井流氓？

我懷疑自己又看錯了人，多少次戀愛的經驗證明，我的眼光很差，總會愛上爛男人、壞男人，但我還是不願意面對，心裡就在那糾結著，無法自拔。

想想這輩子，賺來的錢幾乎自己用不到，東西不是賠掉就是當掉，房子也被那爛貨跟他的狐群狗黨佔有，害得我只能偷偷在外面租下現在這個破公寓。雖然黛黛總想我搬去跟她一塊住，但是我知道她交了男朋友，賴在她那裡也說不過去，或許是因為這麼做會讓我想起紗麗，所以我害怕吧。

總之日子就這樣過，下班之後，我就過我自己的生活，也比較有時間回去看看媽媽，即使在夜晚的時候有些孤單，但心裡卻比較踏實。

我也重新開始寫詩，並和茹比交流心得。她教了我很多，其中一篇還獲得了聯合報[5]的文學獎項肯定，刊登在報紙上。昨天，報社寄給我一筆獎金，這些都讓我感到高興。

寫這首詩的時候，我心裡想的是志億，但是感覺太複雜，我始終無法找到適合的字詞去形容。我覺得自己年華老去，一個人在這個小地方過了這麼多年，感情路上的那個人也不斷更替，說起來，還真有點像這些年臺中的轉變。

我住的地方、用的東西，還有街道對面的店鋪，好多東西都不斷在變，唯一不變的只有時間還在流逝。我這個老去的舞女，臉皮垂下來了、皺紋長出來了，視力也衰退了，靠著這些化妝品維持光鮮亮麗的外表，還不都只是賺錢買更多的東西來填補時間造成的傷口。

有了皺紋、白髮，就會感覺到死亡的腳步，稍有一點病痛，就會緊張得半死。只是我的慾望

5 臺灣的綜合性中文日報，王惕吾所創辦，原為《全民日報》、《民族報》及《經濟時報》之聯合版，一九五三年起合併為《聯合報》。

還是在那裡，那是在心底深處的東西，無法把它挖出來扔掉，而它又像一塊磁鐵，想要不斷把東西吸進去。對於愛情，不就是這種感覺嗎？

即使有了像志億這樣的男人，他也不可能陪我一生一世。我的家人，他們都有各自的生活。我思念母親，但那不是愛情。愛情這一塊永遠空著。

前些日子疑神疑鬼，擔心自己得了癌症。左邊的乳房摸起來有些硬塊，但醫生檢查之後，說沒有問題，要我放心。

其實我就是一個癌細胞吧，令人聞風喪膽的汙染源。

八十七年八月二十九日

是該喜還是該憂？近幾天來，我感覺到自己身體有些異狀，常常想要嘔吐，但是又吐不出來。今天早上，突然一陣噁心再度襲來，我懷疑自己可能懷孕了。

我趕緊到附近的婦產科診所檢查，我用一個紙杯盛著尿交給醫生。那醫生拿著杯子走進化驗室，幾分鐘後走出來對我說：「妳懷孕了。」

我感到一陣驚喜，但隨即馬上擔心起來。我終於和志億有了愛情的結晶，但是，要跟他講嗎？他會讓我生下來嗎？

這輩子從來沒想過自己會有小孩，以為年輕那幾次的墮胎手術會讓我終生不孕。這次無論如何，我都想把孩子生下來。

我立刻撥了通電話給志億，他很猶豫地說：

「妳真的懷孕了？」
「真的。」
「妳想要嗎？」
「我想要有你的小孩。」
志億沉默了很久，我保持安靜，等他想清楚。
「那就生下來吧，我們一起把他養大。」
「那你太太知道了怎麼辦？」
「她不會知道的。」
「你什麼時候能來找我？」
「最近不太行，我們上個月去墾丁，她又起了疑心。」
「好吧。」
「妳要好好照顧好自己，她上樓了，拜拜。」
電話掛斷的聲響，像是在我心上重重敲了一下。

八十八年九月二十四日[6]

我到底做了什麼！我到底做了什麼！為什麼會發生這種事！我不過是帶著孩子回家給媽抱

6 編按：民國八十八年九月二十一日凌晨一時四十七分，發生芮氏規模七點三的九二一大地震（又稱集集大地

抱，為什麼、為什麼會發生地震！她還不到一歲啊！老天爺，祢怎麼不拿我的命啊，為什麼要讓我的孩子被書櫃砸死，為什麼！

王志億！你這爛傢伙！你女兒被砸死了，竟然連看一眼的時間都不願給她！那個賤女人，賤貨！我女兒都死了，竟然還有心情去玩！光是丟給我錢有什麼用！對，我就是不配，我不過是你的玩物，但她是你的女兒啊！你怎麼忍心離去！

我會永遠記得你那冷酷的表情！我會去臺北找你，我要破壞你的家庭！絕對沒有只有我受苦這回事！

我會去找你索命、我要殺了那個賤女人！

八十九年十月三日

一切都結束了，我不會再去找你，你也別來找我，即使你說什麼都沒有用，我不會原諒你的。你給我這張觀光號來回車票有什麼用？能把女兒找回來嗎？你假慈悲說要用最豪華的骨灰罈、說什麼要回來處理女兒的後事，到最後還不是乖乖聽那個賤女人的話，連最後一面你都沒出現！

震）。震央約位於南投縣集集鎮境內，震源深度八公里，屬於臺灣中部山區的逆斷層型地震。此次地震是因車籠埔斷層的錯動，並在地表造成長達八十公里的破裂帶，臺灣全島均感受到嚴重搖晃，共持續百餘秒，造成超過兩千人死亡，數十人失蹤，上萬人受傷。另五萬間房屋全倒，五萬間房屋半倒，其中尤以臺灣中部受災最為嚴重，乃臺灣戰後傷亡損失最慘重的天災。

不過沒關係，我已經讓你嚐到苦頭了吧？你絕對沒想到我會這麼有種，我早就什麼都不在乎了！

話說回來，你總說那個賤女人多醜、多惡劣，其實還是貪圖她的美色吧？看到她那副惹人憐愛的樣子，我就立刻明白了。從頭到尾，你根本就沒有把我放在眼裡。我又老、又醜，你根本不打算娶我，我都懂了，當我通過剪票柵欄的時候，我一切都懂了。

那個賤女人，我是輸給她了。沒辦法，誰叫我又老又醜呢？天底下有哪個男人會愛我這種破鞋子？

但我們的女兒，絕對沒有理由要受到你的冷落！

我好想放聲大笑啊，看到那個賤女人一臉氣憤的模樣，她應該發瘋了吧？誰叫你不讓她也生個小孩呢？笑死我了！

不知道此刻你看到女兒的骨灰罈放在家門口，是什麼感覺啊？

你要養她喔，即使在她死後，你還是要承擔起這個責任，別想在我這裡撒泡尿拍拍屁股就走！那個賤女人也順便跟我一起下地獄吧，只剩下你要活在這個世界上痛苦！一輩子痛苦！

第四部　報 Vipaca

二〇〇一年十一月十九日～三十日

1

我搭乘火車南下臺中，和吉南約了在火車站大門口見面。我從剪票口走出來的時候，大老遠就看到吉南在對著我揮手。

「老師，你電話裡說的是怎麼回事？我聽不懂。」

「我們先找個地方坐下再談。你聯絡檢察官了嗎？」

「聯絡了，就等我們電話。」

我和吉南在火車站前面的中正路上隨意找了一間小麵館，一邊吃午餐、一邊把事件的經過跟他講清楚。

「所以老師的意思是，共犯？」

「沒錯。所以接下來，我們就要去找王志億的弟弟，王志萬。」

「那個黑道份子？」

其實說真的，若沒必要，能避免和黑道接觸我就會盡量避免。但是這次由於呂光棟那邊的配合度太低，所以只好麻煩檢察官帶幾個人直搗虎穴。

吃過午飯之後，我和吉南便坐計程車到公園路附近和檢察官會合。據報，王志萬最近曾在臺中市公園路上的中山公園出沒，警方因而推斷，王志萬應是回到了興中街的自宅。

我們幾個人待在王志萬的家門外等候其餘幾名員警的到來。其中有些員警除了配有警棍，還帶了手槍和步槍，以防萬一。

「吉南，你看到那個警棍了嗎？你有什麼想法？」

「什麼想法？老師，我不懂你的意思。」

「你還記得那天晚上，其中有一名員警鋸斷鋼管之後，說了一句話。」

「他們說了很多話……喔！你是指他看到鋼管有移動這件事嗎？」

「沒錯！昨天晚上，我孫子教了我一個魔術手法，如何將兩個完好如初的鐵環串在一起。」

「這兩件事有關係嗎？」

「有關係。我孫子還教訓我，說我有眼無珠，明明是不一樣的東西，卻說看起來都一樣。這讓我想到我們那天晚上犯的一個錯誤，也是我們一般人最常產生的誤解，就是以偏概全。」

「老師，你是指那根鋼管，其實和其他幾根鋼管有不一樣的地方？」

「恐怕是。而後，當我看到電視上的雙截棍時，我頓時想到一個東西。這兩件事情湊起來，正好可以說明那個奇怪的現象。」

「為什麼電視上會有雙截棍？」

「這你別管。你還記得前陣子新聞報導，大陸警方流行一種配備，他們叫做『可連雙節』，就是雙截棍的兩支棍子可以組裝成一支較長的棍子，聽說用起來更加靈活。」

「這玩意兒跟鋼管有什麼關係？」

「你還不懂嗎？我在想，我們所見到一支完整的鋼管，或許根本是兩支！」

吉南立刻露出驚訝的表情，「兩支？」

正當我想要繼續解釋的時候，其餘幾名員警都抵達了。檢察官待人員一齊，就令其中一名員警以萬能鑰匙開鎖，過沒多久，我們就全進到屋內了。

這雖然號稱是王志萬的私人住宅，但依我見，此處不過是他暫時落腳的地方，不但客廳沒幾樣家具，還十分髒亂，垃圾碗盤散落一地，有些地方鋪著報紙，報紙上除了堆滿菸灰和菸蒂之外，還有檳榔汁和保險套。

客廳沒有人，我們再往裡面走，經過廁所和餐廳，最後抵達廚房。

「一樓沒有人，我們往樓上走！小聲點，不要聲張。」

於是我和檢察官走在最前面，後面跟著吉南、還有武裝員警。我們悄悄走上二樓，推開樓梯左手邊的房間。

房間裡有三個人，全都倒在地上，不知道是在睡覺、還是昏過去了，不過我想後者的可能性較大。房間裡空無一物，除了一組安非他命玻璃器具擺放在地上。這組玻璃器具說穿了就是一座酒精爐。這酒精爐的核心就是酒精燈，橙紅色的燈火此刻仍在架子下方燃燒。架子上擺有一個大水杯，霧濛濛的錐形玻璃器放在水杯中。從錐形玻璃器的窄瓶口處，延伸出四支細長的玻璃吸食管。

通常的做法，就是把安毒放入這個錐形玻璃器裡面，隔著大杯裡煮沸的水加熱，產生安毒蒸氣，然後吸毒者各自嘴含一吸管吸取蒸氣，飄飄然於安毒中，這就是集體吸毒的標準型。

「不要管他們，我們只要抓王志萬。」

我們關上左邊的房門，打開右邊的房門。

這房間相較之下，就顯得比較有人味，有床鋪、書桌、電視、衣櫃、矮櫃、沙發等等，而躺在床鋪上呼呼大睡的，估計就是王志萬。

檢察官一聲令下：「把他帶回局裡問話。」

幾名武裝員警立刻上前將其手臂反綁，王志萬在睡夢中驚醒，活像一頭受困的野獸，已無力掙扎。

2

據了解，王志萬是臺中車頭幫的飛虎堂堂主，活動範圍主要是在臺中火車站站前三條主要大路——中正路、中山路以及成功路。走出火車站大門，一直到市府路，都算是他們管轄的地區。

王志萬養了一群小弟，除了做一些色情、賭博的生意之外，還幫忙地下錢莊執行討債、勒索的工作。就我所知，他手下有幾名「大將」，包括他自己，都曾經被提報爲治平專案的對象，但是王志萬總是能在危急時刻找到人來頂替，所以警方和法庭也一直無法將他定罪。就算這次出師告捷，最後可能也拿他沒轍。

王志萬的前科累累，據說他針對討債勒索特別有一套，下手相當狠毒，什麼喪盡天良的事情都做得出來。討不到錢的時候，甚至連事主的老婆都不放過，派手下直接在事主面前進行強暴、輪姦等行爲。有時候，他還會把人家的老婆或女兒抓回來抵債，但是他並不會立刻把她們賣去酒店，他都會自己先「玩」過一輪之後，才轉賣到酒店。種種行徑，簡直是人神共憤。

這些被害人多半是自己欠了王志萬一屁股債，所以也不敢張揚，怕還會被他抓去圍毆一頓，於是王志萬食髓知味，在幫派中地位水漲船高，越來越囂張。

「恁咨爾臭條仔，啥時陣毋來，趁我在睏來抓我，幹恁娘，有才調就直接來啊！幹！臭卒仔！」

「你這廢物給我閉嘴！」檢察官也不甘示弱，「我保證賞你一百個死刑！」

「幹，來啊，後擺我會找到恁某，你尚好——」

這檢察官相當兇悍，面對這種角頭老大不但面不改色，還能夠還以顏色，賞了王志萬一耳光。這王志萬本來就是一名混混，平常就仗著人家怕他，才能虛張聲勢。這次遇到了如此兇悍的檢察官，也只能「惦惦」不敢回嘴。

「法醫要問你話，如果你好好回答，我會考慮讓你躲過死刑。」

隨後檢察官示意我上前，坐在王志萬面前那張椅子上。

王志萬滿臉不爽，將頭側過一邊，遮住方才被檢察官打得通紅的左臉頰。

我看著他的眼睛，「王志億是你的哥哥吧？」

他的神情閃過一絲變化，但很快就消失了。

「他死了，你知道嗎？」

「幹恁娘！你騙肖啊！」

「他眞的死了。」

他瞪著我，知道我沒在說謊。看著王志萬錯愕的表情，想必是還不知道，原本還算鎮定的表情，頓時扭曲成一團，整張臉紅得不像話。

滿腔怒火無處抒發，他破口大罵：「幹恁娘，係誰佮伊殺死！係誰！」

警局後方一群恍恍惚惚的小弟們此刻雖未完全清醒，但聽到大哥的怒吼，一雙雙眼睛全都往這裡看。

「請節哀。」

「伊係怎樣……死的？」

我看著他將落未落的淚水在眶裡打轉，想是礙於自己大哥的身分，在眾小弟觀望之下，只能強忍眼淚。

「他的死法……相當離奇，我先不做說明。我這次來找你，是想請你提供破案的線索，希望你能配合，讓我們能替你哥哥伸張冤屈，找到眞兇。」

王志萬顯然被我這段話動搖了，過了好一陣子，我們耐心等他情緒冷靜下來之後，他才緩緩開口說話，聲音依然有些顫抖，不過已是相對平穩。

「阮哥……伊……我嘸災，我最近都在避條仔，無給伊關心，但是伊……耐會按呢……熊熊死去啊……」

「這不是你的問題。我想問你，你哥哥和江怡惠，是不是鬧得不太愉快？」

「我知啊，但是江怡惠應該不是那款會殺人的查某。」

「江怡惠，她也被殺死了。」

「你講江怡惠？這哪有可能……」

「這都是眞的，我們正在懷疑郭寧，很可能是她下的手。」

「你講那個破麻[1]？」

王志萬臉色大變，旺盛的怒火溢於言表。

這下我就好奇了，哪有人會說自己的大嫂是賤女人呢？難道王志億都不會生氣，任憑自己的親弟弟隨意批評嗎？

「你爲何要這麼說？」

「伊要求佮[2]我相幹，這毋是破麻是蝦米！」

我大吃一驚，難道王志億默許這種事情發生嗎？

「你說的是眞的？那你們……」

「我眞的佮她相幹啊！阮哥攏知，伊很多朋友嘛攏有煞一砲[3]。」

我擔心地環視一周，在場所有人的臉上，無不冷汗直流。如此荒腔走板的家庭悲劇竟然在光天化日之下上演，眞叫人膽戰心驚。

「你是說，王志億本人同意這樣的事情？」

1 按：閩南語，意為賤女人。
2 按：閩南語，等同於國語中的連接詞「跟」。
3 按：閩南語，意為性交。

「我拄才毋是講過啊！我擱問你，所以是那個破厴做的嗎？」

我眞搞不清楚這個王志萬心裡究竟在想些什麼，我看他眞是喪心病狂的事情做多了，連自己的哥哥也不懂得尊重。看著他現在這副逞兇鬥狠的模樣，莫非他是要找郭寧算帳不成？

「你先別衝動，我快被你搞糊塗了。」

王志萬越講越激動，拴在他手腕上的手銬不斷敲擊著警局內的鐵欄杆，發出「框啷框啷」的聲響。他開始用一連串的閩南語，對空辱罵一些不堪入耳的字眼。我對閩南語實在不在行，方才與他的對話，我也只能大略聽懂一些，大概猜出他想表達的意思而已。

「那個肖婆，也不看自己多見笑，只會在阮哥面頭前假仙、弄那款可憐的面，我佮你講，伊就是甲意鴨霸的查甫，擱會要求我用一款殘忍的手段給伊欺負，伊才是上變態的倲啦，知無？」

我朝檢察官使了使眼色，表示今天我的問題就問到這裡了，剩下的還得由檢察官來偵訊，方能補足江怡惠案的不足之處。

結束問話之後，我連忙拉著吉南到另一個小房間裡講話。關於這件事情，我著實感到有些心急，不由得緊張起來。

「吉南，我接著要去恆春去調查一些事情。之所以這麼緊急，是因爲可能跟這次的案件有關係。」

「恆春？」

「你先跟著檢察官辦案，尤其記得，提醒檢察官必須盡快將吳東恆聲請羈押。此人嫌疑重大，我回來之後，還有些話想要問他，千萬別隨意將他放出去。還有，要麻煩你聯絡一下老謝。你還記得他吧？」

「我記得，老師要我跟他講什麼？」

「什麼都不用講。只要把今天的偵訊紀錄、還有吳東恆的資料寄給他就好了。」

「知道了。」

我看著對法醫這行仍充滿熱情的吉南，心中的焦慮越來越高。我既擔心又害怕此去恆春，將是壓死自己法醫生涯的最後一根稻草。回想起多年前，我始終存疑的那起案件。或許那時候仍然年輕的自己早就該做點什麼，說不定能夠就此挽救幾條不幸的生命。只怕江怡惠的冤魂，此刻正在南下的列車上等著我。

3

初走下火車，遠遠就望見恭堯正在車站大門底下等著我。他的神情又比前些日子憔悴許多，也許是我的心境投射所致，但終究我倆還是敵不過歲月的折磨。來來往往的人事物總是叫人心寒，讓我不禁有了退休的念頭。

我舉起手臂向他打招呼，他看見我，也不刻意在臉上堆笑。

我坐上他的車子，準備一路駛回恆春。

「你幫我查到了嗎？」

「眞不敢相信前輩會碰上這種案子。我查了以前的卷宗，絕對是她沒有錯。」

我嘆了一口氣：「那郭靜呢？」

「她妹妹更慘。我問了她養母，目前正在南投的療養院裡接受治療。」

「什麼原因？」

「這我不知道，但想必養母恨她恨得咬牙切齒，我還因此白白挨一頓罵。」

「怎麼回事？」

「跟她養父有關。」

「你的意思是，郭靜跟她的養父發生關係？」

恭堯聳了聳肩，仍專心看著擋風玻璃前方的道路。

「郭靜十歲的時候，被送進感化院輔導。她殺了她的養父。」

「都是因爲我沒有盡到輔導和後續照顧的責任，我不該忽視那場火災對她們姊妹倆身心造成的巨大影響。」

「幸好那時候已經有法律保障[4]她，前輩別想不開了。」

「是我不夠努力。你看看，郭靜被關進精神病院還不打緊，郭寧的問題沒有解決，又造成了兩條人命的損失！」

恭堯顯然對我的意見嗤之以鼻。

「但問題是，就算前輩努力了，也無法保證這些事情都不會發生！前輩，你不能把自己的責任看得

4　按：少年事件處理法第二七條有個但書：「少年犯罪時未滿十四歲者，不適用之。」符合刑法第十八條「未滿十四歲人之行為，不罰」的規定，因此最重交付感化教育三年。

這麼重，這世間那麼多罪惡，哪能樣樣都管得了？」

經恭堯這麼一說，我也無力再反駁。

「對了，說到制裁，那個惡棍林財生，前個禮拜被人發現陳屍在家中，額頭上有三個斗大的彈孔，房子裡噴得到處都是腦漿。」

「什麼時候的事？」

「就是中華隊打美國[5]那天，好像是前輩回臺北之後沒多久的事吧？當時我正看得火冒三丈，沒想到竟接到這種大快人心的消息！雖然中華隊最後輸了，但還是很過癮啊！這就叫做不得好死，活該！」

說老實話，年紀活得一大把了，什麼怪事沒見過。但如今種種巧合湊起來，還眞是令我難以置信。那份日記，也許就是江怡惠在冥冥之中要交給我的吧？死去的人竟然能夠透過生前留下的紀錄協助破案，豈不邪哉？

「我問你，那女童命案破了沒？」

「前輩還記得啊？」恭堯揚起眉頭，「目前還沒破案，但我們在死者陰道內有採集到精液樣本，還在對照可能的嫌疑犯。」

「我提供你一個破案線索。有本事的話，去找一個人，我認爲可能就是他幹的。」

「誰？」

5 按：二〇〇一年第三十四屆世界盃棒球錦標賽由中華民國主辦，十一月十七日四強賽，中華隊被美國隊以一比四擊敗，但於隔日的季軍戰中以三比零大勝日本隊，最終獲得季軍，為臺灣棒球史上規模最大的國際賽。

「十大槍擊要犯，黑鬼。」

恭堯倒抽了一口氣，「爲什麼前輩覺得是他？」

我便把江怡惠日記的內容轉述與他。

「是有這個可能沒錯，但黑鬼行蹤成謎，看起來破案是無望了。」

「話說回來，當年的案發現場還保留著嗎？」

恭堯轉頭看了我一眼，從他的眼神中我看見了年輕的自己、那個熱愛法醫探案工作的青年。他的嘴角上揚，像是在嘲笑我這個「老不休」。

「一起去看看吧，聽說被列爲台灣十大鬼屋了。」

我愣了一下，忍不住笑出聲來。

4

根據轄區派出所當時留下的紀錄顯示，那場火災發生在民國五十九年。資料顯示，當時郭氏姊妹年約八歲。關於那個晚上，我只記得被電話鈴聲吵醒，是黃刑警打來的電話，他告訴我，榛林路上一棟民宅發生大火，疑似是縱火自殺的案子，希望我能前往協助驗屍。

我穿好衣服開門出去，一輛警車早已等在門口。趕到現場時，檢察官、刑事組長及分局長已經開始調查了。現場有兩名死者，男性死者年紀超過四十歲，女性死者經判定卻是二十餘歲，屬於老夫配少妻。男性死者死於臥室裡，女性死者則倒臥在客廳。我扳開他們的嘴巴一瞧，滿滿的煙塵及炭粉顆粒，加以平滑肌有櫻桃色變化，證明兩人均是生前焚燒致死。

現場唯一的兩名生還者，即是郭氏姊妹。印象中，她們當時害怕得直發抖，瑟縮在陽台角落。刑事組長研判，起火點應是在廚房，由位置判斷，可能是女主人縱火之後，坐在客廳等待死亡來臨。

如今景物依舊、人事全非，在這個空間裡，時間感特別強。破開的牆面、佈滿塵埃的空氣。四處角落結了厚厚的蜘蛛網，老破的家具都成了裝置藝術，而焚燒過的痕跡仍在。

恭堯凝視著客廳裡死者倒臥的地方。

「這裡比我想像中的完整啊。」

「是啊。你看看這裡，這陽台的落地門幾乎沒被動過。」

「我眞搞不懂，怎麼會有人笨到要縱火自殺，這不是很痛苦嗎？」

「或許對她來說，活著比被燒死來要痛苦吧。她的丈夫長期在外面不回家，應該是忍耐很久了。」

「她的死意可眞堅決。如果她願意多爲小孩子想想，可能就不會這麼做了。」

「是啊。她絕對想不到，親眼目睹母親被燒死的慘狀之後，會對小孩子的身心造成多大影響。」

根據當時研判，女主人在縱火之後，便將自己的兩個女兒關在陽台。不但將落地門的鐵鉤鎖上，還以曬衣鐵桿頂住陽台的落地門。當時的我，著實感到痛心。她竟天眞地以爲，這麼做就可以阻止兩個女兒被死亡呑噬。殊不知她們姊妹倆今後的人生，都將被死亡的陰影籠罩。

「好險你們來得早。要是再慢一點，火勢就會一路延燒到陽台上了。」

「這倒是。」

「她怎麼會以爲兩片玻璃門能夠擋得住火舌呢？」恭堯看著黑色的落地門框，「別說是兩個小女孩了，要是我在現場，肯定也會被嚇死。玻璃被內部的熱氣撐破之後，就像飛刀一樣往身上射！她們能倖免於難，也算是奇蹟了。」

「活是活下來了，但是她們從此之後的人生，才是一場悲劇的開始。」

「前輩是指被養父性侵害這件事嗎？寄養家庭是社會局找的，怎麼會是前輩的問題。」

「你要這麼說也行，但我總覺得於心有愧。」

我讀過郭靜性侵案的法醫驗屍紀錄。郭靜的養父被殺死，陳屍在臥房，其妻於當天加班回來後發現報案。屍體仰躺床上，衣著整齊，襯衫左胸被鮮血染紅，屍體右側床單也被鮮血染紅。左胸部上有條長約一點五公分的橫裂口。裂口下方、左乳頭上側兩公分處的胸壁上，也有同樣大小的傷口刺通胸腔內。經解剖後發現，心臟破裂，胸腔內積滿血塊。

當時我心中就有幾個疑點：第一，死者身體健壯，若是尋仇來的，不可能面對面一刀斃命，表示是在睡夢中被刺。但是如果是平躺被刺，應該是直刺才對，刀尖不會往上走；第二，在屍體胸部左側三十公分處，有一灘血跡，且與心臟在同一水平，顯見屍體有翻過身；第三，除床上之外沒有其他血跡，表示第一現場就是在床上。

這幾點綜合起來，我就懷疑跟「性」脫不了干係。後來經過員警偵辦之後，果然證實是郭靜遭到性侵之後所做出的反抗。

只不過，郭靜從感化院出來後，最終還是被養母扔進精神病院。

我回頭看著恭堯，他正在低頭沉思。

「我想去看看郭靜。」

5

郭靜所在的療養院位於南投草屯，院區的範圍不算太大，附近也不熱鬧，就這點來說，的確是適合精神病患休養的地方。米白色的建築物上方標示著斗大的字體，還有紅色的布條昭示獲獎的紀錄。院區內有諸多植栽、樹木，空氣不錯、環境清幽。

昨日聯絡的護士小姐已在門口等我。她帶我穿越一片草地，到達病房區。潔白的牆壁上黏有裝飾，讓整個空間充滿人味，與我想像中的精神病房略有不同。

「我幫您聯絡了醫生，他現在應該在會客室等您。」

她帶我到一扇漆黑的木門前，便轉身離去。

我推開門，醫生看到我，便從座椅上起身。他一面向我說明、一面領我穿過長廊，到郭靜所在的病房區。

「她的情況很特殊，和一般的精神病患不太一樣。」

「她是什麼病？」

醫生停下腳步，轉頭看我。

「你是法醫，可能對精神疾患不太了解。心理上的疾病往往複雜而多變，一個疾病可能由各種形式表現出來，所以病名只是溝通的工具。不過如果你要問的話，我給她的診斷是邊緣性人格疾患。說來好笑，我記得當時自己還是住院醫師，在科內報告一個也是邊緣人格的個案，一位前輩忽然十分生氣地說：『什麼邊緣人格？根本就是美國人自己創造出來的玩意兒！』當時很多人認爲，邊緣人格其實就是潛伏期精神分裂，但後來有人提出，這是一種『彷若』人格[6]，簡單說，就是像變色龍一樣。」

「變色龍？你是說她會因爲環境而改變自己？」

「可以這麼說。所以很多邊緣人格者雖然有嚴重的症狀，卻能適應社會、職場、或者學校。但是就我的觀察，最主要的問題，發生在他們對於現實的看法。他們的現實感很弱，很容易將人二分法——好人、或是壞人。同時，他們會有人我界線的問題，很容易和人有關係，也很容易對人失望，造成他們極度不穩定的人際關係。」

「你是指，他們無法與其他人建立長期的穩定關係嗎？」

「沒錯。他們常常會對其他人要求過多，但又害怕被人遺棄，所以很難維持親密關係。他們還會試圖操縱別人，而且很難信任他人。這點會讓他們無法控制情緒，喪失病識感，並認爲自己是個受害者。所以，如果當他們認爲對方抱持敵意，就會先向對方發洩自己心中的被害感，出現投射認同[7]的情形。」

6 海倫・朵依契（Helene Deutsch）提出彷若人格（As-If personality）（1934）。

7 投射性認同（Projective identification）：當事者把自己所無法承認或承擔的感受投射於他人，而被投射者不自覺的順應那感受而表現，目的是侵入外在對象，並加以控制。容格（Carl Gustav Jung）之著作：《轉化的象徵：精神分裂症的前兆分析（Symbols of Transformation: An analysis of the prelude to a case of schizophrenia）》（1962）。

「你的意思是，他們會藉由辱罵別人，引發別人的敵意，卻只是爲了證明自己是被害者？」

「嗯。這是一種病態的狀況。不只這樣，他們還會將心中的想法投射在你身上，藉由不停責怪你、纏著你，企圖得到你的道歉和承諾。」

不知爲什麼，這我想起郭寧當時對著我大聲咆哮的畫面。

「荊法醫，我會跟你講這些，是因爲我吃到很多苦頭。這類病患通常是我們最害怕的類型。」

醫生推開病房的門，白淨的空間映入眼簾。郭靜坐在窗邊，背對著我們。

病房內擺設極少，僅有一張床、一張桌子、還有郭靜坐著的椅子。

「有朋友來看妳了。」

不知道郭靜究竟有沒有聽到，但她沒有任何反應。

「她已經這樣好一陣子了。也許她在氣我，也許她在想事情，無論如何，到目前爲止，我對於她的病情束手無策。」

我走近她身邊，看到那張像極了郭寧的臉龐，但卻面無表情，朝著窗外極遠的一點望去。然後我注意到她手上戴著一個大手套。

「這個手套是怎麼回事？」

「我們出去談吧。」

臨走之前，我彷彿聽到郭靜嘴裡喃喃說著：

「姊姊……我錯了……」

6

「那個手套是爲了保護她。荊法醫，這個疾患以心理衝動、自我形象和人際關係的不穩定爲特色。通常會因爲藥物或酒精過量、甚至於生活壓力，造成他們內心感到失望，因此有重複性自殺的現象。郭靜也不例外，剛住進來沒多久，她就把自己的雙眼刺瞎了，我們只好限制她的動作。」

刺瞎？回想起她空洞的眼神，我打了一個寒顫。

「我想請教你，這種病跟小時候的創傷經驗有關嗎？」

「想必你看過她的資料吧？邊緣人格者早期的人際互動，可能經歷過重大的被拋棄，這包括了身體上或心理上的虐待與忽視。在他們心裡會開始產生這樣的對話：『因爲我不好，所以我會孤單，所以沒有人要我。』、『我會遭受這樣、是因爲我不好。』導致他們長大以後，可能依賴酒精、藥物或性行爲替代照顧者的客體，重複尋找快樂與痛苦混淆的親密經驗，造成家庭中各種誇張的亂象，如亂倫、酗酒等，而這就是他們用以維持家庭的動力，形成理想化與貶抑混淆的自我。」

「所以這個疾病是家庭環境造成的。」

「這麼說並不全然正確。就在去年，有研究顯示同卵雙胞胎的共病率顯著高於異卵雙胞胎[8]，證明了基因的影響力。但是目前仍沒有單一基因或模式可以解釋，只知道可能跟血清素、額葉及杏仁核有

---

[8] Torgersen S. (2000). "Genetics of patients with borderline personality disorder."

關。」

「但是家庭因素肯定跟這病的成因有關吧？」

「這牽涉到發展論[9]的問題了。如果母親對於小孩子的自立感到極度不安，就會造成小孩子自己也會對獨立失去信心。但是反過來，當小孩子想要母親接受自己的分離不安、而再度親近母親時，母親卻因爲小孩子先前想要獨立的背叛行爲而變得冷淡。這個過程也被稱爲『再接近危機』。」

「這部分有點難懂。」

「說起來很複雜，其實講白了，就是母親害怕自己被孩子拋棄。但是可別誤會了，父親也扮演很重要的角色。如果父親跟母親的關係不好，就會讓母親更加無法接受自己被孩子們拋棄，亦即，父親對母親的支持非常重要。」

醫生說了很多，我雖無法全部聽懂，但是很明顯，郭氏姊妹的母親也有情緒上的問題。而且跟婚姻的失敗有關。

「但是有一點我必須要說，郭靜的情況又遠比一般複雜。我想你已經知道，她有一個雙胞胎姊姊吧？」

我點頭，讓醫生繼續說下去。

---

9 Mahler、Pine與Bergman（1975）等人根據對嬰幼兒的觀察，將其「分離－個人化」的過程分為四個階段：分化期（differentiation）、練習期（practicing）、復合期（rapprochement）、以及邁向客體恆存期（on the way to object constancy）。

「曾經有一個極端的個案。一對雙胞胎因爲戰爭的緣故，失去父母的愛，而以彼此之間的愛取代。這讓他們在戰後自我的界限薄弱，失去了自我，永遠離不開彼此。這促使我們了解一件事：如果父母太過強調雙胞胎之間的相似度，將會使雙胞胎很難成爲獨立的個體。這在低社經地位的家庭中，尤其常常發生。因爲將雙胞胎視爲相同，照顧起來比較方便。」

「這不就表示，父母不論是以拒絕、或是一致的態度來面對雙胞胎，皆會造成他們個體化的困難？」

「所以雙胞胎不好養。也有另外一種情況，這有點扯遠了，但是連一般人都不喜歡與有負面特質的人相像了，何況是和自己擁有一樣特質的雙胞胎。因此如果其雙胞胎手足有較負面的特質，可能就會比較傾向追求獨立[10]。」

我對於這點感到疑惑。

就我所知，郭寧和郭靜彼此已經失聯多年，她們彼此過著截然不同的生活。郭寧與郭靜，在那場火災中除了身心遭受極大創傷，究竟還發生了什麼事？難道情同手足的姊妹，在不同的寄養家庭成長之後，就完全拋棄了彼此嗎？

---

10 Snyder, C. R., and H. L. Fromkin(1977).“Abnormality as a positive characteristic: The development and validation of a scale measuring need for uniqueness.”

7

回到臺中之後，我立刻聯絡上吉南和檢察官，希望他們能夠幫我跟臺中看守所預約會客時間，跟吳東恆見上一面。他們在電話中表示，有一位自稱是江怡惠的好朋友想要見我。

我坐公車到位在南屯區番社腳段大肚山腳的臺中看守所。那是一棟白色的仿巴洛克式建築，民國八十年才從早期的三民路遷過來。我穿過鐵柵大門，跟著聯絡好的人員帶我進去，隔著玻璃等待吳東恆的到來。

過沒多久，一名男子從門後走出來，不耐煩地在我面前坐下並拿起電話。我本來還沒特別注意到他的長相，但他那副屌兒郎當的模樣，令我備感熟悉。

我定睛一瞧，這才發現巧事還不只一樁。肯定是江怡惠的冤魂在暗中協助我，才讓我得以逐一偵破各個謎團。

我一拿起電話，吳東恆馬上不耐煩地叫囂：

「快把你的廢話說完，老子沒空陪你玩。」

「還記得我嗎？」

吳東恆一聽，立刻閉上嘴巴，隔著玻璃朝我端詳一番。

「你誰啊？」

「這下你可被我逮到了。那天的火車票，我還收著呢。」

我從皮夾裡掏出一張票券，壓在防彈玻璃上，讓吳東恆瞧個清楚。

吳東恆瞬間臉色大變。從他的表情可以看出，他正在絞盡腦汁回想那天在火車上究竟發生了什麼事。

「這張火車票上肯定能驗出你的指紋，到時候看你還能不能在法庭上耍賴。」

他正想張開口辯駁，我便搶著說：

「你知道江怡惠怎麼死的嗎？我告訴你，她整個人被穿在一根鐵桿上，像頭烤乳豬一樣，知道嗎！」

看他那副驚恐的模樣，我想我也沒什麼好追問的了。短短不到五分鐘的會面，卻讓案情有一百八十度的轉變，大約破案之期不遠矣。

走出看守所之後，我立刻聯絡檢察官，和他約了在警局門口，將證物交與他處理。檢察官喜出望外，想必吳東恆這小子讓他吃了不少苦頭。

事情告一段落，我正準備要找吉南出來討論案情，一名穿著華麗的清秀女子在馬路對面叫住了我。

「你是荊法醫吧？我有事想跟你說。」

這下我才知道，原來那名自稱是江怡惠好友的女子，就是日記裡不斷出現的舞女黛黛。她在江怡惠最後的生命中，扮演了相當關鍵的角色。或許她知道的事情比江怡惠的母親還多。

我們找了一間飲料店坐下，黛黛幫我點了一杯我不愛喝的珍珠奶茶。

聽黛黛的口音，應該是上海來的姑娘，個性潑辣且頗爲急躁，她扯著尖嗓：

「我早就跟她說了，那吳東恆不是個好東西。」

「妳跟她說了什麼？」

「荊法醫，我跟你說，這整件事情，我都看得一清二楚。我記得有句成語，什麼旁清……」

「旁觀者清？快跟我說妳看見什麼了。」

「荊法醫你別急。我得慢慢回想才行。我記得大概是在耶誕節那時候吧，所有的舞廳和夜總會都急著預先販售門票，趁機拉抬價格，那個吳東恆口口聲聲說，耶誕節過後就要帶晨星住進新房子，準備迎接開業，所以晨星根本懶得推銷自己的票。想不到，連耶誕節都還沒過吳東恆就食言了，惱羞成怒把晨星趕出門。晨星沒地方可以住，跑到我那裡借宿。」

「然後呢？」

「耶誕節前一天，我跟一個客人跳過茶舞之後，六點鐘就出場了。吃過晚飯後，便去看電影慶祝一番。你猜我在電影院裡看到了誰？」

「吳東恆？」

「荊法醫眞聰明！那時候，吳東恆站起身來，穿過走道要去上廁所。因爲他遮住我的視線，我還特別瞪了他一眼。這一瞪不得了，竟然發現他原先的位置隔壁，就坐著陳志輝那個雜碎！」

我在腦中搜尋了一番，好不容易才想起來。陳志輝就是江怡惠在舞廳遇到的那個販毒首腦。

「還不只這樣，他們的身旁還坐著幾個年輕女郎！整場電影我都沒專心看，就盯著他們在前面卿卿我我！」

「妳的意思是，吳東恆根本是個騙子，什麼抓賊的戲碼都是他自導自演的？」

黛黛楞了一下，露出狐疑的眼神。

「荊法醫，我還沒說，你怎麼知道？」

「幹這行的，什麼事沒見過，早就猜出來了。」

黛黛露出佩服的眼神。

「那吳東恆前前後後，把晨星的財產全騙光了，叫晨星養他，還拿她的錢去玩別的女人。我總勸告晨星，但她就是不相信，我也沒辦法。」

「吳東恆有動手嗎？」

「怎麼沒有！晨星不給他私章，他還搶晨星的包包，打她巴掌，有一次出手太重，把晨星的牙齒打斷了，我還趕緊帶她去醫院。」

「被打成這樣，晨星還願意跟他在一起？」

「這我就不懂了。我猜，應該是吳東恆用什麼卑鄙手段恐嚇她吧？晨星後來跟一個大老闆很要好，還生了個娃娃。荊法醫，你看，這次晨星慘死，肯定就是吳東恆那壞蛋幹的！他不讓晨星離開，就使出這種惡劣的手段！」

黛黛說著說著，眼淚流了下來。

我總喜歡猜想，日記裡的晨星跟現實中的晨星，會不會其實是兩個人？日記裡的性格堅強、現實中的個性軟弱。有些時候，人就是被自己的想法給絆住了，所以才會做出一些看似很傻、實際上卻很合理的事情。郭寧不也一樣嗎？

8

果然過沒多久，案情有了新的突破。吳東恆向警方坦承他的犯行，包括闖入民宅殺害王志億的整個過程。另一方面，雖然警方在他的電腦裡找到可疑的網路聯絡資料，包括火車時刻表、犯案地址和時間點等，但是他卻堅決否認密室犯行以及和郭寧共謀殺人。

雖然沒有不利於郭寧的口供，但物證方面嫌疑重大，老謝仍決定緊急拘捕，我和子祥也隨著警車準備將郭寧緝拿歸案。老謝在洋房的前後，各派了一人駐守以防止郭寧逃跑。其餘人員便隨著他和開鎖員警進入屋內。

客廳裡十分昏暗。開鎖員警本欲開燈，但老謝決定不要打草驚蛇。我們一行人在一樓內搜查，並沒有發現任何人影，便上二樓查找。

命案現場地毯上的血跡沒有清理掉，但是衣櫃門是緊閉的。

老謝回頭悄聲說：「這裡沒人。」

「等等，有聲音。」

我快步走上前，猛地拉開衣櫃。一個身穿白衣的女子此時正跪坐在血泊中，彎起身面朝下，似是在舔舐尚未乾透的血跡。

是郭寧。她的身子仍在抽動，纖細的手指詭異地勾起，似乎想要攫抓什麼。

子祥的表情顯得很怪異。我看著他靠近郭寧，蹲在她身邊並輕輕地摟住她。郭寧沒有任何反抗動作。此時窗外的微弱光線射進室內，照耀在他們兩人身上，這幅場景眞像是那幅著名的聖母與聖子圖[11]，錯置的性別更顯出一種詭譎感。

「要麻煩妳跟我們回警局，請配合。」

郭寧沒有應答。

「郭寧，妳還記得我嗎？」

她還是沒有應答。

「我很抱歉，那場火災發生之後，我們沒有給妳任何實質的幫助。我只希望妳能面對自己的人生，不要再逃避了。」

「你以爲你懂什麼？老頭？」

郭寧抬起頭，發狂似地瞪著我。

她甩開子祥，站起來，一步步逼近。

「老頭！你給我聽好，少用你那點噁心的同情心來汙染我！還有你、你、你！全部人都一樣！我告訴你們，除非你們能合理解釋整個案件過程，否則你們不能抓我！」

「妳的掙扎沒有意義。就算妳不坦承犯行，我們也照樣可以定妳的罪。」

11 按：應是指義大利拜占庭時期畫家杜奇歐（Duccio di Buoninsegna）的名作Madonna and Child(c. 1300)，此畫由紐約大都會美術館以四千五百萬美金買下，為開館以來最大的一筆文藝品買賣。

「是嗎？那我問你，你要怎麼跟法官說明啊？我告訴你，這些我都不知道！再怎麼逼問我也是不知道，因爲都不是我幹的！」

「妳知道。微物鑑定可以證明血跡裡有木屑，也就是說，那個衣櫃的把手是妳在命案當天鎖上去的。」

「你放屁！就算是我殺的又怎樣？那個賤女人根本不配當人！她才是眞正的惡魔！你仔細想想，她的陰道不曉得裝過多少男人的精液！臭得不得了！眞想用清潔劑幫她清一清！我這麼做，不就是爲了幫她贖罪嗎？」

郭寧已經到達喪心病狂的地步了。極度不穩定的情緒，使她無法再以理性的角度看待這個世界。這不是她自己的問題，而是那些曾經在她生命中傷害過她的人、及其病態扭曲的人性造成的。

我對著身旁的王員警說：「請你幫我找一根棍子、膠帶，還有一條細繩。」

「你要做什麼？」郭寧開始驚慌了。

「示範給妳看，讓妳死心。」

王員警不久後便找齊所有物品，「我只有找到掃把，可以用嗎？」

「當然可以。」

我拆下掃把的棍體，取一段封箱膠帶，將尼龍繩固定在棍子的其中一端。接下來，我把梳妝檯座椅推到王志億葬身的大衣櫃前面，一腳蹬了上去，抽出衣櫃上層的隔板。

衣櫃側邊上除了原有的四根不銹鋼卡榫之外，另外還有幾個榫孔。一般情況是用來調整高度，此時卻可能成了殺人犯的幫手。

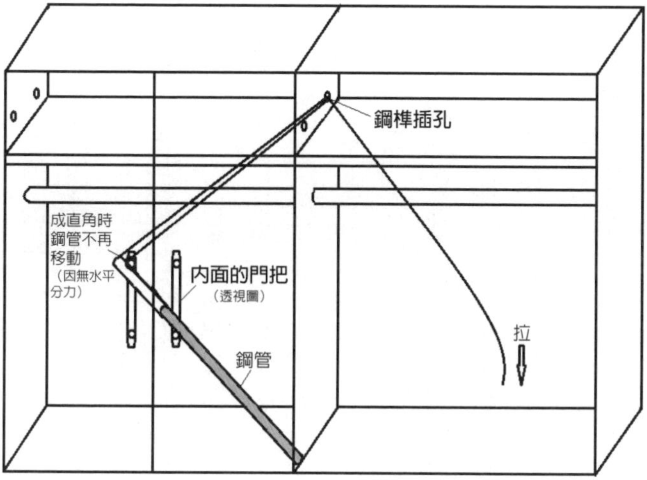

我先把棍子放到衣櫃裡面，關上衣櫃的右側門。接著從衣櫃內部，將棍子穿過右側門「內面」的把手——也就是郭寧聲稱「爲了方便使用」的把手——然後再將尼龍繩的另外一端，穿過左側門的「內面」把手。

我再度踏上椅子，所幸我身高手長，而且尼龍繩夠長，才能在員警的手電筒照耀下順利搆到榫孔。我用尼龍繩連續試了右側牆上的幾個小孔，一直試到最上方、最裡面的那個小孔，才成功穿進去。

不出我所料，尼龍繩果然穿過夾在兩個衣櫃中間的側牆，到達另一邊的衣櫃，逐漸垂到地面。

此時郭寧已經臉色慘白，我有信心此舉定能攻破她的心防。

我小心地跳下椅子，把左側門也關上，此時只剩下最後一個步驟。

將另一側衣櫃的尼龍繩交給子祥後，我請他用力拉扯。

「卡住了！」

「你用力扯它！」

子祥猛力一扯，繩子飛快地穿出小孔！

「框啷」一聲，掃把應聲脫落。我立刻試著拉開衣櫃的門，但此時內面門把早已經被棍子卡住，儼然成了一口巨大的棺材。

老謝及在場其他員警馬上驚呼：「怎麼會這樣！」

「我來給各位解釋。剛才你們都看見了，這兩個衣櫃的小孔竟然可以相通，肯定是有人刻意造成。而透過這個小孔，兇手就能夠利用繩索，將鋼管拉至衣櫃門內的兩個手把之間，隨後因爲繩索和鋼管呈現垂直，無法再拉動，所以只要再用力一扯，原先被膠布黏住的一段就會掉下來。這時候，只要再將繩索抽出即可。這部分的證據，只要找到那根被鋸斷的鋼管就可以了。」

郭寧突然癱軟在地，一句話也說不出來。

「你是怎麼知道這些的？」

「這你問子祥就知道。當天我驗完屍體，你們都急著去浴室找凶器，我心裡就更著急，突然站起來的時候，一不留神，撞上了衣櫃的隔板，好大一聲。」

「這我有印象。但是跟這件事有什麼關係？」

「當然有關係。你還記得王志億多高大嗎？這明明是他的衣櫃，隔板卻放得這麼低，豈不是每天都要撞一次頭？」

「這話怎麼說？」

「你自己回想，當初我們會認爲沒什麼異狀，不就是因爲我們認爲這兩個衣櫃長得一模一樣嗎？事實上，就算這掛衣架一樣高，也不代表隔板就會一樣高。子祥，你知道嗎，這些都還是我孫子教給我的。」

這時郭寧突然朝著我衝過來，大叫：「你這死老頭！我要殺了你！」

一旁的員警趕緊壓制住她，但她嘴裡仍不住咒罵，甚至發出詭異的笑聲。

「哈哈哈！老頭！你別再自以爲是了！她那麼喜歡被男人插，就讓她插個夠啊！她那麼喜歡幫男人口交，就在她嘴裡塞一根棒子啊！有什麼不對！」

聽到郭寧這樣說，我也無法再爲她感到愧疚了。至此已是我的極限，眼前的這個怪物，幾已到達泯滅人性的地步，她眞的還是人嗎？她眞的是當年那個在陽台上手足無措的無辜女孩嗎？我內心最後一道防線已然崩毀。

「如果可能的話，我想請各位幫我搜搜看這間屋子，找一個專門用來鋸鋼管的切管器。如果沒意外，上面會有切割時留下來的鋼粉，可以請專人進一步分析，其與現場鋼管是否爲相同的成分。」

「切管器？要做什麼用？」

「那就是郭寧用來對付江怡惠的東西。我簡直無法想像，怎麼會有人能夠狠下心，把那玩意兒捅進一個人的身體！這要有多大的仇恨才能做到！」

正當所有人的注意力都集中在四周環境的同時，郭寧突然拔腿跑出房間。我們反應不及，遲了好幾秒才驚覺要追上去。

幾名腿快的員警率先衝出洋房大門，子祥也緊追在後。只見郭寧跨開大步，跑下馬路旁的木樓梯。她敏捷地翻過木梯扶手，一轉眼便消失在矮樹叢間。

眼看著就要讓郭寧逃掉，我們的人馬竟然還僵在原地，我不禁破口大罵：

「還愣著幹什麼！快追啊！」

「前輩等等！那下面是斷崖啊！」

我一聽，更加火冒三丈：「胡說！」

「鐵松！是真的！前陣子大雨坍方了！」

老謝連忙拉住我，不讓我跨過扶手。

「你們從這裡下去，繞山路攔截！我從這裡追！」

子祥話還沒說完，便跳到那叢不見底的樹海中。

「你們幾個沒聽見嗎！動作快點！鐵松，你別擔心，子祥曾是攀岩隊員！我們也下去吧！」

老謝看到我一再猶豫，便堅定地抓起我的手臂：「你要相信他！」

最終我還是聽從老謝的建議，選擇相信子祥的判斷。

過了大約半個小時，全身沾滿泥土的子祥才從樹叢中現身。

「我親眼見到……郭寧她……」

據子祥描述，郭寧是在追捕過程中，一不小心踩空，失足跌落幽深的山谷。

他確定，郭寧已在土石堆上摔得粉身碎骨。

9

一連幾天，警方的搜查小組連同消防隊員進行搜山，都沒有發現郭寧屍體的蹤影。老謝氣急敗壞地大罵：

「搞什麼！這下可好，我們出動這麼多警力，結果還是讓她給逃掉了！現在這件事被新聞媒體炒得沸沸揚揚，眞是丟臉死了！」

「可我明明……她肯定是在什麼地方躲起來了！」

「躲起來？她會去找誰？」

如今郭寧唯一的家人，就是她失聯已久的雙胞胎妹妹郭靜。但是，郭靜長年住在南投的療養院，恐怕早已失去對外聯繫的能力。況且以郭寧現在的心理狀態，她沒有理由在這種時候，突然去找妹妹。

我甚至懷疑，現在的郭寧，病情根本就比郭靜更加嚴重。我回想起那天在療養院，郭靜神情憔悴的模樣，還有她口中喃喃的那句話。郭寧和郭靜兩姊妹雖然身處異地，命運卻驚人地相似。難道眞的就像那位醫師說的，這就是雙胞胎不容改變的命運嗎？

然而，令我大感意外的是，世間的惡魔何其多，惡魔終會被另一個惡魔吞噬。

大約一週後，警方接獲線報，疑似是郭寧的屍體，被人發現陳屍在一輛小轎車內，地點在深坑的石崁腳。

發現者是一位農民，即使是在北臺灣這種濕冷、多雨的天氣，依然會早起工作。根據他的敘述，當時他正在產業道路旁的草叢摘採姑婆芋的葉子。因爲看見草叢間飛鳥及昆蟲亂竄，發覺可能有異，便往闊葉林的深處找去。

當他發現四周臺灣小葉桑有燒焦的情形時，便聞到一種焦熟的燒肉味，混雜著腐敗的氣味，在充滿霧氣的空氣中飄散。

他循著氣味沿途查探，赫然發現一輛被火燒得焦黑的轎車。他鼓起勇氣探頭進去車內查看，駕駛座上躺著一具半焦的屍體，臉部依稀仍可辨認。他認出這就是最近警方大舉通緝的女嫌犯，嚇得趕緊爬出雜林，也不管自己採收的姑婆芋葉片了，找到公路旁的緊急電話亭報案。

我們立刻到現場進行勘查。現場完整未遭破壞，然衣物等大多數證物遭到焚毀。屍體經過焚燒且腐敗腫脹，早已呈現巨人化，整體型態模糊。所幸昨日的大雨令火勢驟然而止，才沒有傷到太多臉部五官。因此，可以確認死者是郭寧沒錯。

郭寧的一頭長髮燒到只剩下頭頂和少許的瀏海殘留。檢警採集了該處毛髮樣本，準備帶回局裡進行DNA分析。

屍體經解剖後發現，蛆蟲已經食入內部臟器。蟲體大小約六釐米，加以考慮焚毀程度、環境濕度與開放空間因素，判定死亡時間約爲四天前。

另外，郭寧的口腔及氣管內無碳粉顆粒，且平滑肌無櫻桃色變化。血液檢查也證實無一氧化碳成分，應該是死後焚燒沒錯。死因確定是他殺，而非自焚。

我進一步搜尋，雖然經過嚴重焚燒及相當程度的腐敗，屍體後頸仍依稀可見一橫向且整齊的肌肉斷面，顯示應該是遭到勒斃，才會留下如此特異的索溝。當索溝下方的組織及微血管遭到破壞，在揮發性液體的助燃之下，索溝的痕跡就會被完整地保留下來。

「看這作風，應該是黑道幹的。」

我點點頭，感嘆王志萬雖然身處牢獄，卻還是比警方神通廣大，命令小弟找到郭寧，替他的哥哥報了仇。

「王志萬招供了嗎？」

「你想得美，哪有可能！他們這種人如果會承認自己犯下的錯誤，就不會混黑道了！」

我心想，如今郭寧已死，這案子再調查下去也沒戲唱。不久後吳東恆就會被判刑，他將會承擔所有罪責以及各種社會輿論。某種層面上來講，郭寧可眞算死得輕鬆。

心中的無力感總算是壓熄了最後一絲熱情。我決定不再關心這起案子，試圖讓那些痛苦的回憶隨著時間，再度淡出。

既然我記憶中那兩個可憐、又讓人心疼的小女孩，早就消失地無影無蹤，那麼同時，我也會隨著她們一同消失。

10

爲了協助吉南及檢察官完成最後的調查結案報告，我又再度南下，來到「ＵＷ」這間地下鋼管舞廳。這裡封鎖了好幾天，估計會經過重新裝潢之後，才會再度營業。舞廳的老闆沒有明說，但我想應該還是會走他們的老路子吧！

「荊法醫，眞是麻煩你了。讓你專程跑了一趟。」

「不會。吉南是我的學生，我當然要協助他。吉南，我們到舞台上去看看吧。」

吉南遞給我一雙檢驗用的橡膠手套。

「李員警，要麻煩你幫我在這裡架上一張梯子。」

我戴上手套，走到被鋸斷的那根鋼管前面。

「老師，你之前說的兩根鋼管，是什麼意思？」

「就是像這樣。」

我使出全力，試圖將固定在舞台上的鋼管拔出。鋼管一開始還文風不動，但就在一瞬間，彷彿掙脫韁繩的野馬一般，嘩啦啦地滑動起來，還差點讓我跌個四腳朝天。

「我的天！」

仔細觀察鋼管底部之後，我才知道，這支移植過來的冒牌貨之所以能夠牢牢固定在基座上，原來是因爲江怡惠的血！屍體的黑血順著鋼管流入基座，血跡乾涸之後，便成了另類的「接著劑」！

檢察官立刻將舞台下方的遮布掀起，卻發現鋼管還好好地固定在水泥地面上，四個六角螺絲也沒移動。

「鐵松，這是怎麼回事！」

「很簡單。你看，這支鋼管比其他的鋼管還要細。它就像這樣，插在原先的鋼管裡面。」

我將抽出的鋼管再次放回，示範給吉南跟檢察官看。

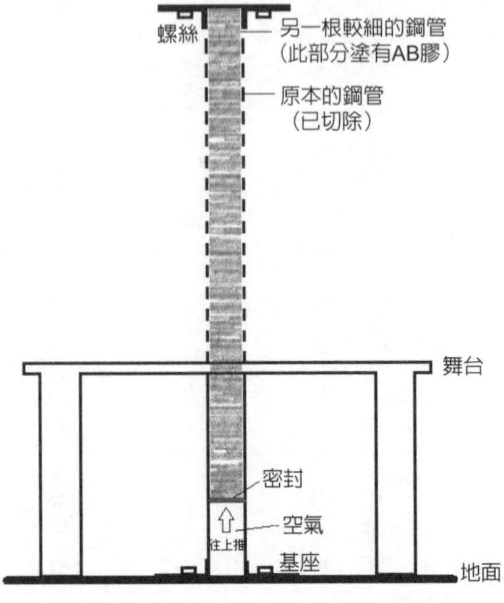

「但我們竟然沒發現！」

「我們當然不可能發現。這麼細微的差距，肉眼是無法辨識的。」

「可是這支鋼管很短啊！爲什麼不會掉到最裡面？」

「你看這裡。它的底部是密封住的。如果鋼管壁之間密合度很好，裡面的空氣壓力會將鋼管推上去。」

「這兇手是學什麼的？這麼精密！」

「建築。」

檢察官隨即露出一副「難怪」的表情。

「那天花板上的呢？」

「這就要看看郭寧在玩什麼把戲了。」

我將李員警搬來的三角梯擺在天花板鋼管的下方，讓孔武有力的李員警爬上去試拔看看。

「拔不動啊！」

「那你仔細瞧瞧，鋼管外圈是不是還有一層？」

李員警瞇著眼睛左看右看，好一會兒才確定：

「有！我看見了！這應該就是原先的鋼管！」

「這就對了！這天花板太高，郭寧沒有辦法將原先的鋼管貼齊天花板切下來，肯定會留下來一段較粗的鋼圈！」

「我懂了！她先將原本的鋼管切下，再將這根較細的鋼管插進舞台上的鋼圈中。然後把鋼管往上推，最後再將頂端的部分插進天花板上的這個孔！所以那天的員警沒有眼花！」

「沒錯。鋼管經過我們切割之後，因爲重量變輕，底下的這段會被空氣推上來。」

「那天花板的這段鋼管呢？這段鋼管爲什麼不會掉下來？甚至連李員警也拔不出來！」

「我想這部分應該沒那麼複雜，只要拿個膠黏一下就好。如果過程眞如吉南所說，那我想上面那段鋼管，一定還殘留部分黏膠。小李！你拿小刀刮刮看，把上面的碎屑蒐集起來！」

李員警立刻從腰間抽出一把警刀，在天花板的鋼管上刮了又刮，並將碎屑收集在一個小夾鏈袋裡。後來經過分析，那堆碎屑除了有不鏽鋼的成分之外，果然還有一種叫做「ＡＢ膠[12]」的東西。檢察官聽聞後大笑：

「我就知道是那玩意兒！有在打高爾夫的都知道啦！」

看著吉南他們如此歡欣鼓舞，我不免感到慨歎。年輕時讀過《二十年目睹之怪現狀》，總會對書中記載的人事物嘖嘖稱奇，而官場和洋場就是世態的縮影！如今社會進步了，科技發達了，卻讓人心更加險惡，你爭我奪，彼此算計，罪惡不減，詭計多端！書中尤其有一句話讓我印象特別深刻，記得是這麼說的：「唉！眞是人心不古，詭變百出，令人意料不到的事，儘多著呢！[13]」

這句話拉到四百年後的今天，不是依然適用嗎？

---

12 混合型硬化膠，具ＡＢ兩劑，經混和攪拌後可於常溫中硬化，一般有壓克力（聚甲基丙烯酸甲酯）、環氧樹脂等成分，可用於金屬、石材、木材、塑膠等各種材料之接著。

13 出自晚清吳趼人《二十年目睹之怪現狀》第十二回。

法醫生涯行走至此，一晃眼數十載光陰流逝而去，一無所獲，徒見識到人性及人心的醜惡，對社會甚無助益。

無用老朽，不如歸去。

口述：荊鐵松
撰文：張燦正
二〇〇八年三月三日

—《神探法醫 荊鐵松 破案實錄（六）》全書完—

二〇一四年十月八日

〈人報副刊〉第四屆華文小說大賞首獎作品〈伏流〉

(四)

「原來是子祥大哥。你是來救我的嗎?」

他露出微笑,使我心安。

「那當然。」

「子祥大哥,我好餓、又好冷,剛剛那隻金龜蟲一直欺負我。」

「沒關係,有我保護妳。」

「你願意給我一些毒液嗎?我真的好餓。」

「那當然。」

子祥大哥爽快地張開他的甲殼。他的肉刃立刻開始膨脹,大小絲毫不輸給甲蟲王。我一面吸食毒液、一面看著他的臉龐。

為什麼……這張臉好像在哪裡見過?

啊！是了！是母親的甲蟲，原來他沒被燒死！

難怪那隻推糞金龜蟲會一直纏著我！

「好吃嗎？身子溫暖些了？」

我輕輕地點頭。

原來這就是緣份啊——我朝思暮想的那個男子，如今竟然活生生在我眼前呼吸著，賜與我毒液，哺育我溫暖！我是多麼渴求這一切，令我想死在他的懷中。

「如果妳好了，那我要走了。」

走？

他在說什麼？難道他並不愛我？

「你開什麼玩笑，我可是愛了你一輩子啊！」

「妳才在說什麼傻話，我們才剛認識。」

「那為什麼你願意餵我毒液？」

「只是好玩。」

好玩？

我只是供人取悅的玩具嗎？

「你說謊……你不是說真的，對吧？」

「我真的要走了，我不該對妳這麼做的。」

你別想要後悔！

「給我留下來！不！好啊，你走、你走！」

但他真的走了，連頭也沒有回。

看看我的四周，其實我早就在地獄了吧？

此時推糞金龜蟲的聲音又在我耳際迴盪：「……其實妳是惡魔吧？」

對，我是惡魔，所以我必須殺死我的母親。

「別再掙扎了。」

推糞金龜蟲帶著他的兩隻邪惡甲蟲再次走進山洞，準備取走我僅存的靈魂。

「我不會掙扎了。」

「我知道妳幹下的所有罪惡，我全都知道。」

「我不否認了。」

「妳殺死妳的母親。」

「我還殺死了其他人呢。」

「後面那是什麼？」

「那是棺木，為你們準備的棺木。」

「只可惜現在不是了。其實妳一直都明瞭吧？」

「明瞭什麼？」

「妳的所作所為，都只是在自掘墳墓。」

「你的意思是我在虐待自己嗎？」

「妳在內心創造了一個地獄用來折磨自己。我真搞不懂，把自己關在裡面，到底有什麼好處？」

「你錯了，不是我把自己關在裡面，而是『牠』把我關在外面。」

「誰？」

「你不是說了嗎？惡魔。」

「這倒有趣了。」

「牠就生長在我體內，是母親留給我的，我既推不走、也無力控制牠。」

「你這句話，等於是在說自己天生是個怪胎。」

「一直都是。不是嗎？」

「我們都是怪胎。」

「不，你不是。我才是。」

「是妳的母親建造了一個地獄給妳。妳大可以逃走。」

「我說了，那是在我體內的東西，所以我要接受審判。」

「什麼審判？」

「我的罪行、還有那些因我而死的冤魂。」

「什麼時候？」

「現在——」

山洞的頂部逐漸裂開，大石塊開始墜落、崩塌，粉塵和灰燼飄散在空氣中。推糞金龜蟲和他的兩隻甲蟲都瞬間消失了，就像煙霧一樣。

我想這是再正常不過的了，他們本來就不該存在這邊的世界。他們是屬於人性之森的另一邊，有陽光照耀的那一邊。

告示牌早就訂下規則：「人性的邊界，誰也不得跨越！」

我想，黑暗的世界就留給我吧！這裡是為我而建造出來的。

我的世界終於要淪陷了，但我不怕。

我還有姊姊。姊姊是站在我這一邊的。

黑暗完全降臨，石塊和森林也都跟著消失了，只剩下虛無環繞著我。

碩大的空間無窮無垠，我對著空氣吼了幾聲都沒有回音。

「只剩下我一個人了嗎？」

一片寧靜。

「請問，只剩下我一個人了嗎？」

還是沒有聲音。

「回答我！」

突然前方出現一個光點，光點的暈輪逐漸擴大，以一種柔和的姿態安撫我的情緒。直到整個空間被白色所取代，又變成了另一種焦慮，安靜到令我抓狂。然而，抓狂卻又使我安靜下來。

「姊姊，您會來救我吧？」

我聽見了。

是從極為遙遠的地方傳來的，姊姊溫柔的語調，悠揚而平滑。

「當然……」

我好高興，即使沒有完成任務，姊姊果然還是會原諒我的！

一個點狀的人影漸漸靠近，形體變得明顯，那是姊姊的長髮，正在恣意搖擺。還有她獨特的香氣，那是專屬於甲蟲女王的驕傲。

她停下腳步。在她面前，我顯得渺小而卑微。

「我原諒妳了，但妳要發誓不再背叛我。」

我舉起右手：「我發誓。」

「妳還想要蛻變嗎？」

我用力點頭。

「那我們一起蛻變，我們要變成更美麗的蛾。」

「我們要一起？」

「怎麼？妳不想跟我一起嗎？」

「我以為您蛻變過了。在燒死母親的那場大火。」

「呵，妳說笑啊！只是燒個手臂哪能蛻變！」

「那要怎麼做？」

「要像母親一樣，全身沐浴著火焰。」

「但那樣會死。」

「只是一下下而已。唯有燒去妳醜陋的外皮，華麗的內在才得以展現出來，難道不是嗎？」

「我通過人性之森的時候曾經這麼做過，但我失敗了。」

「那是因為火焰的溫度不夠高。單純由恨意與憤怒的火焰，並不足以讓妳的靈魂昇華。」

「那要如何提高火焰的溫度？」

「為犧牲而生出的火焰，才有熱度。」

「犧牲？」

「妳願不願意為姊姊犧牲呢？」

我猶豫了。這令姊姊感到憤怒。

「妳竟然遲疑了，妳果然還是會背叛我！」

姊姊說完便要轉身離去。

「等等！您希望我怎麼做？」

一聽到我說這句話，姊姊立刻回頭，笑臉盈盈地望著我。

「妳願意為我做任何事情嗎？」

「那當然。」

「很好，唯有真心的犧牲，妳才能真正蛻變。妳別擔心，姊姊也會為妳做犧牲的，因為我也想蛻變啊！」

姊姊開朗自信的笑容，讓我發自內心地喜愛並尊敬她。

「那要怎麼做？」

「跟著我來。」

我們姊妹倆朝著未知的方向走去……這樣一直走下去會到哪裡呢？我這才明白，原來全然的白和全然的黑是兩個同樣性質的東西，既摸不著又猜不透。

然後漸漸地，我聞到了熟悉的氣味——

樹葉、姑婆芋、泥土、還有蚯蚓……

又回到……人性之森？

姊姊終於停下腳步。她朝著空中伸出手，像是要開啟什麼大門似的，但我什麼也看不到。她就像傀儡一樣動作著，空氣中任何東西都沒有，而姊姊卻煞有其事地開門、拿起罐子、然後倒出什麼東西。

然後我聞到了。

這是怎麼回事！明明就沒東西，但竟然真的有味道！

「妳別緊張，這只是一個考驗。在這個過程中，妳什麼東西都看不到。但這是正常的。妳還是可以聞到氣味、聽到我的聲音。妳要記住，這些都是幻覺的一部份。唯有放下自己所有的感官知覺，才能夠坦然接受蛻變的洗禮。」

「就像是蛹一樣嗎？」

「沒錯，妳說得很好。蛹在繭裡面長大，這使幼蛾對外界的一切事物都毫無知覺，同時卻能讓牠專心接受考驗、專心迎接蛻變！這個過程，可想而知，是非常痛苦的。但是妳看看！他們蛻變之後會有多美麗！美麗是需要痛苦來交換的！」

「我懂了。」

「但是我們是蛾。我們沒有繭。我們只能藉由另一種形式，讓自己徹底改變！雖然是用外力來幫助我們，但這並不能減輕我們絲毫的痛苦。當然，我們會變得同樣美麗！所以妳要咬牙忍住。」

「我會忍住的，姊姊。」

「如果妳準備好了，就坐上來吧。」

「坐在哪裡？」

「我會帶著妳，別擔心。姊姊永遠會在妳身邊守護妳。」

姊姊拉著我的手，輕柔地撫住我的腰身，然後在一片空白中，我坐上了一張透明的椅子，堅硬而踏實。

「記得嗎？有觸覺是很正常的。千萬要記住，這都是考驗的一部份。」

「我知道了。」

「所以，妳準備好了嗎？」

我點點頭，毅然而決然。

「那麼考驗就要開始了。過程中會十分痛苦，但那些都是幻覺，千萬要記得這件事情！肉體的苦痛被超越之後，妳將再也不會畏懼地獄之火的審判！」

然後我聽見關上門的聲音。

我可以嗅到，這裡的空氣因為充滿汽油而變得黏膩。油滴附著在我身上，讓我渾身濕冷。

「碰」的一聲！那是有什麼東西爆炸的聲響！周遭的空氣逐漸變得灼熱，火焰正在靠近，親上我的皮膚，剝去我虛偽的外殼！

越來越難呼吸了……氧氣正在急速減少……我的肺也跟著塌陷了……但不要緊，這些都是幻覺……為了姊姊，再怎麼痛我都能撐住！

此刻姊姊的聲音從遠處傳來：

「……要真心為了姊姊犧牲喔！」

我用力點頭。為了蛻變，我一定會真心地為妳犧牲！

妳是我的神、我的一切！

我是多麼期待蛻變後的自己！我將會變得和姊姊一樣美麗出眾，超越母親，成為名副其實的甲蟲女王。

「姊姊，我變得怎麼樣了？」

沒有回應。

「姊姊？」

還是沒有回應。

「姊姊！妳在嗎？」

過了許久，一直到我的意識即將退回最原初的所在，姊姊的聲音才傳來：

「親愛的，妳變得美極了！」

「真的嗎？」
「當然，我絕對沒騙妳。」
「但是我好像……越來越累了……」
「那是正常現象，妳只要撐住，一切都會海闊天空的。」
「姊姊……也要蛻變嗎？」
「也許吧。」

終於，妹妹不再說話了。

看著她焦黑的臉龐，我忍不住滿腔的淚水。
就算妳沒有蛻變成功，我也會背負著妳的命運活下去的。
沒辦法，誰叫我們兩個長得那麼像、那麼像。

評審意見：
現實與虛構的伏流
這篇小說引發了評審們的論戰，除了用詞露骨之外，消費死者的行為也惹人非議。但現實與虛構的交界究竟在哪呢？我想作者給了很好的答案。
（潘年信）

得獎感言：

舞女人生二十載，如夢似幻。

（郭寧）

二〇〇〇～二〇一四年

八十九年十一月三十日

今天，江怡惠終於忍不住來找我了。

「這裡有一百萬。」她把一個手提布包推到我面前，「我希望妳能離開我們的生活。」

「什麼叫做你們？」

「我們就是我們。他完全不想再跟妳有任何瓜葛了。」

噁心的嘴臉。

「我不相信。他明明已經跟妳離婚了，糾纏不清的是妳。」

「哼！」江怡惠冷笑一聲，「難道妳沒想過，為什麼他選擇和我在一起呢？」

「那是妳用手段強迫他留在家裡。我可是幫他生了孩子，不像妳。」

江怡惠那副驕傲的面具，一瞬間被我扯了下來。

「妳沒有。」

「骨灰都灑到妳家門口了，還想否認？妳生不出來就是生不出來，不要連累志億。」

「妳這個蕭查某！」

她扯住我的頭髮，在茶館裡大罵我「妓女」、「狐狸精」，我也不甘示弱，踹了她下體好幾下。我們一路扭打進警局，警察瞭解情況後，強制把江怡惠送上火車回台北。

她的話很傷人，但真正令我傷心的，是志億的電話。

「我們……到此為止吧。」

我的眼淚已經流乾了。現在的我，心裡充滿憤怒。

「你再說一遍！」

「不要再鬧了，晨星。」

「你叫我晨星？現在是怎樣，劃清界線是嗎？你在上我的時候，怎麼不是這麼叫的！」

「寧兒，我……」

「王志億，你知道我是什麼人，我沒那麼好欺負！」

「我知道……」

「我不會認輸的，我也從來沒輸過！別小看女人！」

「晨星，妳冷靜一點。」

「她在旁邊嗎？」

一陣靜默。

「告訴她，五千萬，否則我不會善罷甘休。」

「五千……寧兒，我……」

「我沒有叫你付！快告訴她啊！看看她願不願意為了你籌出五千萬！」

「好，成交。」原來是用子母機偷聽，「五千萬，這可是妳說的。」

「給妳一個月。」

九十年一月一日

想不到江怡惠竟然準時把錢匯進我的戶頭，一下子拿到這麼多錢，突然覺得人生沒有男人也不壞。有了這筆錢，我可以跟媽媽好好過日子，再也不用出賣身體。

明天就去舞廳辭職。

九十年三月十一日

我該怎麼辦、他們竟然找得到我！我明明沒有留下任何線索，媽還說就是因為我用她的名字買房子，才會被盯上！但他們怎麼可能知道媽的名字？

房子的事情以後再說，現在得先想辦法逃出國。

明天記得跟黛黛拿假護照，現在也只有她不會出賣我了。

九十年四月二日

失敗了，黛黛也被盯上了。我已經換了七家旅店，媽媽弟妹每天都緊張得睡不著，我好猶豫，真的要回去舞廳上班嗎？為什麼他們就是不肯放過我？

九十年四月二十九日

我終於確定了一件事，他們不把我身上所有的錢榨乾，就不會放過我。

而這一切，都是志億的計謀。

我忘了，完全忘了。他是什麼樣的人，我怎麼會不清楚。我想起那位慘死的計程車司機，手就抖個不停。

他會殺了我嗎？我不能讓媽媽弟妹一起陪葬！

九十年十月三十一日

我躲不下去了，已經無處可躲了。

我決定跟江怡惠求饒，或許她才是唯一能幫我的人。

九十年十一月十三日

我和江怡惠今天晚上單獨約在UW，如果我沒回來繼續寫這本日記，就是他們殺了我。

九十年十一月十三日

我殺了江怡惠。

是她、都是她的錯！是她先想殺我的！

我沒有錯、她用鐵棍打我的頭、用繩子勒我的脖子！

如果我沒有約黛黛，我可能已經被她串在那根鋼管上了。

她的皮包裡有一本筆記本，上面畫了鋼管和箱子之類的機關，在圖案的旁邊逐條寫下殺害我的步驟，但我成功活下來了。

黛黛告訴我，不能就這樣算了，必須以其人之道還治其人之身。

不得不說，用那根鐵棍插進那個賤女人的身體，實在是太爽快了，更可笑的是，這個奇怪的機關還是她自己設計的，簡直愚蠢至極！

多虧了黛黛，否則我根本辦不到這件事，更不敢幫屍體畫濃妝。

看著她醜到不行的樣子，我們兩個忍不住大笑。

那個時候，我完全沒有想到，這可能是我重生的契機。

「把妳們的皮包互換，只保留身分證。」

事出突然，我不懂黛黛的意思。

「妳不懂嗎？偷渡客就是這樣換身份的。別人只會記得有個『晨星』在這裡工作，沒有人知道妳的本名。」

她說的沒錯，黛黛不知道我的本名，我也不知道她的。

「對我們這些沒有家的人來說，名字不過是個代號而已。在內地，有些人為了躲債，就讓家人去認一具無名屍回來，大家就以為那個人死了。實際上死的只是名字。」

「可是志憶知道她是誰。」

「那就殺了王志億。」

黛黛那時候的表情很認真，一點也不像在開玩笑。

「總還會有其他朋友認識她吧？」

我記得志億說過，江怡惠是獨生女，父親早死，母親改嫁到日本了。

「有誰會去查？除了親人之外，搞不好看看新聞就相信了。妳只要騙過警察就好。」

「但王志億死了，就會有人去查。這個方法不行。」

「總之妳先打電話跟妳媽媽說清楚狀況，叫她別慌，等警察的電話。叫她過去驗屍的時候，就說那具屍體是妳，一點猶豫都不能有。」

沒想到媽媽竟然平靜地接受了我們的提議，大概是這段時間被逼急了吧。

「那接下來呢？」

「今天舞廳休息，應該要等到明天晚上才會有人發現。先睡覺吧。」

這時候，外面下起大雨。

九十年十一月十四日

昨晚本來以為睡不著，但實際上身體已經累壞了。我們一直睡到隔天中午，才被江怡惠的手機吵醒。

是一封簡訊，裡面只有三個字：「已出發。」

我一看發話號碼，大吃一驚，竟然是東恆的電話。

我立刻打開上一封簡訊，「地址還沒給我。」地址一定在寄件匣裡。果然，「北投泉源路二二三號。已迷昏。」

我趕緊把黛黛搖醒。

「妳說那個混混？」

「這是怎麼回事？東恆去找志億要做什麼？」

「江怡惠跟吳東恆……該不會……共謀？」

「他要去殺志億？」

「江怡惠也是個狠角色啊。」黛黛陷入深思，「她該不會是想殺夫奪產吧？」

「這不重要，所以我現在該怎麼辦？」

「讓他去殺，剛好幫妳除掉絆腳石。」

「不行！這樣警察就會發現他老婆不見了。」

「警察會以為是他老婆幹的啊。」

「妳傻了不成？警察會查他老婆是誰，然後就會發現江怡惠昨晚死了！妳清醒一點！」

「那只好妳假扮成江怡惠，去應付那些警察了。」

黛黛說出我心中的想法。絕對不能讓警察發現原來江怡惠是王志億的老婆。

我立刻搭上自強號到台北，在火車上，我發現江怡惠筆記本上的字跡，是志億的。

看到這裡，我忍不住落淚了。

志億竟然想用那種方式殺掉我。

江怡惠大概也是發現了這本筆記，才決定和東恆聯手殺人的。

那個箱子的機關，是為了江怡惠所設計的。

到志億家的時候，大約是下午兩點半，大門敞開。

如果東恆沒有成功，我也會幫他繼續完成。

我想報復。

我走上二樓的臥室，志億躺在床上，四周有大量的血，血液似乎已經凝固。

想不到，我對他竟然連一點情分都沒有了。

我從廚房拿了水果刀，割下我曾經深愛的東西，塞進他的嘴巴裡。

如果我沒有理解錯誤，設計圖上的箱子，應該就是眼前的衣櫃。

我從樓梯下的工具間拿出江怡惠事先準備好的道具，一步步進行佈置，然後把志億搬進衣櫃，完成最困難的步驟。

王志億，你應該沒想到你會變成自己設計圖的主角吧！

本來是為了自己脫罪用的機關，卻成了自己的棺材，真是太諷刺了。

接下來，只要順利過關，我就能重生了。

只是，我以為沒有問題的，卻差點露出馬腳

衣櫃的部分警察雖然懷疑，卻想不出是怎麼回事。

問題出在應答嗎？還是我忍不住多手割下那玩意兒造成的？

我只好打電話給黛黛求援。

「妳指紋什麼的有擦掉嗎？」

「這種大家都知道的事情就別問了。我今天差點被問倒了，我只有聽說江怡惠是大學生，根本不知道是哪一間。」

「後來呢？」

「我就裝瘋賣傻，兇了那個法醫一下。」

「這招不錯，妳只要裝出一副神經病的樣子，他們什麼都問不出來。」

「但我總不可能一直這樣吧？現在他們已經在懷疑我了。」

「妳別想太多，只要他們沒證據，就不能抓妳。」

明明監視器就拍到東恆了，為什麼還要針對我？

九十年十一月十六日

這兩天的報紙果然都聚焦在這件案子上，到目前為止，事情的發展都還在意料之中。江怡惠的死狀太慘，連報紙都不敢刊登，也沒有人發現她消失了。倒是我這邊，情況完全失控。只要有人發現王志億的太太根本不姓郭，我就穿幫了。

「妳這幾天都不要化妝，不化妝就沒人認得妳。」

「希望如此。我媽那邊沒被為難吧？」

「沒有。警察應該只在意吳東恆一個人。」

「我想請妳幫我一個忙，想辦法找到那個法醫，說服他兇手就是吳東恆。」

「這樣做不會太明顯嗎？台中這邊又還沒懷疑到妳頭上。」

「我覺得那個法醫已經看出破綻了。」

「不會吧？這麼快？」

「我現在只能好好發揮舞女的本事，看看能不能讓那個警官幫我。」

前天晚上寫完日記，一個叫做余子祥的警官來找我。不用想也知道，他想幹什麼。

雖然我實在沒心情跟他在命案現場打情罵俏，但他卻死纏著我不放。我對他投懷送抱，沒兩下子就把持不住了，猴急地想把我推上床。

我跟他做了兩次，看他的神情，似乎完全不在意隔壁房間死了人。

他跟我說，雖然現在沒有具體的證據，但警方還是認為我的嫌疑重大。我聽懂了他的意思，抱著他撒嬌，他便答應替我講話。

「妳跟警察上床？」

「是啊，這倒是第一次。」

「真不愧是晨星姐，哈哈。」

「都什麼時候了妳還笑得出來。妳答應幫我嗎？」

「我盡量。」

雖然請黛黛幫忙也是一種方法，但效果肯定不大。我必須想辦法脫身才行。

「黛黛，妳知道我有個雙胞胎妹妹嗎？」

「不知道，怎了？」

「她在南投的草屯療養院。」

「妳要我去探望她嗎？」

「我希望妳去找她的醫生，要求讓她出院。」

「醫生會答應嗎？」

「不知道，可能需要一段時間。只要讓那個醫生信任妳，應該就可以。」

「妳要我帶她出院去哪裡？要做什麼？」

「必要的時候再告訴妳。」

妹妹，我錯了，對不起。

九十年十一月二十五日

我燒死了自己的妹妹。

這一切都是那個混蛋法醫逼我的。

跳下山崖的那一瞬間，我真的以為自己死定了。

沒想到我摔落的地方，土壤意外鬆軟。

我抬起頭，看到子祥哥正在上面看著我，沒有喊人過來。

他揮揮手，意思是叫我快逃。

但是我知道，我逃不掉。

那個混蛋法醫不可能放過我的。

他甚至還記得小時候那場火災。他就是這麼會記仇的人，卻滿嘴仁義道德，左一句幫忙、右一句協助，實際上都是假話。這種人，我在舞廳裡看得太多了。

「妳以為自己很可憐是嗎？妳除了逃避還會什麼？」

「你不懂我。」

「妳以為自己可憐，就可以隨便殺人是嗎？」

「我沒有可憐自己，也不需要你的同情。每個人都有自己的人生要過，沒有誰真的值得同情。如果你沒有證據證明我殺了我先生，就不能帶我回警局。」

「妳還想掙扎？告訴妳，就算妳不承認，我們也可以逼到妳承認為止！像妳這種下賤的人，沒有人會相信妳說的話！」

他一步步逼近我，強迫我抱他、親他。

「如果妳表現不錯，我會考慮放過妳。」

「就算我是舞女，也不會讓你隨便糟蹋。」

他甩了我一巴掌，「不要以為我沒有證據！」

「你再怎麼逼我，我都不會承認的！因為根本不是我幹的！」

「我們在衣櫃的血跡裡找到木屑，很明顯，那就是妳搞的鬼！」

「你說謊。」

「告訴妳，妳這個賤女人根本不配當人！妳根本就是魔鬼，陰道不曉得裝過多少男人的精液，臭得不得了！要不要我用清潔劑幫妳清一清啊？」

這個法醫已經泯滅良心了，為了獲得我的肉體，竟然講出這種不堪入耳的話。簡直是變態。

我想起小時候他看我的眼光。原來從那個時候，他就想要我了。

這時他突然朝著我衝過來，大叫：「妳這賤女人！我要操爆妳！」

終於，子祥哥看不下去了，畢竟我曾是他的女人。他抓住了發狂的法醫。

「哈哈哈！妳別想逃！我想要妳！妳那麼喜歡被男人插，我就讓妳插個夠啊！妳那麼喜歡幫男人口交，我就在妳嘴裡塞一根棒子啊！有什麼不對！放開我！」

子祥哥給我一個眼神，我便趁勢逃跑。

但是我知道，我逃不掉的。

所以我燒死了自己的妹妹。

一百零三年十月十二日

這是我的最後一篇日記。

我的媽媽、我的養母，在上個月過世了。

事實上，我一直在等這一天的來臨。

親手殺死妹妹這件事，只有黛黛知道，所以我必須殺了她。

黛黛跟我一樣，是個舞女，是個失蹤或是死了都不會引起別人關注的人。

她沒有家人，所以死的時候，只有我在她身邊。

每一年的這個時候，也只有我知道這天是她的忌日。

身上背負三條人命的重量，真的非常驚人。

整整十二年，我的心靈不斷扭曲變形，讓我逐漸變成可怕的怪物。

可怕到我想殺掉每一個我愛的人。

然後我夢見小時候、一個關於水蛭的夢。

我決定把這些事情寫成文章，投稿到一個可能是最多人會注意到的文學獎。

沒想到，這篇文章得獎了。

更沒想到，沒有人相信那些事情都是真的。

連我自己都不相信。

要推理13　PG1341

要有光 FIAT LUX　詭辯

作　　者　張渝歌
責任編輯　黃姣潔
圖文排版　周妤靜
封面設計　楊廣榕

出版策劃　要有光
製作發行　秀威資訊科技股份有限公司
114 台北市內湖區瑞光路76巷65號1樓
電話：+886-2-2796-3638　傳真：+886-2-2796-1377
服務信箱：service@showwe.com.tw
http://www.showwe.com.tw
郵政劃撥　19563868　戶名：秀威資訊科技股份有限公司
展售門市　國家書店【松江門市】
104 台北市中山區松江路209號1樓
電話：+886-2-2518-0207　傳真：+886-2-2518-0778
網路訂購　秀威網路書店：http://www.bodbooks.com.tw
國家網路書店：http://www.govbooks.com.tw
法律顧問　毛國樑　律師
總 經 銷　易可數位行銷股份有限公司
地址：231新北市新店區寶橋路235巷6弄3號5樓
電話：+886-2-8911-0825　傳真：+886-2-8911-0801
e-mail：book-info@ecorebooks.com
易可部落格：http://ecorebooks.pixnet.net/blog

出版日期　2015年5月　BOD一版
定　　價　280元

國家圖書館出版品預行編目

詭辯 / 張渝歌著. -- 一版. -- 臺北市 : 要有光,
2015.05
面； 公分. -- (要推理 ; 13)
BOD版
ISBN 978-986-91655-2-5 (平裝)

857.81 104005785

讀者回函卡

感謝您購買本書，為提升服務品質，請填妥以下資料，將讀者回函卡直接寄回或傳真本公司，收到您的寶貴意見後，我們會收藏記錄及檢討，謝謝！

如您需要了解本公司最新出版書目、購書優惠或企劃活動，歡迎您上網查詢或下載相關資料：http:// www.showwe.com.tw

您購買的書名：________________________________

出生日期：________年________月________日

學歷：□高中（含）以下　□大專　□研究所（含）以上

職業：□製造業　□金融業　□資訊業　□軍警　□傳播業　□自由業

□服務業　□公務員　□教職　□學生　□家管　□其它____

購書地點：□網路書店　□實體書店　□書展　□郵購　□贈閱　□其他

您從何得知本書的消息？

□網路書店　□實體書店　□網路搜尋　□電子報　□書訊　□雜誌

□傳播媒體　□親友推薦　□網站推薦　□部落格　□其他________

您對本書的評價：（請填代號　1.非常滿意　2.滿意　3.尚可　4.再改進）

封面設計____　版面編排____　內容____　文／譯筆____　價格____

讀完書後您覺得：

□很有收穫　□有收穫　□收穫不多　□沒收穫

對我們的建議：________________________________

____

____

____

請貼
郵票

11466
台北市內湖區瑞光路 76 巷 65 號 1 樓
秀威資訊科技股份有限公司 收
BOD 數位出版事業部

(請沿線對折寄回，謝謝！)

姓　　名：＿＿＿＿＿＿＿＿　年齡：＿＿＿＿　性別：□女　□男

郵遞區號：□□□□□

地　　址：＿＿＿＿＿＿＿＿＿＿＿＿＿＿＿＿＿＿＿＿

聯絡電話：(日)＿＿＿＿＿＿＿＿＿＿　(夜)＿＿＿＿＿＿＿＿＿＿

E-mail：＿＿＿＿＿＿＿＿＿＿＿＿＿＿＿＿＿＿＿＿